大地的语言

阿来散文精选集

阿 来 / 著

四川文艺出版社

图书在版编目（CIP）数据

大地的语言：阿来散文精选集 / 阿来著. -- 成都：四川文艺出版社, 2018.10 (2021.6重印)
ISBN 978-7-5411-5171-2

Ⅰ.①大… Ⅱ.①阿… Ⅲ.①散文集－中国－当代 Ⅳ.①I267

中国版本图书馆CIP数据核字(2018)第227990号

DADI DE YUYAN
大地的语言
阿来 著

出 品 人	张庆宁
责任编辑	卢亚兵
责任校对	蓝　海
封面设计	叶　茂
内文设计	史小燕
责任印制	喻　辉

出版发行	四川文艺出版社（成都市槐树街2号）
网　　址	www.scwys.com
电　　话	028-86259287（发行部）　028-86259303（编辑部）
传　　真	028-86259306
邮购地址	成都市槐树街2号四川文艺出版社邮购部　610031
排　　版	四川最近文化传播有限公司
印　　刷	成都东江印务有限公司
成品尺寸	140mm×203mm　　开　本　32开
印　　张	9　　　　　　　　　字　数　210千
版　　次	2018年10月第一版　　印　次　2021年6月第五次印刷
书　　号	ISBN 978-7-5411-5171-2
定　　价	45.00元

版权所有·侵权必究。如有质量问题，请与出版社联系更换。　028-86259301

我关心的只是,辛勤采撷到的言辞是永恒的宝石还是转瞬即逝的露珠。

——阿　来

序

我是谁？我们是谁？

我是一个用中文写作的作家。依我的理解，中文就是中国人使用的文字。在更多情况下，这种语言有另一个称谓：汉语。这个词定义了这种语言属于一个特定的民族：汉族。如果这样定义，像我这样的非汉族人，就会遇到民族主义者，又或者那种把文化多样性作极端化理解的人义正词严地责问，为什么不用母语写作？你不爱自己的民族？

中国地理版图内生活着五十六个民族，如果你要顺利完成与所有人的交流，你就必须使用一种公共语言。所以，我更愿意这样介绍自己，说我是一个用中文写作的作家。中文这个称谓，我想是意味着，这是多民族国家的所有人共同使用的国家语言。

当一种语言成为国家语言，有许多其他语言族群的人们加入进来使用这种语言，并用这种语言进行种种不同功能的书写时，其他族群的感知与思维方式，和捕捉了这些感知，呈现了这些思维的方式的表达也悄无声息地进入了这种非母语的语言。于是这种语言——在全世界范围内讲是英语，在中国就是中文——因为这些异文化元素的加入,而悄然发生着改变。被丰富,被注入更多的意义。于是,一种语言就从一个单一族属的语言变成了多族群多文化共同构建的国家语言,甚至有可能像英语一样,成为一种世界性的语言。

其实,对中文来说,这种建构是一直在进行的。比如魏晋南北朝时期,佛经的大量翻译带来了语言的极大变化。这不止是一些新的词汇与句法的出现,更重要的随着这些新词与句法的进入,这种语言所表达的情感与精神价值产生了巨大的变化。人们常说,中国人的精神世界是儒释道三教合一,那么,佛教这种异文化的加入,首先是通过新的语言建构来实现的——语言建构在先,精神变化在后。不是中国人都成为了佛教徒,但大多数中国人的精神空间中,都有了佛教的精神气质。

这种多文化建构与丰富国家语言的事实也广泛发生在民间。我经常在边疆地带游走,其中最吸引我的因素之一,正是这样一种意味深长的生机勃勃的语言现实:口音混浊的、词汇杂糅的语言现实。那其实是一种语言的新的生长。

遗憾的是,很多时候,我们只是依凭一些落后于时代的意识,评判与描述充满生机的语言现实,这除了使我们自身陷于言说的苍白与尴尬外,并无益也无碍于语言本身的丰富与成长。

我常问自己是哪个民族的人。在身份证上,我的族别一栏标注是藏族。我生长在一直就是藏族聚居地的地方,我写作诗歌、小说、电影,都取材于藏族的历史或现实生活。所以,我就更该是一个藏族作家了。这种身份,也曾给我一种强烈的归属感与自豪感。

但现在,这种情形有所变化。

当下的某些时候,我的身份似乎成为了一个问题,成为了很多人的质疑对象。是的,我身上有一半的藏族血统。血缘如此驳杂,但在我们习以为常的身份识别系统中,却只能选择一个族别。选择了这一种,就意味着放弃甚至是否认了另外的血缘。而我所选择的这个民族中,有些血统纯粹的人,和我并不知道他们血统是否纯粹的人就出来发动攻击。他们大致的意思是,作为这个民族的作家,首先应该有纯粹的血统,其次,在用这个民族的母语进行写作;否则,就意味背叛。

今天的世界,越来越多的人,都在使用非母语进行交流沟通,也有越来越多的不同文化背景的人使用同一种语言创造新的文学。可是在我所在的文化语境中,属于哪个民族,以及用什么语言写作,竟然越来越成为一个写作者巨大的困扰,不能不说是一个病态而奇怪的文化景观。也正因为此,且不说我写作的作品达到什么样的水准,就是这种写作本身,也具有了一种特别的意义,这就是对于保守与狭隘文化观的一种坚决的对抗。

今天中国的文化现实,如此丰富与复杂,但很多时候,中国的知识群体,有意无意间,还在基于简单的民族立场来面对这种现实,还常常基于对后殖民理论的片面理解与借用,机械地理解与言说诸如"身份"之类的问题,而少有人去追问这种理论的现实根由与意识形态背景,不能不说是一种遗憾。

是的,我们生活在一个巨变的时代,现实复杂而丰富,却很少可以依凭的思想资源,所以,我们一边前行,一边得不断向自己提问:我是谁?我们是谁?

其实,也就是在向所有提问者回答,我是谁,我们是谁。

我相信,这也是我们今天所从事的文学工作,已然超越了文学本身,而具有了更重要更广泛的意义。

阿 来

(在台湾大学"全球华文作家论坛"上的演讲)

目录

001 ··· 声音
009 ··· 界限
015 ··· 马
024 ··· 野人
039 ··· 清晨的海螺声
045 ··· 离开就是一种归来
054 ··· 我想从天上看见
057 ··· 露营在星光下
066 ··· 从乡村到城市
072 ··· 看望一棵榆树
076 ··· 上溯一条河流的源头

111 ··· 德格：湖山之间，故事流传
128 ··· 青藏线，不是新经验，也不是新话题
　　　——青藏笔记之一

134 ··· 火车穿越的身与心
　　　——青藏笔记之二

138 ··· 政经之外的文化
　　　——青藏笔记之三

142 ··· 果洛的格萨尔
　　　——果洛记之一

150 ··· 果洛的山与河
　　　——果洛记之二

163 ··· 贡嘎山记

178 ··· 达古的春天

188 ··· 一滴水经过丽江

192 ··· 玉树记

206 ··· 大金川上看梨花

218 ··· 成功，在高旷荒原上突然闯入的词

223 … 大地的语言

235 … 非主流的青铜

246 … 哈尔滨访雪记

250 … 走向海洋

254 … 草,草根,及其他

260 … 慈溪记:越窑遗址记

266 … 春日游梓潼七曲山大庙记

273 … 代跋:在诗歌与小说之间

声音

刃口一样轻薄的寒意!

当我从军马场招待所床上醒来,看见若尔盖草原的金色阳光投射到墙上时,立即感到了这轻薄的寒意。

阳光是那么温暖金黄,新鲜清冽的寒意仍然阵阵袭来。这寒意来自草原深处那些即将封冻的沼泽,来自清凉漫漶的黄河,但这只是整个十月的寒意。眼下的这种轻寒更多来自落在草族们身上的白霜。

从黄河两岸平旷的滩涂与沼泽,到禅坐无言的浑圆丘岗,都满披着走遍四方的草。都是在风中,一直滚动翻沸到天边的草。

十月,草结出饱满的籽实。

十月,草们在阳光照耀下通体显现出耀眼的金黄。

十月,早晨的寒霜落在金黄的草梢之上。那么美妙剔透的结晶体,一颗一颗,仿佛是这些草族统一结出的另一种奇妙的果实。一个两百年前的喇嘛在修行笔记中用诗行摹写过这些霜花,说它们是某种情境的结晶,是苦涩的思想泛出的盐霜,是比梦境更为短暂,比命运更为凄清的短命宝石。在镇子附近的辖曼湖边喝奶茶的正午,一个年轻的喇嘛这样告诉我。并送我一本那个喇嘛笔记的复本。其时,身后的湖上大群的鸥鸟正聒噪着起飞,扇动着翅膀越过寺院的金顶,越过被秋风染得一片金黄的丘岗,飞往温暖低湿的南方。那么多蹼拼命划动，那么多翅膀奋力扑击，四溅的水花中鸥鸟们的叫声简直沸反盈天。所有这些都是白天在草原上闲荡时留下的记忆。

现在是早上，我刚刚从军马场简陋的招待所床上醒来。床很硬，我把被子当成褥子，睡在随身的睡袋里。睡袋是一个黑暗而且温暖的世界。一个有很多的自身气味的独特世界。

我的脑袋还缩在睡袋深处，就听到某种细密的声响。我知道，这是太阳升起来了。阳光撞在窗玻璃上发出叮叮的声响。头伸出睡袋一看，果然，一方金色的阳光已经明晃晃地照在了对面的墙上。原本白色的粉墙上许多斑驳的印痕。天花板上糊着十多年前的报纸。报纸都泛了黄，而且开始曲曲折折地龟裂了。墙角蹲着一只锈迹斑斑的烧泥炭的小火炉。洗脸架上的小镜子从中央向四边放射裂纹，无意之间模仿出一种花的图案。然后是四张床。四张床上只睡了我一个人。对面那张床上的被褥卷起来，床板上铺了报纸，报纸上有两本书和一叠稿纸。兴之所至，我会在纸上写点什么东西。这些天来，我对这个房间里的一切都已经非常熟悉，而且非常融入了。不用眼睛，只用脑门里某个地方就能清楚看到所有的一切。所以，这会儿我也不清楚自己是用眼睛还是用脑门里的某个地方看见的。

我还看见了窗户上凝结着漂亮的霜花。于是，那令人振奋的轻快锋利的寒意又悄然袭来。

关于这寒意来临的方式，我突然想到了桑德堡的诗。他写雾来到的方式是猫的方式。但我还是想不出这看不见的寒意随着阳光一起涌入是一种什么样的方式。但我喜欢这种新鲜的寒意，便躺在床上大口地呼吸。同时恍然看到，宽广原野上的草和石头之上，结满了晶莹霜花，牧场木头栅栏上的霜花如盐，牦牛眼睫毛上的霜花如雾。马走过草地时，细碎的霜与深秋的草发出嚓嚓的声响。

从东边雪峰上射过来的阳光很明亮，但要好一阵子才会渐渐温暖，融化寒霜。太阳没有出来之前，寒意是凝止不动的。是流淌的阳光让寒意相随着流动起来。

每天，草原小镇的节奏差不多都一模一样。

所以我知道，接下来，一些三天来我已经熟悉的声音该出现了。在我的窗户下面，是一大片干枯的牛蒡和牛耳大黄。再过去是一个小小的水淖，水淖旁边就是这个叫作小镇的马路兼街道了。这是一个建在三岔路口的镇子。往西，黄河所来的方向是青海。黄河流去的方向——北方，是甘肃。东边的公路，穿过草原，再一头扎下雪山构成的大地阶梯，进入四川盆地。小镇在行政建制上属于四川。小镇是一个三省通衢之地，却没有一点繁华喧嚣之感。来来往往的卡车总是拖着一条长长的尘尾，从小镇上疾驰而过。结果，那么多尘土降落在镇子上。加上路边一两家生意冷清的加气补胎的修车店，本来可以稍稍美丽一些的小镇便平添了一种凋败的味道。这是草原上许多历史不长的小镇中的一个，好像当初将它们仓促建立起来的目的，就是要让它被世界彻底遗忘，就是要在它身上试验培植一种人工速成的凋败感。

当然，现在我躺在床上，看不到小镇破败蒙尘的房子簇拥在宽广草原中央那些瑟缩的样子。看不到那些矮蹲在寂寞日子深处的房子，就像一群皮毛脏污索索发抖的羊。

现在，我看不到这些，我是在一所房子的内部，更重要的是我躺在自己携带的睡袋里。尼龙绸光滑的质感像女人的肌肤。被子里絮满的柔软羽绒，也是一个女人皮肤干燥清爽时的味道。当然，更重要的是其中混合了自己暖和浊重的味道，使我能像在一个最熟悉最习以为常的地方那样平静如水。

我在期待一些声音，期待窗外马路上一些熟悉的声音。

声音响起来了。仍然像我几天前第一次听到那样舒缓得有些拖沓：嗒，嗒，嗒，嗒。一路从镇子的东头响过来。这是一匹老马的蹄声。老马年轻的时候，应该是一种亮闪闪的青灰色，有一种金属般的质感。但我昨天在王二姐小酒馆看见这匹马时，却发现跟它酒醉的主人一样，已经很老很老了。马的主人朝我扬扬手中的啤酒瓶，露出满口参差的黄牙。马拖着缰绳，垂着脑袋在太阳下假寐，漾动在皮毛上那一层流光溢彩的生命活力，已经完全消失了，剩下来的只是一种暗淡而绝望的灰色。现在，这马迈着一成不变的步子，驮着它的主人从窗外的马路上走过。灰马曾经可能是一匹剽悍的战马，而它背上的骑手曾经是一位战斗英雄，战争结束后，因为离不开战马而到军马场当了饲养员。十多年前，骑兵建制从中国日益现代化的军队中撤销，专门培养良种军马的军马场也随之结束了历史使命。于是，这匹灰马的前程与骑手的前程都在那一天终止完结。

年轻，却很不振作的镇长说，当这一对老东西哪天早晨不再出现在镇子上，这个镇子被忘却的历史才会真正结束。他说这话的时候有点诅咒的味道。好像这个镇子没能显出勃勃生机，就是因为这一对老东西的错。另外一些人就平和多了。他们都相信，这对代表着小镇昔日辉煌与光荣的老家伙，会选择同一个时间，在人们视野之外某个清洁安详的地方告别这个世界。我坐在小饭馆里，喝着有些发酸的奶茶打发时间时，突然注意到马的双眼很大，像这个季节的水淖一样，反映着晴朗天空里的云影天光。

马从窗外走过去了。

片刻的静默，中间穿插了一辆载重卡车疾驰而过时的轰鸣、尘土与震动。汽车声音往青海方向消失后，从天花板上震落下来的尘埃还在阳光的照耀下盘旋飞舞。

然后，我听见了那双走路时总是擦着地面的旧皮靴的声音。

那是一个拖着脚步走路的中年妇女，对这个镇子来说，她是一个不知姓名的过路人，没有人知道她要到哪里去，也没有人知道她要去哪里寻找什么或者什么也不寻找。但到达这个镇子后，她便停留下来了。每天定时出现，沿街乞讨。一天早上，人们惊奇地发现，她身后乖乖地跟着一只羊。但没有人问她这羊的来历。后来，她身后的羊再增加时，人们连惊奇都没有了。我看见她时，她的身后已经有了五只羊。这不，在拖沓的脚步声中，间或传来羊咩咩的叫声。在所有动物的叫声中，只有羊的叫声能把悲戚与无助的感觉发挥到极致。

羊叫的声音：咩。咩咩。

老太太永远沉默无言，只有旧皮靴从土路上拖过时的嚓嚓声穿插在羊子悲哀的叫声之间。

五只羊与老太太走过去之后，窗外又安静下来。

太阳又升高了一些。这时，从窗外映射进来的是两方光芒，落在灰皮剥落的墙上，糊着一层层过期报纸，而这些重叠的时间又斑驳龟裂在天花板上。一方光芒金黄，而且渐带暖意，那是透过玻璃直接射进屋子的阳光。一方晃动不止的银色光芒，是窗外那个小淖的镜面上折射进来的阳光。水吸掉了阳光的金色与暖意，把光变成一种不带温度的纯净的银色，在眼前晃动不止。

然后，小学校的钟声响起来。草原很空旷，镇子上也没有什么高大建筑。声音无所阻滞，没有重叠回荡时的杂乱共鸣，只是很纯净地一波一波荡向远方。我听不到这声音的边界。听不出这些声音消失在什么样的地方。是沼泽地里那些大大小小的草墩之间，还是视线尽头的小山丘上永远深绿的伏地柏中间。那些小山丘上，所有花都已开过，现在，只有结出饱满籽实的草在风中摇晃。钟声一拨拨有去无回地漫过我，然后，四周又突然变得很静。静到我能听到自己脑海中一种蜂巢深处那种嗡嗡的声响。其实，那是金属钟内部在敲击停顿之后继续振荡。钟声是水淖反映到屋子里那种银子的颜色。

之后才是唯一能使整个镇子显出生机与活力的声音。

很多门开启，关闭。很多杂沓的脚步声啪啪嗒嗒地响过窗前。后面，是母亲们祖母们叮嘱什么的声音。这一瞬间，本身就很明亮的阳光更加明亮到了有些刺眼的程度。这种情景，让人回想到自己并没有太多幸福的童年。心里很深的地方，有些悲伤，有些渐渐升起的温暖。于是，我躺在床上再一次闭上了双眼。视线偏偏越过了四堵墙壁的局限，从很高的地方看到这个早上的草原。太阳渐渐离开东边地平线上透迤的雪峰，把所有草上，所有石头上都凝结着的霜花照亮。所有霜花都在融化之前，映射出一种短暂而又迷离的光芒。

我继续躺在床上，闭着眼睛一动不动。害怕自己抓不住那短暂迷离光芒中揪心的美感。一切重又安静下来。孩子们坐在课堂上，打开书本，努力要通过文字的缝隙，窥望另外一个世界。而在广阔的草原上，从东向西，深秋的霜花渐渐融化。霜花融化后，草棵上昨天还残存的一点绿色，也化成了这个季节的主调：明亮的金黄。耀眼的金黄。

霜花融化时候的草原是安静的。于是，我才听到了自己的心跳：咚咚，咚咚。仿佛来自大地深处的声音，其实不是来自我的身体。而是十里之外的一座庞大寺院。寺院的金顶闪闪发光。很多红衣喇嘛坐在耸立着数十根巨大方柱的庙堂里。庙堂总是阴暗幽深。诵经声被局限在庙堂厚重的四壁间，被压迫在色彩浓重的藻井下，混浊不堪。但是，鼓声，却一下，一下，很沉稳地传到很远的地方。

鼓声响起时，镇子上人便越来越多，声音也杂乱起来。摩托引擎声，男女调笑声，便携式收录机播放的音乐声，家畜们在镇子上穿行时偶尔的鸣叫声，鱼贩的声音，菜贩的声音，在这些纷乱的生活声音之中，很多的野狗不知从什么地方钻出来，间或尖利清脆而又无所事事地吠叫几声。这时，草原上的霜已经完全化开了，那轻薄锋利的寒意也已消失。穿过镇子的马路，因为人的行走，车的飞驰和家畜们的奔突而变得尘土飞扬。草原深处，那些因为寒意凝止屏息的水淖又开始在轻风中微微动荡，映射着天上的云彩天光。蜿蜒曲折的黄河，波光粼粼，从西而来，在小镇旁边，一个差不多九十度美丽的大转弯，又流向了北方。

我此行是参加一个宗教调查小组，在去传来鼓声的那个寺庙的路上，因为小病在这个镇子滞留下来。三天来，我便通过这些声音熟悉了像草原上所有小镇一样的这个小镇。最后的声音是，一辆吉普嘎吱一声刹在窗外的马路上。然后，几个人影映在窗上。我穿衣起床，同伴们接我来了。

现在离那个草原小镇的早晨有七八年了吧。后来，我又去过很多这样的小镇，也很多次经过那个小镇。奇怪的，那个小镇永远都是那个样子：永远是仓促地刚刚完成的拼凑完成的样子，也永远是明天就会消失的样子。每次路过那个镇子，那些声音便响起来。同时，我还听到了另外一种声音。年轻的镇长请我到他家去吃过一顿藏式大餐。小镇上的房子总有两面的墙没有窗。外面阳光明亮的正午，屋子里便幽暗下来。镇长和我吃饭的时候，他的妻子就坐在那清凉的暗影里。镇长说，刀。一把片肉的刀便从暗影里递出来。镇长说，盐。一个盐罐又从暗影里递出来。

有一个词是不用吩咐的，那就是酒，当面前的杯子快空的时候，那个女人的手便从暗影里伸出来，把我跟她丈夫面前的杯子斟满。所以，我对镇长妻子的认识就是一只手，和戴着一只沉重的象牙镯子的手腕。当然，还有一种有些压抑的呼吸声。由此我知道，镇长的妻子害着哮喘。我把这情景写成过一首诗，为了与哮喘声相配，我把背景设置成了冬天。

界限

我是在夜里到达这个地方的。

黑暗中,凭气味我知道自己是到了一个草原小镇。这种气味是马匹和街道上黄土的气味。白天,马匹们在阳光下穿过满是浮尘的街道,或者停留或者不停留,如今,已在某片草原上沐浴清风与星光,却把壮健与自由的气息留在了这个地方。

在即将关门的回民饭馆吃那一盘牛肉时,小镇正渐渐睡去。远处草原上传来牧羊狗的吠叫。感觉不到有风,却听见很高远的地方有风在呼啸。不禁叫人恍然觉得已在时间边缘和世界尽头。

就在这么美好的自然中,总是这样粗糙的饮食,这样简陋而肮脏的房子,好在小饭店的后门打开,我就听到了潺潺的水声,夜的清凉之气立即席卷而至。走出这小门,背后的灯光把身影拉长,投射到一道小桥上面。桥那头又是一道门,那就是我睡觉的地方了。店主人说:"小心,过了桥就是我们甘肃了。"

这条小溪在这时充当了我们人类无数界限中的一种。

在此地流连的几天里,我都不断被人提醒:这溪流是一条界河,北岸是甘肃南面是四川。提醒者多是胸前别着钢笔的人物。老百姓却告诉我:过去,溪水滋润的是同一个部落的牧场,现在却为牛羊过界,或者一幢房子修错了地方而不断发生冲突。冲突不断增加着邻居间的仇恨,从民间,到官方。当然,我只是个无足轻重的人物，这些事是不容我置喙的。当地一个民政干部向我出示几张流血的照片时，就受到他的领导训斥。而我实在无须这个长官如此防范。

我只是一个徒有吟游诗人的心灵，而没有吟游诗人歌喉与琴弦的人。我只是一个沉默的旅人。

只是因为一种盲目的渴求与孤寂的驱使，十分偶然地来到这个地方。我关心的只是，辛勤采撷到的言辞是永恒的宝石还是转瞬即逝的露珠。

在没有桌子的房间里，我点燃随身携带的蜡烛。电灯也就在这时渐渐熄灭，这过程就像一声长长的叹息。按时停电是这类小镇的习惯。新的一天开始时，周围的世界陷入了梦境。我在烛光下打开地图，找到自己此时在世界上的准确位置，一颗心就得到了些许抚慰。

在这夜深人静的时候，心随着大地的呼吸缓缓跳动，伸出手指，在图上顺着一条蓝色细线左右蜿蜒。在我栖身的地方溪流还没有名字。只是当它和若尔盖草原上众多的同样溪流汇聚起来后，才有了一个名字叫白龙江。白龙江汇入嘉陵江，嘉陵江汇入长江，长江汇入大海。宁静的夜晚，大海中盐在生长，珊瑚在生长。这样很好，叫人对自己的生命有了确实的把握。

我想，梦中的自己一定有甜美的笑容。

早晨起来，只见满天大雾。湿漉漉的雾气缓缓流淌，带走了小镇上不好的气息，带来了旷野上泥土和水草的气息。雾还遮住了许多我所不愿看到的东西。抬头向四周环顾，发现这里已是若尔盖草原的边缘了。几座山在东南方相依相扶，绵延而起。眼睛看见它们时，双脚已不由自主向它们移动了。第一个山头只是一个浑圆的小丘。可就这小小的一次登高，竟也让我看见一次草原的日出：一个红球从地平线上缓缓升起，到了确信眺望它的人已经十分渴望它的光明与温暖时，才猛一下放射出了耀眼的光芒。众多的鸣禽都在这一刻开始了欢快的啼叫。云雀欢叫着笔直地向上飞升，把无比清亮的声音从天上和太阳的金光一起抛洒下来。就是这样，草原的早晨变成了光和声辉煌的交响。就在这华美的晨曲中，马匹、牛群从白雾中走了出来。每一叶绿草，每一片花瓣上都有露水在闪闪发光。可惜这个世界并不仅仅只有马匹、牛羊和它们赖以生存的水草。

这世界上还有人。

面前这倚在山湾里的小镇就充分显示了人类闯入这个世界时的仓促与盲目。现在就让我来勾勒一下这叫作纳摩的小镇的面貌吧。

雾气还未完全散开时，最先是溪流两岸山坡上的两座寺庙跌入了眼帘，一样的琉璃宝塔，一样的铜鹿在金色的屋顶上守护着法轮，法轮运转了地、水、火、风等等所有的东西；南北对峙的两座藏传佛教寺庙规模也大体相当，从外观上就可以看出有显宗学院、密宗学院和时轮金刚学院。在这片不算贫穷但也算不得富庶的草原上咫尺之间修起两座同宗同派的寺庙该要百姓们多少供养！但从视觉上讲，这些建筑绝不会破坏自然的美感。当雾气进一步散开，辉煌大殿下面那些木瓦盖顶的低矮僧舍就有些破败的味道了。好在这些不规则的僧舍之间有高大的云杉和柏树遮蔽掩映，才减轻了这种感觉。问一个出来练习唢呐的小喇嘛，为什么这么小的地方要建两个如此庞大的寺院，小和尚深怪我的无知，说："四川一个，甘肃一个嘛！"

寺院下面是一村庄。或者说是这个小镇的村庄部分。村子就是一片低矮的土屋，那样地灰颓，没有光彩。好在家家门前都有一个院子,用整齐的树篱围成。好在院子都辟成了菜地,灰颓中有了一畦畦翠绿。这是一个回民聚居的村子,所有土屋都拱卫在清真寺的周围。清真寺高耸的塔尖擎举着一轮新月,使这群土屋凝聚起来了。这也自有一种精神上的力量。

再往下,就是这个镇子新建的部分了——在这草原上显得最为唐突的部分,显示了人类所可能有的仓促与草率。一方面,所有建筑怕冷似的挤在一起,显示一种团结紧张的思想;另一方面所有这房子的门窗都朝向各自的方向,好像唯其如此,才能显示自己的存在一样。所有这些饭馆、商店、仓库,一个乡政府所能具有的一切,就这样蛮横地破坏了草原的美感。这无意中流露出一种心态,这些房子的主人谁也不想在这里久待,但迫于生计又不得不待在这里。这样,它就不可避免地沾染上了所有这种偏远小镇的味道——它们自身却是作为现代文明的代表而备感骄傲的,叫人觉得要是和周围的环境协调起来就失却了存在的理由。

我想自己是一个理想主义者,情趣也比较古典。我想这些房子不要如此狭长死板,色彩不要这么暗淡,不妨栽种点树木花草,它们的表情就会自然松弛,而不那么倨傲紧张了。但是它们不,它们就那样挤在一起,中间狭窄的通道也无人去平整。这样也就只好终日面对雨天的泥泞与晴天的尘土。

问一个医生,为什么不把小镇弄得干净一点,他翻翻眼皮说:"我们甘肃关四川人屁事。"

原来,我已经在不知不觉间跨到溪流的北岸去了。你不能把这条溪流仅仅只看作是一条小溪,而要看作一条界河。界河不仅仅存在于国家之间。就是在这样一个看上去遥远宁静的地方,也同样地规范着人们的言行,也在人们思想中制造可怕的东西。有了这种东西,人们表示敌意或轻蔑就有了一个可靠的依托。

这个地方，历史上有过的是民族间的冲突，而现在，民族关系日益融洽，种族限制也日益模糊。比如过去冲突常在两座藏传佛教寺庙和清真寺之间发生。近百年来，一旦明确了那小溪是一条界线，冲突也就转移到了两座佛寺之间，争夺供养之地和教民。而当我到达的时候，小小的一个回民村子则为遥远的波斯湾战争而激动，他们当然倾向于穆斯林兄弟打胜仗。《金枝》一书的作者弗雷泽在澳大利亚曾看到这样的情形：当一个部落感到生活空间的狭小，感到了界限的束缚时，他们就派遣使者去要求更改，这种要求在大多数情形下都会被拒绝，于是，前者便派人去说，他们要来夺取所要的东西。后者便回答说：那样他们就要向邻近的近亲部落请求主持正义和进行援助。于是双方准备战争。会见时像平常一样说上多少愤激的言辞，最后同意次日每方以相等的人数来打个水落石出。但到了次日，却只进行一场个人决斗便解决了争端。

我喜欢这样的方式：直接，明快，自尊而又富于人情味。现在这种界限却暗暗腐蚀着人们的心灵。而这条作为界限的又是一条多么美丽的溪流啊！好似一条大江之源。水流哺育着文明、生命和天地万物。而在不止一个地方看到河流不再滋润心灵与双眼。当人们注视界限的时候，都会服从集体的冲动。我去参观甘肃那边的寺院，那儿的喇嘛也因为我虽和他是同族但籍贯在四川而向我关闭了他智慧的窗扉。四川这边寺院允许我随意参观多半是因为那边寺院拒绝。寺院住持去过印度。我向他打听佛教早期寺院的情形，比如对汉藏佛教均有过巨大影响的那烂陀寺。这个善辩的喇嘛警惕地看我一眼，之后就深深地沉默了。我知道，这是又一种界限作祟的缘故了。本来，仅对宗教而言，这种界限是不存在的。实际上这界限它存在，像一条阴影中的冰河散发着寒气。后来喇嘛答非所问,说,印度嘛,印度不好,印度的蚊子比苍蝇还大。

剩下的时间,我顺着溪流往上游走去。草地的尽头出现了岩石。

事先就有人告诉我可以在这些岩石上看到佛教史上有大功德者留下的圣迹,一些说明这个地方如何吉祥的胜景,但我都没看。我只是顺着溪流一直走向上游。沿着小溪的小路渐渐模糊,溪水也隐入了这片草原上唯一的一片森林,小路终于消失了。起初,森林中还有一些为建筑小镇而斫伐的痕迹。后来,就只有树木、苔藓和水了。每一株大树的根子,每一道岩石的缝隙都是水的来源。我只是想,人们又是如何替源头之水区划一条明确的界限?

我不想再回到山下的小镇。于是,翻过一个不算太高的山峰,眼前豁然开朗,又一片更加宽广的大草原展现在眼前。

马

日隆是四姑娘山下的一个小镇。

在小饭馆里喝酥油茶的时候,我从窗口就看见了山的顶峰,在一道站满了金黄色桦树的山脊背后,庄重地升起一个银白色的塔尖,那样洁净的光芒,那样不可思议地明亮着。我知道,那就是山的主峰了。没有说话,我想,这一阵子,它是属于我一个人的。这一天来登山的人只有我们几个人。几个同伴都倾心于交谈。相信此时此地,只有我一个人在注视着它。某个修密宗的喇嘛曾说过,在功力到位的时候,他看见自己胸腔里什么都没有了,只有一个伟大的梵文字母,金光闪闪。如果这话没有水分,我想自己也有很好的瑜伽资质,这个时候,那座雪峰渡过蓝空到我胸中来了。

同伴们为哪一条路线最便捷又能看到更多的美丽风光争论不休时,我独自微笑不语。心里想着佛经上关于殊途同归的寓言。在这个时候,去不去那里,上不上那座雪山对我都无所谓的。那山已自在我心中了。但我们站在山前,看到将要驮我们上山的马,慢慢下山,它们脖子上的铃铛声一下涨满了山谷,使这个早晨比别的早晨更加舒缓而且明亮,我终于忘了佛经禅关,心跳一下就加快了。

马!对于一个藏族人来说,可是有着酒一样效力的动物。

马！我已经有两年多没有跨上过马背了。现在，一看到它们的影子出没在金色桦树掩映的路上，潜伏在身上的全部关于这种善于驰骋的动物的感觉一下子就复活了。那种强健动物才有的腥膻味，蹄声在寂静中震荡，波浪一般的起伏，和大地一起扑面而来的风，这一切就是马。马对于我来说，是活生生的感觉，而不是一种概念。

马们一匹匹从山上下来。

就在这里，山谷像一只喇叭一样骤然敞开。流水声和叮咚声在山谷里回荡。一队马井然有序地行进在溪流两边的金黄草地和收割不久的麦地中间，溪水的小桥把它们牵到石岸，到一株刺梨树下，又一座小桥把它们渡回左岸。一群野鸽子从马头前惊飞起来，就在很低的空中让习习的山风托着，在空中停留一阵，一收翅膀，就落向马队刚刚走过的草丛里去了。这些都和儿时在故乡见到的一模一样，我努力叫眼睛不比别人的更加潮湿。

可那是什么样的一群马呀！

在我的经验里，马不是这样的。我们要牛羊，是要它们产仔产奶，形象问题可以在所不计。但对马，我们是计较的：骨架、步态、毛色，甚至头脸是否方正都不会有一点马虎。如果不中意，那就宁愿没有。中了意的，那一身行头就要占去主人财富的好大一部分。以至于有谚语说，我们这族人，如果带了盛装的女人和马出门，家里就不会担心盗贼的光顾了。而眼前是些什么样的马呀：矮小，毛色驳杂，了无生气，叫人担心骨头随时会刺破皮子。如果真有这样的事发生，身上流出的血，可能还不够打湿身下的地皮。那些无法再简陋的鞍具就不想再提了。

同伴们争先恐后地把一匹比一匹矮小的马的缰绳抓在手里。把看起来最高大的留给了我。

那个和他的马一样的马队主人宽慰我说,你的那匹看着烈,其实听说听话得很。

我没有回答他,而是弯腰去系鞋带。目前,我对这些马的信任程度还不及对脚上这双鞋的信任程度。可是,一旦跨上了马背,感觉毕竟和走在地上大不相同,远处的雪峰猛一下就在面前升高了许多。

马队主人没有马骑,那一头乱发的脑袋在我膝盖那个高度起起落落。我问刚才他把马叫作什么?他说,牲口。这个回答使我高兴。在我胯下的不是马,而是另一种东西,是牲口。马和牲口,在藏语里也跟在汉语里一样,这两个词从我们口里吐出来,经过潜意识和想象的作用,给人的感觉是截然不同的。"马",低沉,庄重,有尊敬的意味;"牲口",天哪!你念念看,是多么地轻描淡写,多么地漫不经心,从一种可以忽略的存在上一掠而过。骑在马上,目的地是重要的,但那过程带来的感受是不容忽视的。如果骑在牲口上,过程就没有什么要紧,只要能把人驮到目的地就行了。眼下的这一匹,却能使我保持常态,因为它不叫马而是叫牲口,使我在它的背上,在森林的气息里摇摇晃晃地行走。而我要在这里说,带着一点失望的心情在路上实在是一件很好的事情。这种感觉使眼前的景色看上去更有况味。如果这个时候,胯下是一匹好马,会叫我只享受马,从而忽略了眼前的风景。

现在,我可以好好看风景,因为是在一头牲口的背上。

看够了一片风景,思绪又到了马的身上。马所以是马,就是在食物方面也有自己特别的讲究。在这一点上,马和鹿一样,总是要寻找最鲜嫩的草和最洁净的水,所以它们总是在黎明时出现在牧场上,寻食带露的青草。故乡一个高僧在诗中把这两者并称为"星空下洁净的动物"。我们在一块草地上下了马,吃干粮。这些牲口松了缰绳也不走开,去寻找自由和水草,而是一下就把那长长的脸伸到你面前,鼻翼翕动着,呼呼地往你身上喷着热气,那样的驯顺,就是为了吃一点机器制造出来的东西:饼干、巧克力,甚至还有猪肉罐头。我的那一匹,就从我手上,伸出舌头来,把一包方便面、一个夹肉面包卷到口里吃进肚子里去了。那舌头舔在手上,舒服的感觉倒和过去给马喂盐时的感觉一模一样。可惜,它们的主人也不把它们叫作马,而是叫作牲口。这不仅仅是一个名称和另一个名称的问题,在这里,两个词语表示出两个不同的态度。"牲口",那口吻随便得就像一个农民说:"喏,锄头。"是对待一件工具。而"马"就不同了,犹如猎人说到自己的爱犬——亲密的相互依存的伙伴,那是提起引为骄傲的朋友时的那种口吻。在我的经验里,和人一起驱驰过,享受过同一条道路的马都有名字,就像一生中的朋友。问马队主人,它们叫什么名字,他的脸上出现牲口讨吃时一样谦卑的,想要讨人喜欢的表情,说是几匹牲口,要什么名字。问为什么跟在他身边的那条狗却有一个名字叫黑色风。他说,牲口咋个好跟猎狗比?

吃过干粮再上路,我没有再骑牲口。

走在一片柏树林里,隐约的小路上是厚厚的苔藓。很快,林子里就只有我一个人了。阳光星星点点透过树梢落在脚前,大地要在上冻前最后一次散发沃土醉人的气息,小动物们在树上来回跳跃,寻找最后的一些果实,带回窝里做过冬的食物。这时,雪峰从眼界里消失了,目前的位置正在山脚下。仰起头来,只看见笔立的青色山崖。雪峰是在这坚固而险峻的基座上面。夕阳西下,整个山谷,整个人就落在这些青色石头的阴影里了。寒气从溪边,从石缝里,从树木的空隙间泛起,步行了三四个小时,人也很累了。听到那些牲口脖子上的铜铃在前面的林中回荡,这时,不管是牲口还是马,都想坐在它的背上了。

紧赶慢赶半个小时,我才坐在了牲口背上。

这一来,除了那些高大的杉树,路边的灌木丛是不能再遮住我的视线了。就升高这么一点,山的主峰又从那高耸的岩石基座上升起来一点,叫我看见。林涛声响起来,不是起风了,而是黄昏正降临到群山之中。最后一点阳光是在那点雪峰上面,越来越红,变成了一个宝石的塔尖。当我们吹胀了各人睡觉的气垫,放在树下,走到火边坐下时,天已经黑了。一弯淡淡的月亮挂在天空中央,正越来越明亮。

晚饭的时候,我的那头牲口得到了比别人牲口多一倍的赏赐。我甚至想给它喝一口酒。在云杉的衣冠下拉上睡袋拉链时,牲口们已经不在了。什么也来不及想,就酣然入睡了。半夜里醒来,先是看见星星,然后是流到高崖上突然断裂的一道冰川,那齐齐的断口在那里闪着幽幽的寒光。月光照在地上,那些马一匹匹站在月光下。因为我是躺着的,所以,它们的身躯在眼里显得很高大。那些简陋的鞍具也卸下来了。月光不论多么明亮,都是一种夜晚的光芒。恰好掩去了眼前物体上容易叫人挑剔的细节,剩下一个粗略的轮廓。这样的因造成了一个果,牲口重新成了法国人布封在书中赞誉过的,符合于我们的经验与期望的马了。

布封说:"它们只是豪迈而狂野。"

在这样的一个寒夜里,它们的行走是那么轻捷,轻轻一跃,就上了春天的融雪水冲刷出的那些堤岸,而林子里任何一点细小的响动,都会立即叫它们的耳朵和尾巴陡然一下竖立起来。它们蹚过溪水,水下的沙子就泛起来,沙沙响着,流出好长一段,才又重新沉入水底。我的那匹马向着我走了过来。它的鼻子喷着热气,咻咻地在睡袋外面寻找。我把手从被子里拿出来,说,可是我没有盐巴。它没有吃到盐也并没有走开。它仍然咻咻地把温暖的鼻息喷在我的手上。它内在的禀性仍然是一匹马:渴望和自己的驭手建立情感。它舔我左手,又去舔右手。我空着的那只手并没有缩回被子里,抚摸着它那张长脸上的额头中央。这样的抚摸会使一匹好马懂得,它的骑手不是冷漠的家伙。

我们的谚语说:人是伙伴而不是君王。

看来,这次登山将要扩展我关于马的概念。过去我所知的马是黄河上游草原上的河曲名马。那些马总是引起我歌唱的欲望。今天,一匹山地马和它的一群同伴也引起了我的这种欲望。

第二天骑涉过一个海子,同行的朋友把这个过程完整地拍下来。休息的时候,我从监视器里看那个长长的镜头。一到电视画面里,那马在外形上就成为一匹真正的马了。我看见它驮着我涉入湖水,越来越深,最后在水中浮起来,慢慢地到了对岸。然后扬起前蹄,身子一纵,上了半人高的湖岸。录像带上没有伴音,但我还是禁不住身子震动一下,听到了蹄子叩在岩石上的声音。我看见自己用缰绳抽了它一下,于是,它就驮着我在一个孕雪的下午,在弯曲的湖岸上飞跑起来。它从一段枯木上跃过时,是那么轻捷;而当其急速转弯避开前面一个突兀的岩石时,又是那么灵敏。于是,我在它的背上所有的感觉都复活了。这匹马这样懂得来自骑手的暗示:轻轻一提缰绳,它就从一丛小叶杜鹃或一团伏地柏上飞跃而过;两腿在肋上轻轻一压,它就甩开四蹄,跑到这个下午的深处去了。

一场大雪下来,不要说再继续上山,就是下山的路也完全看不见了。收音机里的天气预报说,一个晴天后,又是一场大雪。我们必须下山去了。除非我们想在山上过完整个冬天。

顶着刺眼的阳光，我们给马备上鞍子，再在鞍子上捆好我们带来的所有东西。这一来，它们又不像是马，而像是牲口了。它们短小的四肢都深深地没入了雪里，它们窄窄的胸膛推开积雪，开出了一条道路。就是这样，我们的双脚还是深深地没入积雪。不到半天工夫，我那专门为了这次上山而买的运动鞋就报销了。不得不爬到马背上。倒是马队的主人说，没有什么，牲口就是叫人骑的嘛。我说，这么深的雪，它怕是不行吧。马的主人说，我看你是懂点马的人。我告诉他我的家乡是在哪里。他说，哦，出好马的地方。沉默了一会儿，他又说，那些神气十足的马在我们这里没有用处。他说，以前，有人从别的地方买来过名马。但在崎岖的山路上，在这样的大雪里，不是跌残就是摔死了。他还说，那样的马太金贵了。而这些牲口，命贱，像是使不坏的东西。我说：其实就是另一种马嘛。他说，是，山地马。

这些马，在这样的路上走得多么快啊，雪越来越薄，最后雪没有了，道路又变成了深深的泥泞。这时已经是我们上山第一天过夜的地方。上山两天路程，下山只半天就到了。马队的主人要在这里跟我们分手。这时，我才知道自己多么想要这些马再送一程，直到山下。马队的主人说，马跟我们下山，到了山下只要卸下鞍具寄放在镇子上，牲口们会自己回家的。他还说，我们是这年最后一拨登山客，鞍子放在那里，要到明年才用得上了。到这个时候，他才露出一点感情说，牲口们累了大半年，该过一个安闲的冬天了。问他的名字，他指指一座小寺庙旁边的一群低矮的石头房里的一座，说，你们多半不会再来了，来的话，到我房子里来坐，喝茶。然后，他扬起手，对着他的牲口叫一声走。这些矮小、坚忍的山地马，又摇响了脖子上的铃铛，驮着我们上路了。

阳光明亮地照耀着，空气里充满了水的芬芳。已经能看到山下蜿蜒的公路了。同伴们开始大声歌唱。这时，有人发现，骑这些马根本不必要用手去提着缰绳，它们自会顺着熟悉的道路往前走，不需要人来告诉它行走的方向。于是，全体都把手抄在怀里，开始大声歌唱。我禁不住想这些马确实该有另一个名字，就叫牲口。马应该是有一个骑手的。这些牲口这样走着，我们就成了货物，没有生命的东西，从一个地方被运到另一个地方。事实正是如此。是的，在我的家乡，这样的搬运工作不劳马做，几头牦牛就可以了。

在我的美感中，马是风暴，是闪电，牛才是这样百折不挠的坚忍绵长。人总是这样的：不否认生活中需要牛，但总认为作为一个个体，自己更加适合美丽的、矫健的马。更主要是认为，这样的劳役对于马是不适合的。这些马从事了牛的工作，而使自己沦于平凡。我不能使它们完全变回去，恢复马的一切天性了。这是世世代代的遗传使然。我相信，它们的祖先也是从草原上来的。它们是沦落了的一群，在传递血脉的同时，传递了它们对于山地的适应——使高大的身躯日渐矮小，来对付复杂的坎坷。这原本无可厚非。但它们同时传递了认命的悲哀，逆来顺受，荡尽了英雄气息，而沦落为这样的一群。是的，它们只好叫作牲口了，因为它们已经没有了马的灵魂，只余下一副马的外表了。如果这个世界一定要把马变成一种不需要骑手的动物，那造物主尽可以只造出牛，而不要马的这个品种了。

没有想到人在社会里，从遗传，从四周环境不断得到的沦入平凡，甘于平凡的指令，不断丧失个性的过程早就在生物界演示过了。好了，行程就要终止了。雪山在背后越升越高。那些马离开的时候，我不去看它们远去的身影，因为我不会像对真正的好马那样用尊敬的眼神。但我也不会用怜悯的眼光看着它们，因为这是毫无用处的。这个世界正在把一切沦于平凡的过程加快。也许，到最后只有这些雪山未被融化之前还能超拔于这个过程之上。

那些牲口走远了。风吹着它们脖子，铜铃声在黄昏回荡。寒气四起，我抬着头，看到晚霞又一次燃红了雪山之巅。

野人

当目光顺着地图上表示河流的蓝色曲线蜿蜒向北,向大渡河的中上游地区,就已感到大山的阴影中轻风习习。就这样,已经有了上路的感觉,在路上行走的感觉。

就这样,就已经看到自己穿行于群山的巨大阴影与明丽的阳光中间,经过许多地方,路不断伸展。我看到人们的服饰、肤色、口音以及精神状态在不知不觉间产生的种种变化。于是,一种投身于人生,投身于广阔大地,投身于艺术的豪迈感情油然而生,这无疑是一种庄重的东西。

这次旅行,以及这个故事,以一次笔会的结束处开始。在泸定车站,文友们返回成都,我将在这里乘上另外一辆长途汽车开始我十分习惯的孤独旅行。这是六月,车站上飞扬着尘土与嘈杂的人声,充满了烂熟的杏子的味道,汽车轮胎上橡胶的味道。

现在,我看到了自己和文友们分手时,那一脸漠然的神情,听到播音员以虚假的温柔声音预报车辆班次。这时,一个戴副粗劣墨镜的小伙子靠近了我。他颤抖的手牵了牵我的袖口,低声说:"你要金子吗?"

我说不要镜子。我以为他是四处贩卖各种低档眼镜的浙江人。

他加重语气说:"金子!"

"多少？"

"有十几斤沙金。"

而据我所知，走私者往往是到这些地方来收购金子，绝对不在这样的地方进行贩卖，我耸耸肩头走开了。这时，去成都的班车也启动了，在引擎的轰鸣声和废气中他又跟上我，要我找个僻静地方看看货色。

他十分执拗地说："走嘛，去看一看嘛。"他的眼神贪婪而又疯狂。

但他还是失望地离开了我。他像某些精神病患者一样，神情木然，而口中念叨着可能和他根本无缘的东西，那种使我们中国人已变得丧失理智与自尊的东西的名字：金子。

现在，我上路了。天空非常美丽，而旅客们却遭受着尘土与酷烈阳光的折磨。我还能清晰地看见丹巴县城的模样和自己到达丹巴县城时的模样：建筑物和我的面孔都沾满了灰尘，都受到酷烈阳光的炙烤而显得了无生气。我看见自己穿过下午四点钟的狭窄的街道，打着哈欠的冷落店铺，散发着热气的房子的阴凉、孤零零的树子的阴凉。一条幽深阴暗的巷道吸引了我，我听见了自己的脚步声在寂静的巷道中回响。从第一个门口探出一个中年汉子的脑袋，脑袋上的神情痴呆麻木，眼神更是空空洞洞，一无所有。我从这扇没有任何文字说明的门前走了过去，我在巷道里来回两趟也没有见到几个字指点我在哪里可以登记住宿。从巷道那一头穿出，我看见空地里只剩下我站在阳光底下，注视那一排排油漆已经褪尽了颜色的窗户。一个身体单薄的孩子出现在我面前，问我是不是要登记住宿。他伸出蓝色血脉显现得十分清晰的手，牵我进了楼，到了那个刚才有人探出脑袋的房间门前。

"阿爸,生意来了。"

这个娃娃以一种十分老成的口气叫道。

门咿呀一声开了,刚才那个男人的脑袋又伸了出来,他对我说:"我想你是来住店的,可你没有说话我也就算了。"

"真热啊,这天气。"

"刚才我空着,你不登记。这阵我要上街打酱油去了,等等吧。我等你们这些客人大半天了,一个也没到。现在你就等我十几分钟吧。"

我望着他慢吞吞地穿过阴暗凉爽的巷道,进入了微微波动的绚烂阳光中间。他的身影一从我眼光中消失,我的鼻孔中立即扑满了未经阳光照射的木板和蛛网的味道。这仿佛是某种生活方式的味道。

那孩子又怯生生地牵了牵我的衣角。

"我阿妈,她死了。还有爷爷、姐姐。"他悄悄说。

我伸出手抚摩他头发稀薄的脑袋,他缩着颈子躲开了。

"你爷爷是什么样子?像你阿爸一样?"

他轻轻地摇摇头:"不一样的。"

孩子低下了小小的脑袋,蹬掉一只鞋子,用脚趾去勾画地上的砖缝。从走道那头射来的光线,照亮了他薄薄而略显透明的耳轮,耳轮上的银色毫毛。

"我的名字叫旦科,叔叔。我爷爷打死过野人。"

他父亲回来了。奄着眼皮走进了房间,门砰一声关上。我们隔着门板听见酱油瓶子落上桌面的声响,给门落闩的声响。

孩子踮起脚附耳对我说:"阿爸从来不叫人进我们的屋子。"

旦科的父亲打开了面向巷道的窗户,一丝不苟地办完登记手续。出来时,手拎着一大串哗哗作响的钥匙,又给自己的房门上了锁。可能他为在唯一的客人面前如此戒备而不太好意思吧。

"县上通知,注意防火。"他讪讪地说。

他开了房门,并向我一一交点屋子里的东西:床、桌子、条凳、水瓶、瓷盆、黑白电视、电视套子……最后,他揭开枕巾说:"看清楚了,下面是两个枕芯。"

我向站在父亲身后的旦科眨眨眼,说:"还有这么多的灰尘。"

这句揶揄的话并没有在那张泛着油汗的脸上引起任何表情变化。他转身走了,留下我独自面对这布满石棉灰尘的房间,县城四周赤裸的岩石中石棉与云母的储量十分丰富。许多读者一定对这种下等旅馆有所体验,它的房间无论空了多久都会留下前一个宿客的气味与痕迹,而这种气味只会令人在这个陌生的地方备感孤独。

那个孩子呆呆地望着我掸掉床铺上的灰尘,脸上神情寂静而又忧郁,我叫他坐下来分享饮料和饼干。

"你怎么不上学?"

他包着满口饼干,摇摇头。

"这里不会没有学校吧?"我说。

旦科终于咽下了饼干,说这里有幼儿园、小学、中学,可他爸爸不叫他上学。

"你上过学吗?"他问。

我点点头。

"你叫什么名字,我的名字都告诉你了。"

"阿来。"

"我有个表哥也叫阿来。"

"那我就是你表哥了。"

他突然笑了起来，笑声干燥而又清脆："不，我们家族的姓是不一样的，我们姓寺朵。"

"我们姓若巴。"

"我表哥死了，我们的村子也完了，你知道先是树子被砍光了，泥石流下来把村子和许多人埋了。我表哥、妈妈、姐姐……"

我不知道如何去安慰这个内心埋葬着如此创痛的孩子。我打开窗帘，一束强光立即照亮了屋子，也照亮了从窗帘上抖落下来的云母碎片，这些可爱的闪着银光的碎片像一些断续的静默的语汇在空气中飘浮，慢慢越过挂在斜坡上的一片参差屋顶。

旦科的眼珠在强光下呈绵羊眼珠那样的灰色。他在我撩起窗帘时举起手遮住阳光，现在，他纤细的手又缓缓地放了下来。

"你想什么，叔叔？"

"哦……给你一样东西。要吗？"我问他。

"不。以前阿妈就不叫我们白要东西。以前村口上常有野人放的野果，我们不要。那个野人只准我爷爷要。别的人要了，他们晚上就进村来发脾气。"他突然话题一转，"你会放电视吗？"

不知为什么我摇了摇头。

"那我来给你放。"他一下变得高兴起来，他爬到凳子上，接通天线，打开开关，并调出了清晰的图像。在他认真地拨弄电视时，我从包里取出一叠九寨沟的照片放在他面前。

"你照的？"

"对。"

"你就是从那里来的？"

"对。"

他的指头划向溪流上古老的磨坊："你们村子里的？"

我没有告诉他那不是我们村子的磨坊。

他拿起那叠照片，又快快地放下了。

"阿爸说不能要别人的礼物，要了礼物人家就要进我们的房子来了。人家要笑话我们家穷。"

我保证不进他们的屋子旦科才收下了那些照片，然后，十分礼貌地和我告别。门刚锁上，外面又传来一只温柔的小狗抓挠门板的声响。我又把门打开，旦科又怯生生地探进他的小脑袋，说："我忘记告诉你厕所在哪个地方了。"

我扬扬手说："明天见。"

"明天……明天我可能就要病了。"小旦科脸上那老成忧戚的神情深深打动了我，"阿爸说我一犯病就谁也认不出来了。"

这种聪明、礼貌、敏感，带着纤弱美感的孩子往往总是有某种不幸。

"我喜欢你，你就像我弟弟。"

"我有个哥哥。你在路上见到他了吗？"见我没有回答，他轻轻说："我走了。"我目送他穿过光线渐渐暗淡的巷道。太阳已经落山了，黄昏里响起了强劲的风声，从遥远的河谷北面渐渐向南。我熟悉这种风声。凡是林木滥遭砍伐的大峡谷，一旦摆脱掉酷烈的阳光，地上、河面的冷气起来，大风就生成了。风暴携带尘土、沙粒无情地向人类居住地——无论是乡村还是城镇抛洒。离开时，又带走人类生活产生的种种垃圾去污染原本洁净美丽的空旷荒野。

我躺在床上，电视里正在播放系列节目《河殇》，播音员忧戚而饱满的男性声音十分契合我的心境，像一只宽厚的手安抚我入眠。

醒来已是半夜了，电视节目早已结束，屏幕上一片闪烁不定的雪花。

我知道自己是做梦了。因为有好一阵子，我盯着荧光屏上那些闪闪烁烁的光斑，张开干渴的嘴，期待雪花降落下来。这时，风已经停了。寂静里能听到城根下大渡河澎湃涌流的声音。

突然，一声恐惧的尖叫划破了黑暗。然后一切又归于沉寂。寂静中，可以听到隐约的幽咽饮泣的声音，这声音在没有什么客人的旅馆中轻轻回荡。

早晨，旦科的父亲给我送来热水。他眼皮浮肿，脸色晦暗，一副睡眠不足的样子。

"昨天晚上？"我一边注意他的脸色，小心探问。

他叹了口气。

"旦科犯病了，昨天晚上。"

"什么病？"

"医生说他被吓得不正常了，说他的神……经，神经不正常。他肯定对你说了那件事，那次把他吓出了毛病。"

"我想看看他。"

他静默一阵，说："好吧，他说你喜欢他，好多人都喜欢他，可知道他有病就不行了。我们的房子太脏了，不好意思。"

屋子里几乎没有任何陈设，地板、火炉、床架上都沾满黑色油腻。屋子里气闷而又暖和。这一切我曾经是十分熟悉的。在我儿时生活的那个森林地带，冬天的木头房子的回廊上干燥清爽，充满淡淡阳光。而在夏季，森林里湿气包裹着房子，回廊的栏杆上晾晒着猎物的皮子，血腥味招引来成群的苍蝇，那时的房子里就充满了这种浊重的气息——那是难得洗澡的人体，以及各种经久不散的食物的气息。就是在这样晦暗的环境中,我就聆听过老人们关于野人的传说。而那时,我和眼下这个孩子一样敏感、娇弱,那些传说在眼前激起种种幻象。现在,那个孩子就躺在我面前。在乱糟糟一堆衣物上枕着那只小脑袋,我看着他浅薄柔软的头发、额头上清晰的蓝色血脉,看着他慢慢睁开眼睛。有一阵子,他的眼神十分空洞,过了又一阵,他才看见了我,苍白的脸上浮起浅淡的笑容。

"我梦见哥哥了。"

"你哥哥?"

"我还没有告诉过你,他从中学里逃跑了,他没有告诉阿爸,告诉我了。他说要去挣钱回来,给我治病。我一病就像做梦一样,净做吓人的梦。"小旦科挣扎着坐起身来,瘦小的脸上显出神秘的表情,"我哥哥是做生意去了。挣到钱给阿爸修一座房子,要是挣不到,哥哥就回来带我逃跑,去有森林的地方,用爷爷的办法去逮个野人,叔叔,把野人交给国家要奖励好多钱呢,一万元!"

我把泡软的饼干递到他手上,但他连瞧都不瞧一眼。他一直在注意我的脸色。我是成人,所以我能使脸像一只面具一样只带一种表情。而小旦科却为自己的描述兴奋起来了,脸上泛起一片红潮。"以前我爷爷……"小旦科急切地叙述有关野人的传说,这些都和我早年在家乡听到过的一模一样。传说中野人总是表达出亲近人类模仿人类的欲望。他们来到地头村口,注意人的劳作、娱乐,进行可笑的模仿。而被模仿者却为猎获对方的愿望所驱使。贪婪的人通过自己的狡诈知道,野人是不可以直接进攻的,传说中普遍提到野人腋下有一块光滑圆润的石头,可以非常准确地击中想要击中的地方;况且,野人行走如飞,力大无穷。

猎杀野人的方法是在野人出没的地方燃起篝火，招引野人。野人来了，猎手先是怪模怪样地模仿野人戒备的神情，野人又反过来模仿，产生一种滑稽生动的气氛。猎手歌唱月亮，野人也同声歌唱；猎手欢笑，野人也模仿那胜利的笑声；猎手喝酒，野人也起舞，并喝下毒药一样的酒浆。传说野人第一次也是最后一次喝下这种东西时，脸上难以抑制地出现被烈火烧灼的表情。但接近人类的欲望驱使他继续畅饮。他昏昏沉沉地席地而坐，看猎人持刀起舞，刀身映着冰凉的月光，猎人终于长啸一声，把刀插向胸口，猎人倒下了，而野人不知其中有诈。使他的舌头、喉咙难受的酒却使他的脑袋涨大，身子轻盈起来。和人在一起，他感到十分愉快。身体硕壮的野人开始起舞，河水在月光下像一条轻盈的缎带，他拾起锋利的长刀，第一次拿刀就准确地把刀尖对准了猎手希望他对准的方向，刀插入的速度非常快，因为他有非常强劲的手臂。

传说中还说这个猎人临终时必然发出野人口中吐出的那种叫喊。这是人类宽恕自己罪孽的一种独特方式。

传说讲完了。小旦科显得很倦怠，阳光穿过窗棂照了进来。这地方那可怕的热气又开始蒸腾了。

旦科说："阿爸说人不好。"

"不是都不好。"

旦科笑了，露出一口稚气十足的雪白整齐的牙齿："我们要变成坏人，哥哥说坏人没人喜欢，可穷人照样没人喜欢。"

他父亲回来中止了我们的谈话。

我忍不住亲了亲他的小额头说："再见。"

旦科最后嘱咐我："见到哥哥叫他回来。"

他父亲说:"我晓得你什么话都对这个叔叔讲了,有些话你是不肯对我说的。"

语调中有一股无可奈何的凄凉。

孩子把一张照片掏出来,他争辩说:"你看,叔叔老家的磨坊跟我们村子里的那座一模一样。"

浊重的大渡河水由北而南汹涌流过,县城依山傍河而建。这些山地建筑的历史都不太长,它的布局、色调,以及建筑的质量都充分展示出急功近利、草率仓促的痕迹。我是第一次到达这个地方,但同时又对它十分谙熟。因为它和我在这片群山中抵达的许多城镇一模一样。它和我们思想的杂乱无章也是十分吻合的。

仅仅半个小时多一点,我已两趟来回走遍了狭窄曲折的街道。第一次我到车站,被告知公路塌方,三天以后再来打听车票的事情。第二次我去寻找鞋店。第三次走过时有几个行人的面孔已经变得熟识了。最后我打算到书店买本书来打发这几天漫长的日子,但书店已经关了。这时是上午十一点半。

"书店怎么在上班时间关门,这个地方!"因为灰尘,强烈的阳光,前途受阻,我心中有火气升腾。

终于,我在一家茶馆里坐了下来。

一切都和我想象的一模一样。无论是茶馆的布置、它的清洁程度、那种备受烈日照射地区特有的萎靡情调。只有冲茶的井水十分洁净,茶叶一匹匹以原先在植株上的形态舒展开来。我没有租茶馆的武侠小说,我看我自己带的书《世界野人之谜》,一个叫迈拉·沙克利的英国人写的。第四章一开始的材料就来自《星期日邮报》文章《中国士兵吃掉一个野人》,而那家报纸的材料又来自我国的考古学杂志《化石》。这引起我的推想,就在现在这个茶馆坐落的地方，百年之前肯定满被森林，野人肯定在这些林间出没，寻找食物和洁净的饮水。现在，茶馆里很安静，那偶尔一两声深长的哈欠可能也是过去野人打过的深长哈欠。这时，我感到对面有一个人坐下来了，感到他的目光渐渐集中到了我的书本上面。我抬起头来，看到他的目光定定地落到了那张野人脚印的照片上。这个人给我以似曾相识的感觉。这个人又和这一地区的大部分人一样皮肤粗糙黝黑，眼球浑浊而鼻梁一概挺括。

"野人！"他惊喜地说，"是你的书吗？"他抬起头来说。

"对。"

"啊，是你？"

"是我，可你是谁？"

"你不认得我了？"他脸上带着神秘的神情倾过身子，口中的热气直扑到我脸上。我避开一点。他说："金子！"

我记起来了。他是我在泸定车站遇见的那个自称有十几斤金子的人，加上他对野人的特别兴趣，我有点儿知道他是谁了。

我试探着问："你是旦科的哥哥？"

"你怎么知道？"他明显吃了一惊。

"我还知道你没有什么金子，只有待会儿会放出来的屁。"不知为什么我一下子对这个年轻人显得严厉起来了，"还有你想捕捉野人的空想。野人是捉不住的！"我以替野人感到骄傲的口吻说。

"能捉到。用一种竹筒，我爷爷会用的方法。"

他得意地笑了，眼中又燃起了幻想的疯狂火苗，"我要回家看我弟弟去了。"

我望着他从其中很快消失那片阳光，感到沥青路面变软，鼓起焦泡，然后缓缓流淌。我走出茶馆，一只手突然拍拍我的肩膀:"伙计!"

是一个穿制服的胖子。他笑着说:"你拿了一个高级照相机啊。"那懒洋洋的笑容后面大有深意。

"珠江牌不是什么高级照相机。"

"我们到那边阴凉地坐坐吧。"

我们走向临河的空荡荡的停车场,唯一的一辆卡车停放在那里的时间看来已经很久。

我背倚着卡车轮胎坐下来,面向滔滔的大渡河水。两个制服同志撇开我展开了别出心裁的对话。

"昨天上面来电话说一个黄金贩子从泸定到这里来了。他在车站搞倒卖,有人听见报告了。"

"好找,到这里来的人不多,再说路又不通了。"

胖子一直望着河面。

瘦子则毫不客气地逼视着我,他说:"我想我们已经发现他了。"

两人的右手都捂在那种制服的宽敞的裤兜里,但他们的手不会热得难受,因为他们抚弄着的肯定是某种冰凉的具有威胁性的金属制品。而我的鼻腔中却充满了汽车那受到炙烤后散发出的橡胶以及油漆的味道。

我以我的采访证证实了身份后,说:"到处声称有十几斤金子的人只是想象自己有那么富有。"

"你是说其实那人没有金子?"胖子摇摇头,脸上露出不以为然的笑容。

"嗨,你们知道野人的传说吗?"

"知道一点儿。"

"不久前,听说竹巴村还有野人,那个村子里连娃娃都见过。"

"竹巴村？"

"这个村子现在已经没有了。"

"泥石流把那个村子毁了，还有那个女野人。"

我又向他们询问用竹筒捕捉野人是怎么回事，他们耐心地进行了讲解。原来这种方法也和野人竭力模仿人类行为有关。捕捉野人的人事先准备两副竹筒，和野人接近后，猎手把一副竹筒套在自己手上，野人也捡起另一副竹筒套上手腕。他不可能知道这副竹筒中暗藏精巧机关，戴上就不能褪下了，只能任人杀死而无力还击了。

"以前杀野人多是取他腋下那块宝石。"

"吃肉吗？"

"不，人怎么能吃人肉。"

他们还肯定地告诉我，沿河边公路行进十多公里，那里的庙子里就供有一颗野人石。他们告辞了，去搜寻那个实际上没有黄金的走私犯。

我再次去车站询问，说若是三天以后不行就再等到三天以后。这帮助我下定了徒步旅行的决心。

枯坐在旅馆里，望着打点好的东西，想着次日在路上的情形，脑子里还不时涌起野人的事情。

这时，虚掩的门被推开了。旦科领着他哥哥走了进来。我想开个玩笑改变他们脸上过于严肃的表情，但又突然失去了兴致。

"明天，我要走了。"

他们没有说话。

"我想知道野人和竹巴村里发生的事情。"

他们给我讲了已死的女野人和他们已经毁灭的村子的事情。那个野人是女的，他们又一次强调了这一点。她常常哭泣，对男人们十分友善，对娃娃也是。竹巴村是个只有七户人家的小村子，村民们对这个孤独的女野人都倾注了极大的同情。后来传说女野人与他们爷爷有染。而女野人特别愿意亲近他们爷爷倒是事实。

"爷爷有好长的胡子。"

后来村子周围的树林被上千人几年就砍伐光了。砍伐时女野人走了，砍伐的人走后，女野人又回来了。野人常为饥饿和再难得接近爷爷而哭泣。野人肆无忌惮的哭声经常像一团乌云笼罩在村子上面，给在因为干旱而造成的贫困中挣扎的村民带来了不祥的感觉。于是，村里人开始仇恨野人了，他们谋划杀掉野人。爷爷不得不领受了这个任务，他是村里德高望重的老人，也是最为出色的猎手。

爷爷做了精心准备，可野人却像有预感似的失踪了整整两个月，直到那场从未见过的暴雨下来。大雨下了整整一夜，天刚亮，人们就听见了野人嗥叫的声音，那声音十分恐惧不安。她打破了以往只在村头徘徊的惯例，嗥叫着、高扬着双手在村中奔跑，她轻易地就把那只尾随地吠叫不止的狗掼死在地上了，人们这次是非要爷爷杀死这个野人不可了。她刚刚离开，久盼的雨水就下来了，可这个灾星恰恰在此时回来想激怒上天收回雨水。

"阿妈跪在了阿爸面前，她的阿爸我们的爷爷面前，说杀死了这个女野人肯定村里的女人都会爱他。"

爷爷带着竹筒出现在野人面前。这时，哗哗的雨水声中已传来山体滑动的声音。那声音隆隆作响，像预示着更多雨水的隆隆雷声一模一样。人们都从自家窗户里张望爷爷怎样杀死野人。爷爷一次又一次起舞，最后惹得野人掼碎了竹筒。她突然高叫一声，把爷爷夹在腋下冲出村子。两兄弟紧随其后。在村外的高地上，野人把爷爷放了下来，脸上露出了傻乎乎的笑容。雨水顺着她细绺的毛发淋漓而下，女野人张开双臂，想替爷爷遮住雨水。这时，爷爷锋利的长刀却扎进了野人的胸膛。野人口中发出一声似乎是极其痛苦的叫喊。喊声余音未尽，野人那双本来想庇护爷爷的长臂缓缓卡住了爷爷的身子。爷爷被高高举起，然后掼向地上的树桩。然后，野人也慢慢倒了下去。

这时，泥石流已经淹没了整个村子。

旦科说："磨坊也不在了，跟你老家一样的磨坊。"

"这种磨坊到处都有。"

他哥哥告诉他说。

第二天早上我徒步离开了那个地方，顺路去寻访那个据说供有野人石头的寺庙。寺庙周围种着许多高大的核桃树。一个僧人站在庙顶上吹海螺。螺声低沉幽深，叫人想到海洋。他说庙子里没有那样的东西。石头？他说，我们这里没有拜物教和类似的东西。

三天后，我在大渡河岸上的另一个县城把这次经历写了下来。

清晨的海螺声

一阵海螺声引起了我的注意。

一个红衣的僧人站在一座规模不大的寺庙的平坦泥顶上,手里捧着的,正是一只体积很大的左旋海螺。

我走向这座寺庙,绕过一些核桃树,走上庙前的小石桥,寺院的大门出现在我眼前时,那个红衣喇嘛已经站在寺院门口了。他说,昨天晚上,火塘里的火笑得厉害,早上,他扯了一个索卦,便知道今天有贵客上门。于是,他弯下腰,双手平摊,做了一个往里请的手势。他把我引到旁边一个厢房里。

在外边强烈的太阳光线下走动久了,刚进到屋里,眼前一片黑暗。我摸黑坐下,听到喇嘛鼓起腮帮吹气的声音。然后,一团暗红的火从屋子中央慢慢亮起来,先是照亮了火塘本身,然后,照亮了煨在火边的茶壶,茶壶里传出滋滋的水声。喇嘛把一碗热茶捧到我面前。这时,我的眼睛已经适应了屋里的光线,什么都可以看见了。

喇嘛又说:"喇嘛穷,庙子小,客人请多担待。"

我说:"你的庙是有来历的,又在这神山下面,可我不是什么贵客。"

他端详我一阵,说:"你的眼睛,是能看穿好多事情的,如今世道不一样了,如果是在早先,肯定也是出家人,肯定做出大的学问来,你是贵客,是贵客!"

想想也是,要是没有二十世纪五十年代以后藏族社会所经历的巨大变迁,我这种喜欢与文字为伍的人,如果不是进入僧侣阶层,又如何与书面文化发生联系呢。但是,历史没有假设。所以,当那个巨大变化来临后,我,和我这一代人,都大面积地进入了国家举办的各种教授汉文的学校。

我终于成了一个靠操弄汉字为生的藏族人,细想起来,也真是一件非常有意思的事情。喝了两碗茶水后,我终于向喇嘛提出了野人的问题。

喇嘛笑了,他说:"你怎么不问我寺庙的事情呢?人人都要问这个问题的。"

我看看这简陋的寺院,摇了摇头。其实,这个寺庙除了简陋,还特别复杂,住在庙里的人,怕是没有一个人能说得清楚,这一点,在后面我们还要讨论到。所以,我依然向他提出那个野人的问题。

他起身来,说:"这种事情,我还多少知道一点。"

我说:"这些山里有过野人吗?"

他点点头说:"有过,有过。"于是,他的脸上浮现出夸张的神秘,"你等一等,我给你看样东西。"

于是,他拿起一串钥匙,走开了。我在这间隙里打量这间屋子。屋子是一些新旧不一的木板装成的。板壁上贴着一些印刷出来的佛像与佛经故事画。这些故事画都取材自《百喻经》,讲的无非是佛祖释迦牟尼成佛前所经历的许多次轮回的故事。

但这里,最初却是与佛教斗得你死我活的苯教的一个中心地区。正是从莫尔多山上一百零八个山洞里发掘出来的伏藏,加上不断兴建的苯教寺院,改变了苯教在佛教的进逼面前步步退让的局面，而使青藏高原东北边缘的这个地带，成为苯教的中心地带。而有了书面经典的苯教的广泛传播，又进一步刺激了这一地区的文化发展。

就在我的思绪这么信马由缰的时候，喇嘛回来了。

他脸上的表情依然显得异常诡秘。我不是一个着急的人，就那么静静地望着他。

他从怀里掏出一块黄缎包裹着的东西放在我手上。

奄眼一看，这块黄绸似乎是刚才包裹上去的。黄绸是一块上好黄绸，厚实而又光滑如水。除了在寺院里，市面上是很难见到了。黄绸一层层揭开，里面露出了一个溜圆的石头。

石头本身只比鸡蛋稍大一些，但却显出加倍的重量。

与这簇新的黄绸不同，石头是很有些年头的样子了。说明这绝不是一颗寻常的石头。石头通身显出一种油浸浸的黑，而且拿在手里，又有一种非同一般的光滑。

喇嘛说："这可是我们寺院的镇寺之宝。"

我笑了，为了这喇嘛的故弄玄虚。这是一座佛寺，而不是伊斯兰教的寺院。只有麦加的一所清真寺，才有一块黑色的石头被当成镇寺之宝。一是因为那石头来自天外某星体，也因为，伊斯兰教是没有偶像供崇拜的教派。而佛教，尤其是藏传佛教，那么复杂庞大，差不多每一个神佛都有具体的偶像，被供奉在不同的地方。而每一个寺院，要表示其地位与来历，都至少会有一两件镇寺之宝。那些镇寺之宝，要么是一尊有来历的佛像，要么是一些集中了最多金银珠宝的某一世活佛的灵塔。

我从来没有听说过，有某一座寺庙里会把一块石头当成镇寺之宝。虽然，这块石头看起来有些不大寻常。它比别的石头更重、更黑、更圆润。

喇嘛等我好奇够了,才有些得意地一笑,说:"这是野人的石头。"

"野人的石头?"

喇嘛点点头,告诉我,这是野人的武器。打野牛,打豹子,打野猪,一打一个准,而且,每一石头只打猎物的额心,所以,石石毙命。喇嘛还给我讲了一个传说中一家穷人发财致富的故事。

这个故事与藏族人喜欢使用的豹皮有关。

当年,吐蕃大军刚刚征服嘉绒时,军队里的军官都是以胸前斜襟上的豹皮来识别军阶。但凡斜襟上佩有豹皮者,都是孔武的军官或武士。于是,豹皮成了男人们十分喜欢的珍贵之物。豹子这类猛兽,即或在过去的时代,数量也不会有很多。冷兵器时代,要猎获这种猛兽并不是一件特别容易的事情。豹皮成了一种很珍贵值钱的东西。流风所至,直到今天,豹皮也还是一种非常珍贵的东西。而且,比过去任何时代都显得更加珍贵了。

这个故事说,野人喜欢上了山下村子里一个被休回娘家的女人。被休的女人总是显得非常愤懑。但是,故事里没有讲是不是因为这种愤懑,使山上的野人爱上了她。一个没有月光的夜晚,野人下山来掳走了这个女人。

没有人看见这个野人下山,只是第二天发现,那个女人音信全无。但是人们在她的床前发现了两张豹皮。豹皮上,没有被火枪打过,没有被箭射过,也没有被刀砍过的伤痕。那是两张最完整的豹皮。

人们抬头看看山,知道那是野人所为。

女人被野人掳上山去,做了野人的洞中主妇的故事,已经不是发生一回两回了。

只是这一回,这家人遇上了一个好野人。每隔一段时间,家里的某个地方，就会出现一两张的豹皮。于是，这家便靠着出售豹皮慢慢地富裕起来。好多年过去以后，这家人屋顶上一次性地出现了两捆豹皮。其中一捆中间，包裹了一个刚刚出生不久的小男孩。

这个小男孩长大以后，成为一个身材高大，性情温和，但却异常勇敢的武士。

史称豹子武士。

我不能肯定这个故事的发生地就在莫尔多山区，也不能肯定这些河谷平畴中的山村的某一处，有这个豹子武士的后裔。我只相信，所谓野人绝不是一个好事者杜撰出来的虚妄的存在。至少，在过去，在这些荒凉的地带还被无边的森林所覆盖的时代，野人应该是一种实实在在曾经的存在。

文章写到这里，我接到现在居住在成都的萧蒂岩先生的电话，说他在商业上很成功的夫人陈女士要在西郊的鸵鸟园请我吃饭。

萧先生写过前述关于西藏野人，或者国际上通称的喜马拉雅雪人的书，还出任过中国野人研究会副会长。正是这个原因，促使我关了电脑欣然应约。

鸵鸟园中果然饲养着一些比牦牛还要高大的鸵鸟。我们在旁边的楼里喝茶神聊。其间，我不经意中提到了那块野人的石头。

萧先生细小而有神的眼睛陡然放出更多的光亮："你真的见过那种石头？"

"那石头真是野人的武器？"

萧先生说："我搞野人研究多年，没有见过这种东西，但我知道有这个东西。"

他说，这种石头应该是一种坚硬的燧石。野人常常将其夹在腋下，遇到猎物，扔出去，百发百中，而且都是直取额心命门。没有哪一种野兽在这猛力一掷之下再得生还的道理。石头扔出去了，野人还要将其捡回来，夹在腋下，日久天长，油汗浸润，就成了我见过的那种样子。

这些故事，那个喇嘛并没有告诉我。

在嘉绒地区，寻求某种风习的沿革，某一狭小地区的历史渊源，往往需要做这种拼图游戏。你不能期望在一时一地，就获取到所有的碎片，并一丝不爽地再完成必需的整合。从来藏族地区，特别是嘉绒地区做地方文化史研究的人，必须永远做这种拼图游戏。

这当然不只是指单独的一个野人的传说。

即或是嘉绒这个部族名称，也是一个颇费周章，而又难以一时给以定论的事情。

离开就是一种归来

那是七八年前的事了,我从一座小寺庙里出来。住持让手下唯一的年轻喇嘛送我一程。他把我送出山门,并把我寄放在门房的小口径步枪交还给我。

下午斜射的阳光照耀着苍黛的群山,蜿蜒的山脉把人的视线延伸到很远的地方。山下奔涌不息的大渡河水也被阳光镀上了一层闪烁不定的金光。

我对这个年轻的喇嘛说:"请回去吧。"

他的脸上流露出些依依不舍的表情,说:"让我再送送你吧。"

我知道这并不意味着通过这四五个小时的访问,我们之间已经建立起了多么深厚的友谊,这是不可能的。在我做客的大部分时间里,我都在跟他的上师——这座山间小寺的住持喇嘛争论。因为一开始他就对我说,这座小庙的历史有一万多年了。宗教从诞生之初,就具有对日常生活的超越能力。但很难设想产生于历史进程中的宗教能够超越历史本身。于是,我们就开始争论起来。这个争论持续了一个多小时,而没有取得任何结果。

那时,这个年轻喇嘛就坐在一边。他一直以一种恭敬的态度为我们不断续上满碗的热茶,但他的眼睛却经常从二楼狭小的窗口注视着外面的世界。

现在，我们来到了阳光下面。强烈的阳光刺得人有些睁不开眼睛。我们踏入了一片刚刚收割了小麦的庄稼地。剩下的麦茬发出许多细密的声响。那个年轻喇嘛还跟在后面。我还看见，那个多少有些恼怒的住持正从二楼经堂的窗口注视着我。我在他的眼里，是一个真正的异端吗？

我再一次对身后的年轻喇嘛说："请回去吧。"

他固执地说："我再送一送你。"

我在刚收割不久的麦地里坐了下来。麦子堆成一个一个的小垛，四散在田野里。每一个小垛都是一幢房子的形状。在这一带地方，传统建筑样式都是碉楼式的平顶房子。而这种房子式的麦垛却有一道脊充当分水，带着两边的坡顶。在这片辽阔山地里，还有一种小房子也是这么低矮，有门无窗，也有分水的脊带着两边的坡顶。那就是装满叫作"擦擦"的泥供的小房子。这些叫作擦擦的东西，一类是宝塔状，一类则像是四方的印版，都是从木模里模制出的泥坯。这些泥坯陈列在不同的地方，是对很多不同鬼神的供养。

麦地边的树林与草地边缘，就有一两座这种装满供养的小房子。

而地里则满是麦子堆成的这种小房子。

这时，坐在我身边的小喇嘛突然开口说："我知道你的话比师父说的有道理。"

我也说："其实，我并不用跟他争论什么。"但问题是我已经跟别人争论了。

年轻喇嘛说："可是我们还是会相信下去的。"

我当然不必问他明知如此，还要这般的理由。很多事情我们都说不出理由。

这时,夕阳照亮了一川河水,也辉耀着列列远山,一座又一座青碧的山峰牵动着我的视线,直到很辽远的地方。

年轻喇嘛眯缝着双眼,用他那样的方法看去,眼前的景象会显得飘浮不定,从而产生出一种虚幻的感觉。

"其实,我相信师父讲的,还没有从眼前山水中自己看见的多。"

我的眼里显出了疑问。

他脸上浮现出一丝犹疑的笑容:"我看那些山,一层一层的,就像一个一个的梯级,我觉得有一天,我的灵魂踩着这些梯子会去到天上。"这个年轻喇嘛如果接受与我一样的教育,肯定会成为一个诗人。

我知道,这不是一个可以讨论的问题,对方也只是说出自己的感受,并不是要与我讨论什么。这些山间冷清小寺里的喇嘛,早已深刻领受了落寞的意义,并不特别倾向于向你灌输什么。

但他却把这样一句话长久地留在了我的心上。

我站起身来与他道别:"请向你师父说得罪了,我不该跟他争论,每个人都该相信自己的东西。"

我走下山道回望时,他的师父出来,与他并肩站在一起。这时,倒是那在夕阳余晖里,两个喇嘛高大的剪影,给人一种比一万年还要久远的印象。

一小时后,我下到山脚时,夜已经降临了。

坐上吉普车,发动起来的引擎把一种震颤传导到整部车子的每一个角落,也传导到我的身上。我从窗口回望山腰上那座小小的寺庙。看到的只是星光下一个黝黑的剪影。不知为什么,我期望看到一星半点的灯光,但是,灯火并未因为我有这种期望而出现。

那座小庙的建立很有意思。数百年前的某一天，一个犁地的农民突然发现一面小山崖上似乎有一尊佛像显现出来。到秋天收割的时候，这隐约的印迹已经清晰地现身为一尊坐佛了。于是，他们留下了一名游方僧人，依着这面不大的山崖建起了一座宝殿。石匠顺着那个显现的轮廓，把这尊自生佛从山崖里剥离出来。几百年来，人们慢慢为这座自生佛像妆金裹银，没有人再能看到一点石头的质地，当然也就无从想象原来的样子了。

在藏族聚居区，这不是一种偶然的现象。

在布达拉宫众多佛像中，最为信徒崇奉的是一尊观音像。这不但是因为很多伟大人物，比如吐蕃国历史上有名的国王松赞干布就被看成是观世音的化身。而是因为这尊观音像也是从一段檀香木中自然生成的。只是在布达拉宫我们看到的这尊自生观音，也不是原本的样子了。

这尊自生观音包裹在了一尊更大的佛像里，里面到底是什么样子，我们只能自己进行判断或猜想了。

从此以后，我在群山中各个角落进进出出，每当登临比较高的地方，极目远望时，看见一列列的群山拔地而起，逶迤着向西而去，最终失去陡峻与峭拔，融入青藏高原的壮阔与辽远时，我就会想到这个有关阶梯的比喻。

我一直认为，这是一个好的比喻。

一本有关藏语诗歌修辞的书中说，好的比喻犹如一串珠饰中的上等宝石。而在百姓日常口头的表达中，很难打捞到这样的宝石。我有幸找到了一颗，所以，经常会在自己再次面对同样的自然美景时，像抚摸一颗宝石一样抚摸它。而这种抚摸，只会让真正的宝石焕发出更令人迷醉的光芒。

当然，如果说我仅凭这么一点来由，就有了一个书名，也太弱化了自己的创造。

我希望自己的书名里有足够真切的自我体验。

大概两年之后，我为拍摄一部电视片，在深秋十月去攀登过一次号称蜀山皇后的四姑娘山。这座海拔六千多米的高山，就耸立在距四川盆地直线距离不过百余公里的邛崃山脉中央。我们前去的时候，已经是水冷草枯的时节。雪线正一天天下降到河谷，探险的游客已断了踪迹，只在山下的小镇日隆的旅馆墙上留下了"四姑娘山花之旅"一类的浪漫词句。

上山的第四天，我们的双脚已经站在了所有森林植被生存线以上的地方。巨大岩石的阴影里还有经年不化的冰雪。往上，是陡峭的冰川和蓝天，回望，是一株株金黄的落叶松，纯净的明亮。此行，我们不是刻意登顶，只是尽量攀到高一点的地方。当天晚上，我们退回去一些，宿在那些美丽的落叶松树下。那天晚上下了一场大雪。早上醒来，雪遮蔽了一切，树、岩石，甚至草甸上狭长的高山海子。

我又一次看到被雪的山脉一列列走向辽远，一直走到与天际模糊交接的地方。这时，太阳出来了。

不是先看到的太阳。而是遽然而起的鸟类的清脆欢快的鸣叫一下就打破了那仿佛亘古如此的宁静。然后，眼前猛地一亮，太阳在跳出山脊的遮挡后，陡然放出了万道金光。起先，是感觉全世界的寂静都汇聚到这个雪后的早晨了。现在，又觉得这个水晶世界汇聚了全世界的光芒与欢唱。

"太阳弹响群山的音阶。"

我试图用诗概括当时的感受时，用了上面这样一个句子作为开头。从此，我就把这一片从成都平原开始一级级走向青藏高原顶端的一列列山脉看成大地的阶梯。

从纯粹地理的眼光看,这是把低海拔的小桥流水最终抬升为世界最高处的旷野长风。

而地理从来与文化相关,复杂多变的地理往往预示着别样的生存方式、别样的人生所构成的多姿多态的文化。

不一样的地理与文化对于个人来说,又往往意味着一种新的精神启示与引领。

我出生在这片构成大地阶梯的群山中间,并在那里生活、成长,直到三十六岁时,方才离开。所以选择这个时候离开,无非是两个原因。首先,对于一个时刻都试图扩展自己眼界的人来说,这个群山环抱的地方时时会显出一种不太宽广的固守。但更为重要的是,我相信,只有在这个时候,这片大地所赋予我的一切最重要的地方,不会因为将来纷纭多变的生活而有所改变。

有时候,离开是一种更本质意义上的切近与归来。

我的归来方式肯定不是发了财回去捐助一座寺庙或一间学校,我的方式就是用我的书,其中我要告诉的是我的独立的思考与判断。我的情感就蕴藏在全部的叙述中间。我的情感就在这每一个章节里不断离开,又不断归来。

作为一个漫游者,从成都平原上升到青藏高原,在感觉到地理阶梯抬升的同时,也会感觉到某种精神境界的提升。但是,当你进入那些深深陷落在河谷中的村落,那些种植小麦、玉米、青稞、苹果与梨的村庄,走近那些山间分属于藏传佛教不同流派的或大或小的庙宇,又会感觉到历史,感觉到时代前进之时,某一处曾有时间的陷落。

问题的关键是,我能同时写出这种上升与陷落吗?

当出版社组织的这次活动结束的时候,各路同行会师拉萨,新闻发布会召开时,租来作为会场的地方,竟然有一尊佛教中文艺女神央金玛的塑像。这种情境当然只会在西藏出现。那么,就让这尊女神保佑我,赐给我足够的灵性与智慧,来实现我的目标吧。

成人之后,我常常四出漫游。有一首献给自己的诗就叫作《三十周岁时漫游若尔盖大草原》。

记得其中有这样的句子:

> 我们嘴唇是泥,
> 牙齿是石头,
> 舌头是水,
> 我们尚未口吐莲花。
> 苍天啊,何时赐我最精美的语言。

今天,当我期望自己做出深刻生动表达的时候,又感到自己必须仰仗某种非我的力量。在历史上,每一个有学识的僧人在开始其著述时,都会向四方的许多神佛顶礼。比如藏族历史上最具批判性的更敦群培在《智游佛国漫记》中,开篇就"虔诚地向正等觉世尊之足莲叩拜"。所谓足莲是藏语里一种修辞格,就是把世尊的足喻为莲花。这样叩拜的目的,也无非"敬祈赐予保佑",保佑著作者能够:

> 深邃智慧之光轮驱除世间迷惑,
> 恬静解脱之定足镇压三界顶部,
> 具有未染戏论浮云净空之胸怀,
> 众生之祥瑞太阳赐汝圆满之雨露!

位高权重的五世达赖在其巨著《西藏王臣记》的开篇也是这样祝颂：

那整齐的花蕊，似青年智慧，锐如铁钩，刺入美女的心房。
自在地洞见诸法的法性，显现在大圆镜上。
明效大验，显示出一幅梵净歌舞的景象。
能做这样的加被者——文殊师利，愿我庄严的喉舌成为语自在王。

然后，他转而向诗歌与文艺女神继续祝颂：

乍见美妙喜悦的尊颜，疑是皎洁的月轮出现。
你那表示消除一切颠倒与惶惑的标帜——
是你那如蓝吠琉璃色彩般长悬而下垂的发辫。
妙音天女啊！愿我速成语自在王那样的智慧无边！

"语自在"，从古到今，对于一个操持语言的人来说，都是一种时刻理想着的，却又深恐自己难于企及的境界。

现在，虽然全世界的人都会把藏族人看成是一个诚信教义，崇奉着众多偶像的民族，但是，作为一个藏族人如我，却看到教义正失去活力，看到了偶像的黄昏。

那么，我为什么又要向非我力量发出祈愿呢？因为，对于一个漫游者，即使我们为将要描写的土地给定一个明晰的边界，但无论是对一本书,还是对一个人的智慧来说,这片土地都过于深广了。江河日夜奔流,四季自在更替,人民生生不息,所有这一切,都会使一个力图有所表现的人感到胆怯甚至是绝望。第二个问题,如果不是神佛,那这非我力量所指又是什么?我想,那就是永远静默着走向高远阶梯一般的列列群山;那就是创造过、辉煌过,也沉沦过、悲怆过的民众,以及民众在苦乐之间延续不已的生活。

我想从天上看见

也许是因为年代过于久远,在这条陆路上行走时,已经没有人能找到一条清晰的脉络。历史与历史中的文化传播与变迁,比之于现代物理学家所建立的量子理论还要难于捉摸。物理学家描述他们抽象的理论时运用了一种可靠的用数学语言可以表述的模型。而历史中的文化却更多地在荒山野岭间湮灭,随着一代一代人的消失而被永远埋葬。

我想,也许从天上,从高处像神灵一样俯瞰时可以看见。

于是,我在拉萨的贡嘎机场登机时特意要了一个临窗的位置。并祈愿这一路飞行,没有云雾的遮蔽。

事实是,我登上飞机时,拉萨正在下雨。拉萨河和雅鲁藏布江水溢出了河床,洪水漫进了河床两边的青稞地,漫进了低矮的平顶土房组合而成的安静的村庄。地里的庄稼已经收割了,洪水浅浅地漫在地里,麦茬一簇簇露在水面上。庄稼地与房舍之间,是一株株柳树,在雨中显得分外的碧绿。飞机越升越高,那些淹没了土地的水像面镜子一样反射着天光。这真是一种奇异的景象:洪水成灾,但人们依然平静如常,没有人抢险,没有人惊慌失措,那些低矮的土屋安安静静的,都是很宿命的样子。土屋顶上冒着青烟,我想象得出来,围坐在火塘边上的农人平静到有些漠然的脸。洪水与所有天气(比如冰雹)一样,或多或少都和某种神灵的力量与意愿有关。

对于来自神灵与上天的力量，一个凡人往往只能用忍受来担待。所以，当外界的眼光看到一个无所欲求的农人，而赞叹、而自怜的时候，我想告诉你，那是因为对生活日深月久的失望。不指望是因为从来都指望不上。所以，你才会在雅鲁藏布江洪水泛滥时，看到这么一幅平静的景象。

这种平静的景象里有一种病态的美感，病态的美感往往更有动人心魄的力量。

飞机再向上爬升，就穿过了饱含雨水的云层。

云层掩去了下界的景象，满眼都是刺目的明亮阳光！

虽然有云层阻隔，但我还是感觉到机翼下渐渐西去的高原那自西向东的倾斜。飞机每侧转一下机身，我就感觉到雄伟的高原正向东俯冲而下。闭上眼睛感觉，那是多么有力的一种俯冲啊！我当然知道，这种俯冲感是一种幻觉。飞机飞行得非常平稳。电视里正在播放平和的音乐。当气流导致飞机发生小小的震颤，空姐柔美的声音便从扩音器里传来。

但我还是觉得大地在向下俯冲。

我说过，这是一种幻觉。

而且是我不止一次感觉到过这样的幻觉。

譬如当我最大限度在接近某一座雪山的顶峰，坐在雪线之上，看到只要有一点动静，风化的砾石便水一样流下山坡；看到明亮的阳光落在山谷里，森林中，使得云雾蒸腾，我也会感觉到大地的俯冲。而到云雾散开，大地安安静静地呈现出它真实的面貌，这种幻觉便消失了。

飞机起飞不久，机翼下面的云层便渐渐稀薄，云层下移动的大地便渐渐显现在眼前了。

雪峰确乎呈南北向一列列排开在蓝天下，晶莹中透着无声的庄严。在这一列列的雪山之间，是一片片的高山草甸，草甸中间或还点缀着一些积雨形成的小湖泊。湖泊边上，有牧人的帐房。我熟悉帐房里牧人的生活。他们不是草原上那种纯粹的牧民。夏天，他们赶着牛羊来到这些雪山之间的高山牧场；秋天到来，他们被一天天降低的雪线压迫着，走进河流深切出来的山谷，回到自己种植玉米与青稞的农庄。夏天是牧场上的收获季，秋天，又是土地里的收获季了。于是，这些山地中半农半牧的同胞，便在一年中，有了两个收获的季节。

每一列雪山之后，这种山间牧场就更低，更窄小，直至完全消失。眼界里就只有顶部很尖锐，没有积雪的峭拔山峰了。这是一些钢青色岩石的山峰，一簇簇指向蓝空深处。山体周围是郁郁葱葱的森林。然后，这种美丽的峭拔渐渐化成了平缓的丘陵，丘陵又像长途俯冲后一声深长的叹息，化成了一片平原。这声叹息已经不是藏语，而是一声好听的汉语里的四川话了。

从平原历经群山的阻隔与崎岖，登上高原后，那壮阔与辽远，是一声血性的呐喊。

而从高原下来，经历了大地一系列情节曲折的俯冲，化入平原的，是一声疲惫而又满足的长叹。

而我更多的经历与故事，就深藏在这个过渡带上，那些群山深刻的皱褶中间。

露营在星光下

我在1999年夏天走下梦笔山的北坡,穿过大片的杜鹃花丛与更加高大的冷杉巨大的树影时,想起了山下的那个村庄,想起了那个十月的朝圣之旅。

后来,我在一块林间草地上找到了几朵鹅蛋菌。这是蘑菇中的上品。于是,我找来一些干树枝,在冷杉树下刨出一块干燥的地方,用树上扯下来的干燥的树挂引燃了一团小小的火苗。其实,在那样的野地里生火,很不容易看到火苗。我只是感到手上有了灼烫的感觉,看到银灰色的树挂上腾起一股青烟,就知道火燃起来了。把打火机仔细收好时,干枯的树枝发出噼噼啪啪的爆裂声,我知道这火真正燃起来了。于是,我又从杉树上剥下一些厚厚的树皮投进火里,这才回身去采摘那几朵蘑菇。

这种蘑菇顶部是漂亮的黄色,从中间向四周渐次轻浅,那象牙色的肉腿却是所有菌类里最最丰腴的。我准备好了用猎人的方式来享用一顿美餐。

在大山里,时间的流逝变慢了,我等待着那堆树枝燃尽,在那些通红的炭屑上,我就可以烤食新鲜蘑菇了。

我用小刀把黄色的菌子剖成两半,摊放在散尽了青烟的火上,再细细地撒上盐和辣椒面,水分丰富的菌子在火炭上烧得冒着水泡,吱吱作响。当水分蒸发掉一多半后,吱吱声没了,一股清香的气息四处弥漫。

我像十多年前打猎时烧菌子果腹时那样吞咽着口水,然后把细嫩的菌子送进嘴里。多么柔软嫩滑可口的东西啊!山野里的至味之物,我们久违了!

吃完两大朵菌子,我从树下抠起大块的湿苔藓把火压灭,继续往山下走去。我走的是一条捷径,不一会儿,我又穿出森林,来到公路上。一辆吉普车驶来,我招招手,吉普车停了下来。开车的是个外地的商人,这个季节,到山里来四处收购药材与蘑菇。

他希望我走得远一些,好跟他一路搭伴,但我告诉他只坐到山下那个叫作纳觉的寨子边上。

我只打了个小小的瞌睡,那个寨子一幢幢覆盖着木瓦的石头建筑就出现在眼前了。正午刚过不久的时分,寨子显得很安静。几辆手扶拖拉机停在公路边上。地里有几个在麦子中间拔草的女人。寨子对面的山坡上,那些沙棘与白桦树间,飘扬着五彩的经幡。

再往下不远的溪水上是一座磨坊。

地里拔草的女人们直起腰来,手搭凉棚,顶着耀眼的阳光向我张望。这时,要是我渴我饿,只需走到一户人家的门口,地里的女主人就会放下活计赶回家来,招待我一碗热茶,一碗酥油糌粑,或者还有一大碗新鲜的酸奶。

但我只是向这些女人挥了挥手,便转身顺着一排木栅栏走到通往查果寺的那条小路跟前。

离开公路几步,打开栅栏门,我进入了一片麦地,麦子正在抽穗灌浆,饱满的绿色在阳光下闪闪发光。一种令人心生喜悦的光芒。夏天的小路潮润而柔软。

穿过麦地,走出另一道面向山坡的栅栏门,我就到一片开满野花的山坡上了。那些鲜花中最为招眼的,是大片的紫花龙胆。

小路蜿蜒向上,当我走出一身细汗的时候,隔着一道小小的山梁,便已然听到了寺庙大殿前悬挂的铁马在细细的风中发出一连串悦耳的叮当声。我不是一个佛教徒,但这清越的声音仍然给我一种清清泉水穿过心房的感觉。

然后是几株老柏树高高的墨绿色的树冠出现在眼前,我不由得加快了脚步,于是,那座在嘉绒声名远播的寺庙便出现在眼前了。

但是,除非亲历此地,没有人相信一个如此声名远扬的寺院会是如此素朴,素朴到有些简陋的程度。我这样说,是跟在并不富庶的藏族聚居区那些金碧辉煌、僧侣众多的寺庙相比较。这样一个简朴的寺院深藏于深山之中,在一片向阳的山坡上,只是一座占地一两亩的建筑。我想,作为一个精神领地的建筑,本应就是这般素朴而又谦逊的模样。

要不是回廊里那一圈转经轮,要不是庙门前那个煨桑的祭坛正冒着股股青烟,柏树枝燃烧时的青烟四处弥漫,我会把这座建筑看成深山里的一户人家。

我久久地站在庙前,一边聆听着檐上的铁马,一边往祭坛里添加新鲜的柏枝。

这时我听到身后响起爽朗的笑声。转身时,一个老喇嘛古铜色的脸上漾开了笑容对我合起了双掌。他的腕上挂着一串光滑的念珠,腰上是一把小刀般大小的钥匙。

他说:"要我开开大门吗?"

我说:"谢谢。"

然后,我跟着他踏进了回廊。他走在前面,我一一地推动着那些彩绘的木轮，轮子顶端一些铜铃叮叮当当地响起来。转行一圈，那些经轮还在吱吱嘎嘎地旋转。喇嘛为我打开了大门。在他打开的这个殿里，我的目光集中在那座素朴的塔上。

塔身穿过一层楼面，要在上一层楼面才能看到逐渐细小的塔尖。而在这层佛殿里，所能看到的，就是佛塔那宝瓶状的肚子。这是一座肉身塔。塔身里就供着阿旺扎巴圆寂后的肉身。

在塔肚的中央部分，开了一扇嵌着玻璃的小小的窗口，喇嘛说，从这个窗口可以看到阿旺扎巴的肉身。当地老百姓都相信，阿旺扎巴的肉身在他的生命停止之后很长一段时间，还在生长指甲与毛发。这种传说多少有点荒诞不经，而且，不止是在这个地方，在藏族聚居区很多地方，针对不同的高僧与活佛，都有相同的故事版本。所以，我谢绝了喇嘛要我走到那扇小窗口前去向里张望的邀请。

只是在塔前献上了最少宗教意义的一条洁白哈达。

然后，就站在那里定定地向塔尖上仰望，在高处，从塔顶的天窗那里，射下来几缕明亮的光线。光线里有很多细细的尘埃在飞舞。几线蛛丝也被那顶上下来的光线照得闪闪发光。

我喜欢这个佛殿，因为这里没有通常那种佛殿叫人透不过气来的金碧辉煌，也没有太多的酥油灯燃烧出来的呛人的气味。

更因为那从顶上透下来的明亮天光。

光芒从顶上落下来，落在我的头顶，让人有种从里向外被照耀的感觉。当然，我知道这仅仅是因为有了此情此景，而生出来的一种特别的感觉。

当我走出大殿后，这种感觉就消失了。但我相信，这样素朴的环境更适合于我们表达对于一个杰出的古人的缅怀，适合于安置一个伟大而又洁净的灵魂。因为宗教本身属于轻盈的灵魂，那么多的画栋雕梁，那么多的金银珠宝，还有旺盛到令人窒息的香火，本来是想追寻人生与世界的终极目的的宗教，可能就在财富的堆砌与炫耀中把自身给迷失了。

喇嘛把我带到他的住处。喇嘛们的住处是一座座紧挨在一起的木头房子。房顶上覆盖着被雨水淋成灰白色的木瓦。从低矮的木头房子的数量看起来，这里应该有十多位喇嘛。但这会儿，却只有这一个喇嘛趔趔趄趄地走在我面前，带着我顺着一条倾斜的小路，走到他的住处前面。

喇嘛的小房子前还用柳枝做栅栏围出了一方院子，院子辟成了小小的菜园。菜园里稀稀落落地有些经了霜的白菜。我看了一眼喇嘛，他笑了，说："没有肥料，菜长得不好。"

我也笑了笑，说："很不错了，一个喇嘛能自己种菜。"

夕阳衔山的时候，我吃了他煮的一锅酸菜汤。他告诉我做酸菜的原料，就是自己种的白菜。傍晚的阳光给山野铺上了一种柔和的金色光芒。在不远处的一株柏树下，一道泉水刚刚露出地表，就给引进了木笕槽里。于是，就有了一股永不停息的水流声在哗哗作响。飞溅的水珠让向晚的阳光照得珍珠般明亮。

就在这种情境中，我们谈起了阿旺扎巴。

当年阿旺扎巴离开嘉绒向地势更高的西藏进发。他所以如此，肯定也是在巫师作法那狰狞怪异的仪式中感到自己心灵的迷失。

他不是去西藏朝圣，因为在那个时代，苯教徒的圣地不在西藏，而在嘉绒地区大金川岸边的雍忠拉顶寺。温波·阿旺是要去寻找。

寻找什么呢？我想，他本人也不太清楚。当他上路的时候，心里肯定也像我们上路去寻找什么一样，有着深深的迷茫与淡淡的惆怅。

但他上路了。他上路的时候并不知道要去西藏寻找什么。很多嘉绒人都曾经和他一样上路，但最后却什么都没有找到。但是温波·阿旺比所有这些人都要幸运。因为，当他走上高原时，遇到了一群同样在宗教里困惑与迷失的人在高原顶端四处漫游，在漫游中思考与寻找。

任何一种曾经清洁的宗教随着时间的流逝，都在世俗化与政治化的过程中，令人痛心地礼崩乐坏。

于是，阿旺扎巴在高原上与一群寻找的人聚集在一起，从藏传佛教的一部典籍转向另一部典籍，从一个教派转向另一个教派，但是，期待中的那种最美妙的觉悟并没有出现。最后，他们遇到了一个先于他们寻找并宣称已经找到了答案，解脱了困惑之苦的大师，于是，众多寻找的灵魂便皈依了他。

按这位喇嘛告诉我的藏历时间推算，阿旺扎巴上路的时间应该是公元1381年。喇嘛说，他是与另外三人一起上路的。而自打上路之后，这三个人便从我们的视野里永远地消失了。这种消失是历史一种严格的法则。

阿旺扎巴正式拜格鲁教派的创始人宗喀巴为师。

到了1407年，阿旺扎巴于本教派的教义已经有了深厚的心得。于是便受大师派遣，与后来被追认为一世班禅的师兄克珠杰云游前后藏，宣喻本派教义与教法。

在十五世纪，越来越多像阿旺扎巴一样的人聚集在了宗喀巴的周围。当别的教派纪律松弛，并因为与世俗政治越来越深的执迷而日益堕落的时候，宗喀巴的新教派带来了一种清洁的精神和一种超远的目光。

于是，阿旺扎巴便皈依了，成为宗喀巴最早的八十二上座弟子之一。不久之后，青藏高原上的各个地区，都散布开了宗喀巴这些早期弟子的身影，他们要在广大的青藏高原上弘传这一新的清洁的教法。

他们要在人心中培植吸收着日精月华，生命旺盛的新的菩提。

在被后世信徒弄得云山雾罩的宗喀巴传记中，我找到了有关家乡这位前苯教巫师的记载。那是很不起眼的一个段落。这个段落说，这位前苯教巫师这时已经深味菩提精神，是一位功业日益精进的黄教喇嘛了。

于是，宗喀巴做了一个梦，梦见一株巨大的冠如伞盖的檀香树在黑云蔽天的藏族聚居区东北部拔地而起。那枝枝叶叶都是佛教教义高悬，灿烂的光华驱散了那些翻滚的黑云。

大师的梦总是有很多意味的，而且这个梦的寓言是那么明显：藏族聚居区东北，正是温波·阿旺的家乡查柯，那里是俗称黑教的苯教的繁盛地带，所以，即或在平常时候，在宗喀巴看来那地方也定会是黑焰炽天。

无巧不成书，阿旺扎巴也在相同的时候做了一个梦。他梦见两只大海螺从天上降落在他手中，于是，他便面东朝着家乡的方向吹响了海螺。海螺声深长嘹亮。阿旺扎巴请大师详梦。

大师谕示说："你的佛缘在你东方家乡。"这时，阿旺扎巴已经随从大师二十八年。

于是，阿旺扎巴做好回乡的打算。来到了大师的座前。

大师赐他一串佛珠，阿旺扎巴当着众弟子的面发下宏愿，要在家乡嘉绒建立与佛珠同样数量的格鲁派寺院。而佛珠是一百零八颗。这就是说，他要回到家乡，建立起一百零八座佛教寺院。

阿旺扎巴再次穿越青藏高原时，已经是十五世纪初叶了。

就像当年宁玛派的高僧毗卢遮那一样，整个嘉绒大地上都留下了阿旺扎巴的身影与传说。他建立的一百零八座寺院中就包括了眼下供奉着他灵塔的这一庵。我曾经与宗教史研究人员和地方史专家一起，循着他传法建寺的路线实地追踪他的足迹。

我不是地方宗教史的专家，也没有成为这种专家的志向和必要的学术上的训练。我只是要追忆一种精神流布的过程。

实际情形跟我的想象没有太大的差异。

在很多传说中他曾建立起寺院的地方，今天都只剩下了繁茂的草木，有些地方，荒芜的丛林中还能看见一点废墟与残墙。是的，这种情形符合我的想象，也符合历史的状况。其实，真正能找到确实地点，或者至今仍然存在于嘉绒土地上的阿旺扎巴所建的格鲁派寺院大概就是三十余所。

最后一所，在距查柯寺近百公里的大藏乡，寺庙名叫达昌。

达昌的意思，就是完成，功德圆满。也就是说，阿旺扎巴建成了达昌寺后，便已完成了自己的誓言，功德圆满。

达昌，也许是我所见过的传说为阿旺扎巴所建的寺院里最壮观的一所。

不过，当我前去瞻仰时，那里只是很宏大的一片废墟。那所古老寺庙毁灭于"文革"。而眼前这所僻居于深山之中的查柯寺，同样没有逃过"文革"的浩劫。据说，红卫兵们就曾把阿旺扎巴保全完整的骨殖从灵塔中拖出来，践踏之后，摒弃在荒草之中。后来，信徒们又将其装入灵塔。"文革"结束之后，才又重新受到供养。至今我还清楚记得，正午强烈的阳光下，我坐在达昌寺的一根巨大的残柱上，看着地上四散于蔓草中的彩绘壁画残片，陷入了沉思默想。

后来，达昌寺的住持从国外回来，重新建立这座寺院，我一个出生在寺院附近的朋友，常常来向我描绘恢复工程的进度。我还听到很多老百姓议论这个住持的权威与富有。

过了一段不是太短的时间，终于传来了重建寺院已经大功告成的消息。据说，寺院的开光典礼极一时之盛。不但信众如云如蚁，还去了很多的官员与记者，甚至还去了一些洋人。但我没有前去躬逢其盛。我想阿旺扎巴当年落成任何一座寺庙时，都不会有这样的光彩耀眼。要知道，他当时是在异教的敌视的包围之中传播佛音，拨转法轮的啊！

达昌在举行盛典的那些日子，我想起的却是这个清静之地，而且，很少想起那座灵塔。眼前更多浮现的是那些草地与草地上的柏树，想起柏树下清澈的泉水。

而在今夜的星光下，我听着风拂动着柏树的枝叶，在满天星光下，怀念一个古人，一个先贤，他最后闭上眼睛，也是在这样的星光之下。虽然，那是在中世纪的星光之下，但对于整个宇宙来说，就算是一千年的时光流逝又算得了什么呢？

是的，今夜满天都是眼泪般的星光，都是钻石般的星光。

在这样晴朗的夜晚眺望夜空，星光像针一样刺痛了心房里某个隐秘的地方。

我就在柏树下打开睡袋，露宿在这满天寒露一样的星光之下。快要入睡前，我还要暗想，这些星光中是否闪烁着智慧的光芒，而且这智慧又能否在这样一个月白风清的夜晚，降临在我的身上。

从乡村到城市

从卓克基沿梭磨河而下,短短的九公里路程中,河流两岸,是一个又一个美丽的嘉绒村庄。查米村那些石头寨子,仍然在那斜斜的山坡上紧紧地聚集在一起,笼罩着核桃树那巨大阴凉。村子前宽阔的柏油马路上,汽车轰轰隆隆地来来往往,但咫尺之间的村子依然寂静如常,浓荫深重,四处弥漫着水果淡淡的香气。

再往下走,在河的对岸,河谷的台地更加低矮宽广。在广阔的田野中间,嘉绒人的民居成了田野美丽的点缀。墙上绘着巨大的日月同辉图案,绘着宗教意味浓重的金刚与称为雍忠的万字法轮的石头寨子,超拔在熟黄的麦地与青碧的玉米地之间。果园、麦地,向着石头寨子汇聚;小的寨子向着大的寨子汇聚;边缘的寨子向着中央的寨子汇聚。于是,有了这个叫作阿底的村子。

然后是查北村,再然后是被人漠视到叫不出名字,但自己却安然存在的村子。

在这些村子,过去的时代只是大片的荒野,而在这个世纪的后半叶,嘉绒土地上的土司们的身影从政治舞台上转过身去,历史深重的丝绒帘幕悬垂下来,他们的身影再次出现,作为统战对象出现在当代的政治舞台上时,过去的一切,在他们自己也已是一种依稀的梦境了。历史谢了一幕,另一重幕布拉开,强光照耀之处,是另一种新鲜的布景。

就在我这个下午依次走过的几个村子中间,从二十世纪五十年代到九十年代,一座座新的建筑开始出现:兵营、学校、加油站,叫作林业局的其实是伐木工人的大本营,叫作防疫站的机构在这片土地上消灭了天花与麻风。现在,有着各种不同名目的建筑还在大片涌现。这些建筑正在改变这片土地的景观。但至少在眼前这个时候,在离城不远的乡村里,嘉绒人传统的建筑还维持着嘉绒土地景观的基本情调。

我希望这种基调能够维持久远,但我也深深地知道,我在这里一笔一画堆砌文字正跟建筑工匠们堆砌一砖一石是一样的意思。但是,我的文字最终也就是一本书的形状,不会对这片土地上的景观有丝毫的改变。我知道这是一个设计的时代,在藏族人新成长起来的知识分子中,我希望在相关部门工作的我的同胞,把常常挂在嘴边的民族文化变成一种实际的东西。我一直希望着在这片土地上出现一种新型的建筑,使我们建立起来的新城市,不要仅仅从外观上看去,便显得与这片土地格格不入,毫不相关。

很多新的城镇,在从四川盆地到青藏高原这些渐次升高的谷地中出现时,总是显得粗暴而强横,在自然界面前不能保持一种谦逊的姿态,不能或者根本就没有考虑过要与周围的自然和人文环境保持一种协调的姿态。

但在进入这些城镇之前的村庄,却保持着一种永远的与这片山水相一致的肃穆与沉静。我常常想,为什么到了梭磨河谷中,嘉绒的村庄就特别美丽了呢。我这样问自己,是因为梭磨河是我故乡的河流。我害怕是因为了一种特别的情结,因而做出一种并不客观的判断。现在我相信,这的的确确是一个客观的判断。

马尔康,作为一个城镇,在中国土地上,大多数情况下,是一个不为人知的地方。但就是这样一个地方，也像是进入中国任何一个城镇时一样，有一个城乡接合的边缘地带。在这样一个边缘地带，都有许多身份不太明确的流民的临时居所，也有一些不太重要的机构像是处于意识边缘的一些记忆碎片。流民的临时居所与这些似乎被遗弃但却会永远存在的机构，构成了一种特别的景观。在这种景观里，建筑总是草率而破旧，并且缺乏规划的。这样的地方，墙角有荒草丛生，阴沟里堆满了垃圾，夏天就成了蚊蝇的天地。这样的地带也是城市的沉沦之地。城镇里被唾弃的人，不出三天立马就会出现在这样的地方。这样的地方，在中国的城镇与乡村之间，形成一种令人绝望的第三种命运景观。

一个城市如果广大，这个地带也会相应广大；一个城市如果狭小，这个地带也会相应缩小，但总是能够保持着一种适度的均衡。

在进入马尔康这个只有半个世纪历史的城镇时，情形也是一样。

马路两边出现了低矮的灰头土脸的建筑。高大一些的是废弃的厂房，一些生产过时产品的厂房，还有一些狭小零乱的作坊。更大一片本来就像个镇子的建筑群落，曾经是散布在所有山沟里的伐木场的指挥中枢，现在，也像是大渡河流域内被伐尽了山林的土地一样显得破败而荒凉。在这里，许多无所事事的人，坐在挤在河岸边棚屋小店面前，面对着一条行到这里路面便显得坑坑洼洼的公路。一到晴天，这样的公路虽然铺了沥青，依然是尘土飞扬。

这种情形有时像一个预言。这个预言说：没有根基的繁华将很快破败，并在某种莫名的自我憎恶中被世人遗忘。

我希望在地球上没有这样的地方，我更希望在故乡的土地上不存在这样的地方。因为每多一个这样的地方,就有一大群人,一大群不能左右自己命运的人。想到这里,就是心中一个永远的创伤。

马尔康也像任何一个中国城镇一样,已过了这样一个令人难堪的地带。一个由一批又一批人永不止息、刻心经营的,明亮整洁,甚至有点堂皇的中心就要出现了。

这中心当然漂亮。

这种漂亮当然不是跟纽约,跟巴黎,跟上海相比,而是自己以为,并且让我们也认同的一种相对的整洁、相对的气派和相对的堂皇。比如露天体育场,比如百货大楼,比如新华书店,比如政府的建筑所形成的一个行政中心。而我所说马尔康的漂亮更多地还是指穿城而过的河流。中国有许多城市都有河流或别的水面,但大多是一些被污染的水体。正因为中国许多有名的河流与水面都受到严重污染,我们才会为这条穿城而过的湍急的河流的清澈,感到自豪。

清澈的河水总是在河道里翻涌着雪白的浪花。

有了这条河,就有了这个顺河而建的三道不同样式的桥梁。有了桥,整个镇子就有了自然的分区与人工的连接。因为中国人在城市的构造上最不懂得体现的就是分区。不懂分区,当然也就不懂得连接。中国人的连接就是所有东西都紧贴在一起。

在四川另一个藏族自治州首府,前些年的一次水灾造成了巨大的损失。据说,这种损失本来是可以避免的。但是,当地有人忽发奇想,在内地已经被认识到有巨大危害的"向湖泊要地,向大海要地,向河流要地"的做法,在这里再一次可悲地重复了一次。

人们耗费巨资在穿城而过的湍急的河上盖起了水泥盖子,水泥盖子上面建起了市场。在设计者的想象中，河水会永远按照他们的意思在盖子下面流淌。但是，自然界遵从的是一种非官方、非人智的规律，于是，一个洪水暴涨的晚上，洪水和洪水下泄时带来的树木与石头，把径流有限的河道给堵起来了。洪水便涌到地面，在原来规划为街道和居民区的城里肆意泛滥。我在电视里看到过灾后的景象。

其实，就算不发生这样的洪水，他们也不该把河面封闭起来。

因为，他们不该拒绝河流提供的公共空间，以及流水带给这个城镇的特别美感。

因为，这些处于中国社会边缘的城镇所以显得美丽，并不是因为建造他们的人有了特别的规划与设计，而是因为周围的自然赋予的特别美感。

我的家乡马尔康的情形也是一样。城里并没有特别的建筑让我们引以为豪。穿城而过的梭磨河上四季不同调子与音高的水流声，是所有居民共同倾听的自然的乐音。每一个倚在河岸栏杆上凝神的人，都会听到河水的声音是如此切合地应和着时时变化的心境。与河相对的是山。山就耸峙在河的两边。

那两边是乡野与森林的景色。特别是在河的左岸，大片的树林从高高的山顶直泻而下，并在四季中时时变化，成为我们在镇子里生活中抬头就可以看见的一个巨大画幅。冬天，萧瑟的树林里残雪被太阳照得闪亮发光。落叶们躺在地上，在积雪下面，风走上山冈，又走下山冈。春天来临时，先是野桃花在四野开放，然后，柳树发芽，然后是白杨，是桦树，依次地从河边绿向山顶。五月，最低处的杜鹃开放，然后，就是浓荫覆地的夏天了。

夏天因为美好，所以总是短暂。

最是秋天的山坡让人记忆久远。那满坡的白桦的黄叶，在一年四季最为澄明的阳光照射下，在我心中留下了这世间最为亮丽与透明的心情与遐想。现在，我回来，正是翠绿照眼的夏天。一切都还是原来的样子。如果有一点的变化，那就是街上的人流显得陌生了，因为很多很多的朋友，也像我一样选择了离开。如果你在一个地方没有了亲人与朋友，即便这个地方就是你的家乡，也会在心理上成为一个陌生的地方。

不只是马尔康，在嘉绒地区，在所有这些近半个世纪里仓促建立起来的城镇中，早年间人们心中那种飞扬的激情正在日渐淡化，于是，发展的缓慢与觉醒的缓慢压迫着那些社会机体中活跃的成分，于是，他们选择了离开。我也是其中的一员。

人群在我眼里变得陌生了，但整个人流中散发出来的那种略显迟缓的调子却是熟悉的。这是一种容易让青年人失去进取心的调子，是一个健康的社会应该摒弃的调子。但是，强烈的日光落在街边的刺槐上，落在有些灰头土脸的柏树上，那团团的阴凉，不知为什么却给我一种昏昏欲睡的情调。

我热爱的这个镇子还在等待。但没有人知道，要在一个什么样的机遇下，人们才会真正面对自己和这个地区的前途，而真正兴奋起来。

看望一棵榆树

在马尔康镇上,我真正要做的只有两件事情。其中一件,是去看一棵树。

是的,一棵树。据说,这棵树是榆树,来自遥远的山西五台山。

居住在马尔康的近两万居民中,可能只有很少很少的人知道,这棵树的历史与马尔康的历史之间的关联。

这棵树就在阿坝州政协宿舍区的院子里。树根周围镶嵌着整齐洁净的水泥方砖。过去,我时常出入这个地方,因为在这个院子里,生活着好些与嘉绒的过去有关的传奇人物。新中国成立以后,他们告别各自家族世袭的领地,以统战人士的身份开始了过去他们的祖辈难以设想的另一种人生。

那时,我出入这个院子,为的是在一些老人家里闲坐,偶尔从他们的只言片语中,会透露出对过去时代的一点怀念。我感到兴趣的,当然不是他们年老时一点怀旧的情绪。而是在他们不经意的怀念中,抓住一点有关过去生活的感性残片。我们的历史中从来就缺少这类感性的残片,更何况,整个嘉绒本身就没有一部稍微完备的历史。

那时,我就注意到了这棵大树。因为这是整个嘉绒地区都没有的一种树。所以,我会时时在有意无意间打量它。

一位老人告诉我，这是一棵来自汉族地方的树，一棵榆树，是很多很多年前，一个高僧从五台山带回来的。

我问："这个高僧是谁？"

老人摇摇头，说："我也不晓得，那是很久很久以前的事了。"

我常去的那幢楼的一边是院子和院子中央的那棵榆树，而在楼房的另一边，是有数千座位的露天体育场。这个地方，是城里重要的公共场所。数千个阶梯状的露天座席从三个方向包围着体育场。而在靠山的那一面，也是一个公共场所：民族文化宫。文化宫的三层楼面，节日期间会有一些艺术展览，而在更多的时候，那些空间常常被当成会场。当会开得更大的时候，就会从文化宫里，移到外面的体育场上。

我想，中国的每个城市，不论其大小，都会有相似的设置，相似的公共场所。如果仅仅就是这些的话，我就没有在这里加以描述的必要了。虽然很多在这城里待得更久的人，常常以这个公共场所的变迁来映照、来浓缩一个城市的变迁。说那里原来只是一个土台子下面一个尘土飞扬的大广场。现在文化宫那宏伟建筑前，是一个因地制宜搞出来的土台子，那阵子，领导讲话站在上面，法官宣判犯人也站在上面等等，此类话题，很多人都是听过的。而当我坐在隔开这个体育场与那株榆树的楼房里，却知道了这块地方更久远一些的历史。

这段历史与那株榆树有关，也与这个山城的名字的来历有关。

曾经沧海的老人们说，在体育场与民族文化宫的位置上，过去是一座寺庙。寺庙的名字就叫马尔康。那时的寺庙香火旺盛，才得了这么一个与光明有关的名字。

马尔康寺曾经是一座苯教寺庙。

乾隆朝历经十多年的大小金川战乱结束之后，因为土司与当地占统治地位的苯教互相支持，相互倚重，战后乾隆下令嘉绒地区，特别是大渡河流域的所有苯教寺庙改奉佛教。马尔康寺中供奉的神像才由苯教的祖师辛饶米沃改成了佛教的释迦牟尼与格鲁派戴黄色僧帽的大师宗喀巴。

马尔康改宗佛教之后，依然与在金川之战中得到封赏的本地土司保持着供施关系，卓克基土司的许多重大法事，都在这个寺庙里举行。

那时候的马尔康寺前，是一个白杨萧萧的宽广河滩。最为人记取的是，每年冬春之间，一年一次为本地区驱除邪祟，祈求平安吉祥的仪式就在庙前举行。每次，信徒中都会有不幸者被作法的喇嘛指认为"鬼"，而被驱赶进冰冷的梭磨河中。在那样的群众性集会上，不幸者领受死亡之前，还要领受非人的恐惧；而对更多的人来说，那肯定是一种野蛮而又刺激的游戏。

宗教每年都会以非常崇高的名义提供给麻木的公众一出有关生与死、人与非人的闹剧。

人们也乐此不疲。

现在，在这个地方，最能刺激人的就是现在的体育场上偶尔一次的死刑宣判了。在那里，人们可以从一个深陷于死亡恐惧的人身上提前看到死亡的颜色，闻到死亡的气味。时代变了，那些被宣判的人的死亡不是别人的选择，而是他们内心的罪恶替他们的生命做出的选择。但是，世世代代，看客的心理却没有多大的变化。

给我讲故事的老人中，有一两位，在过去的时代，也是掌握着子民生杀予夺大权的。但是，现在他们却面容沉静，告诉我这个广场上曾经的故事。他们告诉我说，现在政协这些建筑所在的地方,就是马尔康寺的僧人们日常起居的居所。

其中,有一位喇嘛去五台山朝圣,回来时就有了这棵树。

关于这棵树,老人们有两种说法。

一种说,是那位喇嘛在长途跋涉的路上,折下一段树枝作为拐杖,回来后,插在土里,来年春天便萌发了新枝与嫩芽。这就是说,这株树不远千里来到异乡,是一种偶然。

持第二种说法的是一位故去的高僧,他说,那位喇嘛从五台山的佛殿前怀回来一颗种子,冬天回来,他只要把那粒种子置于枕边,便梦见一株大树枝叶蓬勃。自己详梦之后,知道这是象征了无边佛法在嘉绒的繁盛。于是,春天大地解冻的时候,他在门前将这颗种子种下。

现在,树是长大了,但是,佛法却未必如梦境所预示的那般荫蔽了天下。

马尔康寺在二十世纪五十年代开始衰败,并于六十年代毁于"文革"。于是,原来的那些僧人也都星散于民间了。只有这株树还站在这里,在一个逼仄的空间中,努力向上,寻求阳光,寻求飞鸟与风的抚摸。有风吹来的时候,那株树宽大的叶片,总是显得特别喧哗。

上溯一条河流的源头

1. 卧龙:熊猫之乡

> 小径通往一条山脊,俯瞰春天的马铃薯田和玉米田,直到皮条河,只有一缕淙淙的水声,山峰四周只见灰蒙蒙的天空。小径两旁是稠密丛生的杂草。我们不时停下脚步欣赏秋牡丹、酢浆草和其他野花,记录盛开的紫色杜鹃花,检视阴影中冒出来的拇指般粗细的竹笋。去年的榛实果荚落在地上,满布尖刺的外形活像一群小刺猬。头上的桦树和枞树间传来喜马拉雅杜鹃鸟甜美的咕咕叫声。

这段话,我抄录自一本叫《最后的熊猫》的书。作者是美国生物学家夏勒。

离开金川一个月后,我回到成都一段时间,又继续我的嘉绒之旅。离开成都不到一百公里,夏勒博士笔下这熟悉的风景便出现在眼前。

这一次,我从一条更为惯常的路线进入嘉绒。

这是一条从岷江进入的路线。过去,进入嘉绒大部分地区的驿道，也是这条路线。从成都出五十五公里，到闻名天下的都江堰。从这里开始，群山陡然壁立起来，一直进逼到四川盆地的边缘。进入岷江峡口二十多公里的映秀后，通往卧龙保护区的公路离开了国道213线，折向右侧的山沟。

夏勒在二十世纪八十年代曾在这条山沟里做过多年的熊猫生态研究，回到他的国家后，出版了这本书。这本书出版多年后，终于在1998年翻译成中文与中国读者见面。只是卧龙也不似夏勒当年在这里体会到的那种寂静。

因为山里这条铺得非常结实漂亮的水泥公路，已经是旅游手册上一条黄金旅游路线。

这里因了熊猫而得到充分保护的美丽山野，圈养在繁殖基地里的熊猫，使这里成了成都那些旅行社一个重点推荐的项目。更重要的是，通往小金县境内正在积极开发中的四姑娘山自然风景区的公路也经过卧龙，所以，这里的山野再也不能保持住过去的那份寂静也就势在必然了。

隔着涧石累累的卧龙河，保护区的大熊猫繁殖中心出现在眼前。

我坐在一片人工种植的小树林的阴凉里，看一群游客喧喧嚷嚷地在桥头上买了门票，由手里摇着小旗子的导游带着，一路走过小桥。

小桥那边的围墙里，熊猫们在一个一个小房子里睡觉。院子中央，还竖着几根水泥铸成的柱子。那些柱子就像城里的公园里的水泥装饰一样，做成了杉树的样子，鱼鳞状的皮，弯曲的枝。只是枝子上没有青青的针叶。两只熊猫在游客夸张的声音里，爬上水泥树干，把肥大的屁股坐在了粗大结实的水泥枝杈上。

后来，管理员拿着几枝叶子青翠的竹子，逗引着一只胖大的熊猫走到围墙之外。围墙的一边是河，河里雪浪翻腾。饲养场的门开在朝着山坡的方向，山上的植被正像前文所引述的一样。只是将近九月，杜鹃的花期已过，桦树与枫树的叶子开始泛黄发红，山里已经有些浅浅的秋意了。

管理员用一枝翠竹逗引着那头身体笨重的熊猫，一直走到几株桦树下面的草地中间。这时天阴欲雨，草地的绿色便有些伤心的感觉，但这并没有影响到那些出来旅游的红男绿女们的兴致。他们对着蹒跚的熊猫兴奋地大叫，然后，一一挨上去与熊猫照相。

据我所知，这样的做法在过去是不被允许的。

因为好奇，我也走过小桥去看个究竟。结果看到一个管理员在熊猫可能发怒时进行安抚，而在熊猫不大配合兴奋的游客时，又想办法刺激它，使它也像游客一样高兴起来。

另一个管理员从游客们手里收钱。只有付钱的游客才能与熊猫照相。

与熊猫照相还分成两种规格。一种不搂着熊猫，一种搂着。两种规格有不同的价格。我看清了后一种，搂着照相的，是五十块钱。收钱的管理人员脸上并未露出兴奋的表情，差不多跟熊猫的脸一样冷漠。

熊猫黑着眼圈，有点像马戏团里的小丑，少了一点马戏团小丑的滑稽，多出来的却是马戏团小丑那份无奈的悲哀。

我则感到一种作为万物之长的人的悲哀。

于是，我离开了这群欢声笑语的人群，走到桥头上那个出售旅游纪念品的小店。自然，这里的很多东西都与熊猫的造型相关，但我觉得没有任何美感可言。我相信，熊猫，或者任何野兽的风采都只能表现在他们的世界。这个世界就在那些云雾萦绕的丛林中间。

我想在这里买到一两种有关熊猫的书籍。

整整一个玻璃柜台里陈列的书籍画册的封面上都有熊猫那不管世界发生怎样的变化,不管自己物种早已命若悬丝,却永远憨态可掬,永远带着一点稚拙的忧伤的可爱形象。但翻遍这些价格昂贵的画册,却得不到多少有关熊猫的真正知识性的东西。

也许,有的读者已经产生了一种好奇心,说我在一本描写嘉绒的书中,如此沉迷于对熊猫这样一种尽人皆知的濒危动物的描写。

我想,这是出于两个原因。一个原因是,我所在的保护区同时也是一个科研基地,除了得到中国政府的支持之外,还得到世界野生动物基金会的援助。但在这里,我却找不到一本真正给我们一些有关熊猫生存状况或者自然生态方面的适合于公众的读物。再一个原因是,卧龙曾是嘉绒十八土司中最靠近汉区的瓦寺土司的领地。而这条美丽的山沟也曾经是嘉绒人一个繁荣的栖息之地,但在我的眼前,从零落于深山沟岔之间的民居,到人民的语言与穿着,都看不出多少嘉绒地区的特征。

所以,我才把眼光转向了熊猫。好在,熊猫是一个不错的话题。我本人也喜欢这个话题。

2. 土司们的族源传说

我手头有一本由四川省社会科学院编撰的《四川省阿坝州藏族社会历史调查》。其中有一些零落的资料,稍稍地提到了一下卧龙,其中一则是一组二十世纪五十年代初的统计数字。

当时的卧龙乡登记的嘉绒藏族人数为315人,占到了该乡人口比例的85%。也就是说,那时候,几十公里深的卧龙沟全部居民人数不超过500人。

今天有多少人口,我没有时间去有关部门进行咨询,而且,也不是这本书的兴趣所在。但我肯定,差不多五十年后的这条山沟里,永久性的居民翻了十倍还多。但这增加的人口中,嘉绒人口的增长肯定只占一个微不足道的比例。人口比例的下降,加上居于少数后那种增速的同化作用,嘉绒文化的消隐也就是一件必然的事情了。包括旅行社的宣传文字上,说到卧龙时,也没有以异族风情作为号召。

我在一本很早以前进入卧龙寻找熊猫的外国人的记叙中,看到了过去的卧龙一点隐约的影子:

> 一个小山丘上有座寺庙的废墟,房屋是西藏式的,两层楼,下层是石头,上层是木头,大多有阳台,建筑形式跟阿尔卑斯山很接近。此地的妇女穿西藏式的、长及脚踝的藏袍。他们的头饰很特殊,是一块黑色的硬布,折了很多层,上面饰有琥珀、珊瑚、绿松石和银子,用辫子固定在头上。

但是眼前这旧日瓦寺土司的辖地已经无复当年的景象。

在这因了熊猫的存在才免于刀斧之灾的森林地带,我遥想起瓦寺土司的历史。

任何一个土司的历史,因了时间的久远,也因为没有详尽完备的记载,在口口相传的过程中,变得比历史本身具有了更多的传奇色彩。

在嘉绒地区，差不多所有土司的传说中，都认为其先祖产生于大鹏鸟的巨卵。我没有去过瓦寺土司官寨的高山上的旧址，但听去过那里的人说，在土司官寨的大门上首，宽大的门楣上就雕刻着大鹏孵卵的情形。

嘉绒土司们这个共同的传说是这样的：远古之世，天下有人民而无土司。后来，天上降下一道彩虹，降落在奥莫隆仁地方，虹内闪烁出一颗亮星，夺人的光芒直射到嘉绒之地。嘉绒地方有一仙女，名叫嘎莫茹米，感星光而孕，便化为大鹏，飞到西藏琼部山上，产下黑白花三卵。人们将这三枚巨卵视为神物，取回庙里供养。三卵各生一子。三子长大成人，东行至嘉绒地方，各据领地，牧养人民，成为嘉绒土司共同的族源。

嘉绒土司传说中提到的奥莫隆仁，那是嘉绒土司们曾经共同崇奉的本土宗教苯教的起源之地。

至于琼部，传说中指出了它的地理方位是在拉萨西北部，有十八日马程的地方。传说古时候琼部地方水草丰盛，牛羊成群。阿里高原在其黄金时代人口繁盛，共达到三十九族。后来，其地逐渐贫瘠，人民开始向其他地方迁移。作为世界屋脊的青藏高原制高点上的阿里，开始走向了衰败。一部分阿里人迎着湿润的东风，一路往东，直到现今的嘉绒地方，才停留下来。

再走得远一些，就不是高原的风光与气象了。

在嘉绒土司起源的神化了的传说中那三枚神秘的巨卵，想必是指最后定居于嘉绒地方，并与当地土著逐渐融为一体的是三十九族中的三个部族。

这些年，苯教的神秘起源、古象雄文明的突然断代、阿里高原上创造了辉煌文明的古格王朝的突然消亡，都使阿里成了神秘的青藏高原上的最大的神秘。我不是专门的民俗学家，也不是专门的文化人类学者。但是我想，要是有人追溯一下这些传说的流布过程，并把嘉绒文化特征与阿里的文化遗存进行一些比较研究，说不定会有一些新的发现。

但我知道，这仅仅是我一己的想法而已。而且很可能是一种非常错误的、非常缺少常识的想法。

也许是因为我总是过于浪漫，所以，总觉得嘉绒与阿里的联系，不会仅仅是一些土司家族的起源那么简单。

土司们的先祖从高原顶部自西向东，顺着青藏高原边缘逐群山的阶梯而下，直到这些群山的深处，并不是在同一段历史时期中得以完成的。最早的土司先祖们从唐代即开始迁移。

而领牧了卧龙的瓦寺土司来到嘉绒迟至明代。

据有案可考的典籍，瓦寺土司先祖琼布斯罗本·桑朗纳斯巴于明宣德元年，即1642年入京朝贡，表示臣服之意。他得到了皇帝的亲自召见，赏赐丰厚。

明英宗正统六年，即1441年，岷江上游部落不服明代统治，明朝出兵，但"屡征不服"。明王朝即采用"以番制番"的策略，命臣服的瓦寺土司先祖率兵东征。桑朗纳斯巴以年老辞，并推荐其弟雍忠罗罗斯率部族兵东征。

雍忠罗罗斯率大小头领43位，士兵3150人，长途行军一月有余，抵达汶川县境，分兵进剿。战后，"奉诏留驻汶川县之涂禹山，控制西沟北路羌夷"，封宣慰司衔，并授予重四十八两的银制印信一枚，自此"世袭其职"。雍忠罗罗斯不再西归，成为首任瓦寺土司。因为其领牧之地非常靠近汉区，所以，瓦寺土司建立第一座寺庙时，便一改藏传佛教寺院的一贯风格，顶上覆以青色的汉瓦。有关记载中说："瓦寺祖籍乌斯藏，居惟土房，寺独以瓦，故名。"

明朝被入关的满人取代后,当时的瓦寺土司将明代所赐印信归缴清朝,以示投诚归顺之意。清政府于1652年授予其安抚司职。

清康熙九年,即1670年,瓦寺十七世土司桑朗温凯奉旨率士兵随清军远征西藏有功,加封宣慰司衔。

乾隆年间,瓦寺土司又先后随清军进剿杂谷土司和大小金川土司,建立战功,赏戴花翎,皇帝并下旨谐土司桑朗雍忠第一个字音,赐瓦寺土司汉姓为"索"。自此,瓦寺土司便以此为姓,世代使用汉名汉姓了。这也是民族同化中一个鲜明的例子。

瓦寺土司兵能征惯战,清时曾多次随大军东征西讨,立下不少战功。

乾隆五十二年,台湾林爽义起兵反清,事发后,总兵袁国璜统领嘉绒土司兵随福康安渡海作战,事平后,各土司领得封赏,各返故里。

乾隆五十六年,廓尔喀人屡犯后藏,攻取后藏重镇日喀则,大掠扎什伦布寺。清王朝征调瓦寺等地嘉绒土兵,会同清军远征西藏,在总督福康安率领下,六战六捷,收复后藏。战斗中,瓦寺土司所属土兵大部英勇战死。

鸦片战争期间,嘉绒各地土司兵马曾奉调到沿海作战。瓦寺土兵由哈克里率领,金川土兵由土千总阿木穰率领。数百嘉绒土兵历经三月长途跋涉,抵达江浙前线的宁波城下,受提督段永福指挥。大宝山一战,瓦寺土兵奋勇赴敌,重创英军,领兵官哈克里战死。宁波一战,金川千总嘉绒人阿木穰奋勇杀敌,英勇战死。嘉绒土兵在江浙前线与英军数次激战,最后大部捐躯异乡的卫国疆场。

1869年,瓦寺土司等领地上开始引种鸦片。

鸦片的引入改变了嘉绒土地上的很多东西。

1890年，辛亥革命期间，四川爆发反对清王朝的保路运动。四川首府成都被保路同志军重重围困。四川总督赵尔丰飞调边城松潘巡防军出岷山解成都之围。在岷江河边的白水驿，瓦寺藏族群众千余人层层阻击松潘出援清军，予以重创。最后，这支援军在途中宣布反正，加入民军队伍。瓦寺等地藏兵数百进入成都平原，与保路同志军并肩作战，有数百人牺牲于成都平原的大小战斗中。

民国28年，即1939年，瓦寺土司传至二十一世的索代赓。这时的瓦寺土司也保持着一贯的传统，再次助国民党二十八军征剿梭磨土司辖下的黑水地方，战死军前。以后，民国政府便未再准予承袭。

瓦寺土司和其他嘉绒土司们的历史已经日渐为人淡忘。嘉绒文化的繁盛时期也已经式微了。但站在这荒野之间，我的心中涌起一种难以克服的淡淡的惆怅。

惆怅是一种使人受伤的美丽。

惆怅是一种于事无补的个人的情感状况。

时间依然缓缓流逝，依从它自身固有的节拍。上帝设置时间的时候，没有考虑过我们个人的情感因素。有一种观点认为，任何固有的存在都有其内在的合理性。进而言之，我们还可以在文化考察中引进一种社会达尔文主义的观念。从最根本的意义上说，我个人也赞同这种观念。但这并不能阻止我面对某种陨落与消亡而表现出一种有限度的惆怅。

而且，在这必然的消亡之前，我们几乎已经不可能呈现出那已经消亡的东西的真实的完备的面目了。

也许，是因了这种原因，我们才会心生惆怅。而现实的关注，可以克服这种惆怅，于是，我在这样一个地方，把自己的注意力转移到了熊猫的身上。有了全世界的关注，如果熊猫一定要在生物界消亡的话，那么，通过大规模的保护计划，我们就有可能延缓生物界物种消亡的时间表。在这段时间中，我们可以建立起一门有关熊猫的完备详尽的学科。

3. 发现熊猫

熊猫是一种非常古老的生物，在生物学家眼中，这是一种活的化石，就像植物界中的苏铁与珙桐。在卧龙保护区中，就有很多后一种植物。但是，如果不是发现了熊猫，保护计划启动，停止了伐木工人的刀斧，那些具有同样生物学意义的植物便难逃灭亡的命运。

中国人对于自然界的认识能力是非常贫弱的。所以，虽然卧龙区内出现人类最初的足迹时，熊猫就已经存在很久很久了，最后，还是西方人出于各种不同的动机，发现了熊猫，并使这种动物的名声响遍了世界。过去中国的象征是虚构于想象中的龙与凤凰，而在今天，熊猫成了世界各地的人们说到中国时最先想到的动物。

熊猫已经成为中国的象征。

在当地嘉绒部落中，人人都相信熊猫的尿液有一种神奇的药用价值。那就是可以化解误吞入肚子里的金属物品。而人们误食金属的时候也不是太多，加上那时卧龙的森林中人口稀少，所以，猎杀这种动物并没有太多的用处。也许正是因为这个原因，熊猫家族那微弱的脉息，才得以艰难地代代相传，直到今天。关于熊猫尿液可以化解金属的传说，其实是来自熊猫一种特殊的习性。

在卧龙保护区内,或者别的一些地方,常有熊猫进入到农家,或者保护区工作人员的宿营地,不但吃完锅里的东西,还把铝锅等金属容器啃烂,之后,还拉出包含着无法消化的金属团的粪便。

二十世纪之初,一些西方的传教士与探险家开始进入川西北的嘉绒地区,寻找传说中一种珍奇野兽的踪迹。

1869年3月,群山中初春季节,一个猎人送了一张皮给法国传教士爱蒙·大卫,这位神父便以此为据把这种动物介绍给了西方。这也是真正具有科学眼光的科学家们关注熊猫命运的起点。也就是说,熊猫进入科学视野的历史,也不过短短的一百多年。

大卫神父在日记中写道:

> 在这个异教徒家里,我看见著名的黑白熊的毛皮,看起来它体格十分庞大。这是个非比寻常的物种,我听我的猎人告诉我,不久就可以猎到一头这种动物,我感到很高兴。他们说,明天就出发去猎捕这种动物,这会提供新鲜有趣的科学材料。

同样是野蛮的猎杀,一个西方神父想到了科学,想到了物种。而在中国人惯常的思维中间,熊猫毛皮却是用来做成褥子,据说睡在上面可以避邪,甚至还可以做梦,从睡在熊猫皮上做的梦中,往往可以预见未来。

大卫神父果然就得到了一张熊猫皮。那是一头未成年的熊猫。又过了一周,神父又得到一张成年熊猫的皮。他因此认定:"熊猫一定是熊科动物的一个新品种,它们不仅颜色特殊,脚掌底部多毛,还有其他许多前所未见的特征。"

第一批在野生环境下看到熊猫的西方人是1929年的罗斯福兄弟和1931年的杜兰探险队。他们不仅看见了野生状态下的熊猫，这些文明的西方人，也像当地猎人一样举枪射杀了熊猫。其中包括一名叫作谢弗的德国博物学家，他就亲手把一头不到周岁的熊猫击毙在树下。

1936年，美国人露丝·哈肯丝在野外活捉一头幼年熊猫，将其带回国内向全世界展示，而使自己名声大噪。

这位美国女人在涉足嘉绒地区的熊猫生息地前，从来没有过野外探险的经验。

她的丈夫家境富裕，性喜冒险，1934年，他就在科摩多岛上捕获巨型蜥蜴科摩多龙活体，送给纽约动物学会。当年底，威廉离开新婚两个月的妻子，赴中国捕捉熊猫。他的计划因为红军和国民党军队之间的战争被阻滞，使其迟迟不能抵达熊猫之乡。1936年，威廉因病死于上海。两个月后，露丝到上海"继承了他的探险"。

露丝和她的探险队员抵达卧龙及其周围地区。她的手下有一位美籍中国人，洋名叫作昆丁。露丝在她的一本叫作《淑女与熊猫》的书中，记录了捕获第一头野生大熊猫时的情形：

> 昆丁突然停住脚步……他专注聆听了一阵，就快步往前冲，我简直跟不上。透过拂动的潮湿树枝，我隐约看见他接近一株枯死的大树。……枯树里传来婴儿的哭声。
>
> 我一定有短暂的失神，因为等我清醒过来，昆丁已经伸出双臂，向我走来。他手掌中捧着一头正在挣扎的熊猫宝宝。
>
> 我不由自主地伸手接过这个小东西。手中毛茸茸的触

感，使片刻前的梦想成为真实。

据说，露丝带着她珍贵的猎物出境的时候，遭到了海关的阻挠，但她最终以一张"小狗一只，价值二十元"的证明书，带着熊猫离开了上海。

露丝为这只熊猫取了一个很中国化、很淑女的名字：书琳。

书琳被带到纽约动物学会，但动物园拒绝出钱购买。因为主管官员认为熊猫天生的弓形腿与内翻的脚趾，是佝偻病所致。

于是，第一头漂洋过海的熊猫书琳辗转到芝加哥动物园。1938年4月，这头熊猫死于肺炎。

曾任纽约动物学会会长的梯梵，详细记述了一位名叫史密斯的动物商人于1941年到中国，带回两头熊猫的故事：

> 他对当地老百姓大做广告，用很大的招牌公布给当地猎户的悬赏金额。他在所经之处，都设立资讯中心。他还津贴猎户首领，由他们再付钱给农人、采草药的人、烧炭人以及所有其他有必要深入山林的人。

据有关资料统计，从1936年到1946年，一共有十四只熊猫被外国人用各种手段带往国外动物园。

从此，全世界都知道了中国的熊猫，而且世界最有权威的野生动物保护组织——世界自然基金会还把熊猫作为自己的标志。

而在今天，即或是在有保护区庇护的山野之中，熊猫的命运仍然岌岌可危。

人们贩卖熊猫皮，因为这意味着数量巨大的金钱。特别对于深山当中那些仍然身处贫困的农民来说，这个数字是究其一生的劳作都难以想象的。

记得在二十世纪八十年代初期，中国人刚做发财梦的时候，万元户是一个非常响亮、非常诱惑的名字。而在那些僻远的深山之中，我就曾听到老百姓直接把熊猫叫作万元户。

盗猎熊猫案一经破获，法律的惩罚是相当严厉的。

而在深山之中困于生计的农民并未真正获得与我们一样的环保视点。他们的疑问是，为什么一种野兽的存在竟然比人的存在更为重要，人的性命也低贱于熊猫的性命呢？

而熊猫所面临的更严重的问题并不是被盗猎，而是活动地区的缩小。随着人口增加，人的活动范围逐渐扩大；熊猫在川西北山区成片的栖息地，在人类无休止的进逼之下，日渐萎缩。最后，熊猫的生息地终于变成了这个大陆上的几座孤岛。

对于每一座生物孤岛上的熊猫来说，因为种群数量稀少，本身就已严重退化的生育能力，便受到了更加严峻的挑战。

严刑峻法的威慑之下，盗猎者举起的手可以放下，但这种生态的环境的悲剧，我却想不出什么办法可以避免。至少，在这些群山之中漫游的时候，我没有看到任何生态环境可以在短期之内好转的迹象。

在卧龙的这个晚上下雨，雨中的寒气已经十分浓重了。我知道，这是因为山上已经下雪的缘故。但是烟雨凄迷，我的视线行之不远，便被阻断。我回到招待所的房间，把双脚捂在被子里，看那些刚买到手的宣传资料。

这些印刷精美的画册上，随处都是熊猫在明亮柔和的光线下，憨态可掬的形象。画册上的熊猫就像生活在天国一样。这些东西，也是一些号称热爱自然的人们的杰作，但当所有这些东西在公众视线中，在世界的视线中形成一种巨大的集合体，便有些歌舞升平的味道。

不客气地说，这就是自欺欺人的味道。

这也是中国善于粉饰的知识阶层所散发出来的那种味道。

有一个熊猫专家告诉我说，其实印上画册的很多熊猫，相当一部分都已死亡。死亡是"因为各种各样的原因"。但凡是中国人，听到这样一个短语，都会觉得特别的意味深长。

"因为各种各样的原因"，这些熊猫在画册上天真地望着我们的时候，它们的同类，正在深山里艰难生存。比如，现在，雪线正一天天从高山顶上压下来，一个严寒而又缺少食物的冬天已经来到。

4. 阅读地理与自然

我没有去攀登处于卧龙尽头的银装素裹的巴朗山，而是原路折返回到国道213线上的映秀，从这里开始，继续沿岷江上行。

车行差不多一个小时，我从车窗里探出头来，视线里尽是濯濯童山。就在这山上的某一处，就是当年瓦寺土司已经日渐倾圮的官寨。如果我登上这座山头，可能这本书就尽是些历史故事，而使我远离自然了。

此行开始时，我为本章确定的主题就是地理与自然。

地理，是两条河流和一座山。自然，就是这河流两岸与大山顶峰的自然。

在距成都约一百五十公里的汶川县城所在地威州镇，岷江的主流折而向北，直通松潘。循这条通道北上，到著名的黄龙寺风景区，再一路向西北行进，在岷江源头翻过弓杠岭，就进入到另一个水系——嘉陵江流域了。在其中的一条支流白龙江畔，就是进入了世界自然遗产名录的九寨沟风景区。

我也曾用双脚踏勘过这些水流的上游地理。但是，因为这一条路线已经不在嘉绒境内，在这次旅行中，我便予以省略了。

我的路线是从汶川向西，略微偏南，沿岷江的一条重要支流杂谷脑河上行。这条道路两边，曾是强大的杂谷土司的统辖之地，现在几乎就是一个理县全境。当夜准备宿在理县，但县城周遭那种荒凉景象看了使人想闭上自己的眼睛。再说了，理县县城四周，除了一些民居与那种嘉绒特色的石头碉堡，却在出入其中的百姓的生活中，已经无复真正的嘉绒风貌。

已经是夕阳向晚的时分了，我来到公路边上，坐在一个小饭馆门前。

一辆卡车驶来，我要求搭车，司机置之不理。我耐心地等他用完饭，再递上一支烟。他笑了起来，说："你是干什么的？"

我说："反正不是在路上管事的人。"

他这才点了点头。

对于这些长途卡车司机来讲，在路上管事的人是相当多的。交警、林业警察、防疫人员以及别的说不上名目的什么人员。一般来讲，司机们会回避这些公务人员。

车行三十多公里后，我在古尔沟下了车。这回，司机脸上又露出了遗憾的神情，因为他准备长途驱车夜行，希望有一个人能在即将翻越的大山上陪他抽烟说话。那一瞬间，我也有些动摇了。倒不是司机那有些留恋的眼光，而是想到车前强烈的光柱，一一照亮路边的树林、溪涧和悬崖，又把所有这一切，不断地抛入身后的黑暗，我自己就有点激动了。

但我很想洗一洗这里的温泉。还是跳下车来,向司机说了再见。

古尔沟这个地名,已经是一个藏汉合璧的名字。这也正好代表了此地的民情风貌。

而古尔沟所以著名,是因为这里的一道温泉。

嘉绒藏族是非常相信温泉的治疗作用的。我的家乡远在雪山另一边的梭磨河畔,人们也常到这个地方,长途跋涉,到温泉沐浴。

那是每年的暮春时节,青稞种子和胡豆种子已经下到地里。雪慢慢变成雨水,河岸边的草地刚刚开始泛出淡淡的青绿,种子还在沃土下面温暖潮湿的黑暗中悄悄萌芽。这个季节的农民,除了修补一下地边的栅栏,基本无事可干。

在这一年最为清闲的时间,很多人便从上百里外的地方向温泉进发。

那时候,广阔的乡野间已经有了公路,但嘉绒农民去温泉的时候,还是备好了马匹,马背上驮着帐篷与最好的吃食,比如陈年的腊猪腿、肉肠、鸡蛋、熊肉,还有蜂蜜与自酿的烧酒。老年人特别是老年妇女还会骑上矮小的毛驴。他们在路上短则行走三五天,长则十来天,才能到达温泉。

扎下帐篷,就开始了一年一度的漫长的沐浴。

那时的古尔沟温泉不在现在的公路边上。而是要从一座嘉绒地区常见的伸臂桥上,走过宽厚的木板铺成的桥面,然后从对岸上山。一条小道穿过一些斜挂在山坡上的庄稼地,穿过一些嘉绒风味浓郁的寨子,最后,小路进入由桦树、松树、杉树与椴木混交而成的森林。我去过那个地方,踏上过森林中土质柔软的崎岖小道,穿行不久,就已经闻到了温泉上常有的那种淡淡的硫黄味道。

然后，一团雾气升起在山谷中间。那就是古尔沟温泉露头的地方了。

嘉绒人一年一度的温泉沐浴，不是休闲似的远足，而是为了祛除疾病与邪祟。在泉眼最大的那个池子里沐浴，可以祛除一年的积劳与风寒。泡在温泉中，体力消耗是非常大的，体质虚弱的人，十多分钟就会头晕目眩。支持不住的，就起来到自家帐篷里坐下来，一边休息，一边饱餐美食。待体力恢复了，又下到热水里，耐心地浸泡。如此循环往返，又是一个崭新的身体，回到家乡的田野中间，又能对付下来一年的生活磨难。

温泉露头处，还有一些小的泉眼。有一眼泉，据说治疗肠胃疾病有神奇功效。治疗的方法非常简单：喝很多温泉水，然后，找一个地方，呕吐净肠胃里的废物，吐干净了，又回到帐篷进食，然后再喝水，直到认为已经洗净了消化系统中积淀的毒素与废物。

还有一眼泉，细细地从一块石头中央向上冒出拇指粗的一小柱水。

这一柱水，用于洗头，特别是偏头痛的病人，经过几天接连不断的沐浴，据说也会大有好转。等到头痛再行复发的时候，又该是下一年的春天，又可以赶赴温泉了。

这眼泉水更多地被人们用来清洗双眼。这种清洗除了治疗各种眼疾，据说还可以避免看见一切不净的东西。这些东西包括一些林子里的精灵，一些亡人的魂灵，以及另一些稀奇古怪、在汉语里找不到对应词汇的神秘存在。

在我出生的那个村庄里，当有人称自己常常看见一些在另外一个世界才会存在的东西时，人们就说，这个人该去温泉洗洗眼睛了。

我去古尔沟温泉是在几年以前，那时，大路上去洗温泉的人差不多已经断了踪迹，人们已经将这眼温泉渐渐遗忘了。

这种遗忘想必持续有十多年时间，然后，这个温泉又被重新发现。这次的发现已经带上了明确的经济眼光。温泉作为当地政府的一个旅游项目，作为米亚罗红叶温泉风景区的一个重要组成部分连片开发。

我来到古尔沟时，正是十月的深秋季节。丛山峻岭中，经霜后的红叶在高原阳光下，像是抖动的火苗。

温泉也从露头的半山腰，用埋在地下的引水管下山过河，注入公路边一个个温泉旅馆的游泳池里。

我去了一趟山上。头天夜里，下了一场小雨，高原的秋天经常有冰凉的雨水在夜里不期而至，而且，这种夜里的小雨往往表明第二天是个秋阳明亮的好天气。早晨，一台切诺基吉普车载着我们沿着一条曲折的简易公路过河上山。但是，车行不到两公里地，坡越来越陡，雨后的泥土路面过于松软，车轮在地上刨出两个深坑，再也不能前进一步了。

剩下的路，我步行到温泉。

其实，一切，在过去人们的描述中已经真实地呈现，一切都像来过许多许多次一样熟悉。只是因为高度的缘故，昨夜的雨水在这里变成了滋润的白雪。白雪压在绿的杉树与红的枫树上，构成了一种特别的美感。特别是温泉在溪涧中漫流一阵后，热气散尽，那些铺满青苔的涧石上也堆满了积雪。下面的曲折溪水却青碧泠然。

我坐在溪边，听着融化的积雪一块块从树冠之上坠落在地上，寂静的树林里，四处都是积雪坠落的声音。

回到山下，我还恍然看见那雪地中热气蒸腾的泉眼。

今天，我又来到这个地方。在一间温泉旅馆登了记。在旅馆一楼要了一个单间浴池，泡了一个长久的温泉澡。我不知道这温泉水能否像传说中一样去除心中积年的尘垢，但沐浴出来，周身皮肤却十分光滑。翻开旅馆里的宣传小册子，也肯定了古尔沟温泉中微量元素所具有的治疗作用。只是在这种宣传品上，温泉的名字已经不是过去那个藏汉合璧的名字，而是叫作神峰温泉了。

5. 翻越鹧鸪山口

第二天上路，走到米亚罗时，四周已经是典型的嘉绒地区的风光了。

我是搭乘一辆农民的手扶拖拉机到达米亚罗的。

一直相伴于左右的杂谷脑河因为失去了一条又一条溪流的汇聚，水量日益减少。在米亚罗镇上吃完午饭，我搭乘一辆卡车，走了二十多公里，便到了鹧鸪山下。

在阿坝地区，在嘉绒，在过去的古老驿道上，鹧鸪山海拔3800米的山口，是一个重要的咽喉。今天连接西南重镇成都和甘肃省会兰州的国道213线，也要穿过这个山口，并串联起这条大动脉上众多的支线。

鹧鸪山下的一个叫山脚坝的地方，只有一个小小的道班。柏油公路也在这里中止了。这是为了防滑的需要，因为山上常下大雪，因为一年之中数月之久的封冻期会把冰凌结满路面。所以，为了少出车祸，这山上就一直是坑洼不平的黄土路面。

道班工人在路边的一道溪流上埋设了一些橡皮水管，拿起水管，就有强力的清水喷涌出来，在天空中形成一个美丽的扇面。

很多扑满尘土的汽车来到山下，便停了车在溪边冲洗。

这里，杂谷脑河已经变成了一道湍急的溪流，穿行在山谷底部那些沙棘和红柳组成的密实的丛林中间。公路对面的阴坡上，是成林的红桦与冷杉。而我面对着正在攀登的阳坡上，是大片大片的草场。攀缘一阵，我回身下望，公路往山沟更深处延伸而去，最后，会在山沟尾部折回来，在山间画出一个巨大的盘旋。

我的路线是过去的驿道，是从山脚直逼山口的一条直线。而公路最终会在山口那里与我碰面。

这是初秋季节，高山草场上的花期已过，丛丛密密的牧草结出了籽实，一穗穗金色的草穗在微风中轻轻摇晃。草丛中有许多的药材。木香肥大的叶片放射状散开，像只海星一样平摊在草丛中；黄芪结出了豆荚般的果实；贝母的灯笼花也开过了季节，一颗颗籽实像一只铃铛。还有很多的药材，小叶杜鹃丛和伏地柏旁那巨型植物，是一株株大黄。

小路穿过一片阴湿的小树林时，我突然在林子中看到了一种属于春季的花朵：毛杓兰。

这种袋状的紫色花朵勾起了我一些亲切的童年回忆。童年时代，小孩们在山上放羊的时候，总是四处去采摘这种花朵。然后，把揉好的酥油糌粑一点点灌进花朵的袋子里，放在小火上慢慢烧烤。最后，剥掉已经全然变干烧焦的花皮，花朵的馨香全部浸进了小小的一团糌粑里，那是一种童年游戏中烹制出来的美食。

毛杓兰是它的学名，在植物学书本是这样描述这种花朵的：

> 兰科属多年草本，高20~30厘米，花单朵顶生，淡紫色或

黄绿色，生于海拔2500~4000米的云、冷杉林下和灌木丛中。

而在嘉绒藏语中，这种花朵名叫"咕嘟"。咕嘟是一个象声词，模仿的是布谷鸟的叫声。每当春天来到嘉绒，深山之中的绿意一天天深重起来的时候，地里麦苗茁长，布谷鸟就开始鸣叫了。老百姓说，是布谷鸟的叫声使一个个白昼变长，也是布谷鸟的叫声使林间的"咕嘟"开放。于是，这种美丽奇特的花朵就叫作这个名字了。

眼下已是秋天，布谷鸟已经停止了歌唱，但我却看见了这种花朵。想必是海拔高度所造成的一种现象吧。我还想在山林中寻一寻，看还有没有在春天开放的花朵在这时仍在开放，但抬头望望天上的太阳，我感觉到要在今天翻过山口，必须抓紧时间。

于是，便加快了步伐。

两个小时后，我已经能看到阴影处积着白雪的山口了。上山的汽车后面扬起大片的尘土。上山的汽车引擎发出吃力的轰鸣，但行驶速度却非常缓慢。

距山口大约还有半个小时路程的时候，我在一大片刺莓丛中坐了下来。紫红色的刺莓已经成熟了，远远地就闻到一股酒酿的味道，只是这种味道比酒酿更加甘甜。于是，我坐在山坡上拖着屁股，从一丛刺莓转向另一丛刺莓，直到打出的饱嗝都带上了甘甜的酒酿味道，才又继续上路。快爬上公路时，看到陡峭的山坡上，四散开一部卡车的残片。

又一次迈开双腿时，我不再抬头，不然的话，最后这段路会显得特别漫长。

攀上山口的时间是下午3点50分。

很强劲的风吹在背上，公路穿过山的地方，两边土坡上的渗水都在风中结成了薄冰，风吹在耳边，有一种愉快的哨声。快走进阳光的阴影中时，我回望一下所来的方向，比这座山更高的雪峰静静地耸立在蓝天下面，晶莹耀眼。

雪峰在我的四周构成了一个地形上高高耸起的中央部分。

在这个中央部分的东南方向，烟雾迷蒙处，是曲折的，逐渐敞开的峡谷，和峡谷两侧苍翠的群山。公路，一条灰白的带子伴着阳光下亮光闪闪的河流，冲向群山的外面。从这个高度上，我看清了渐次升高的大地的梯级。

我转过身穿过鹧鸪山口，那短短的几十米坑洼不平的路笼罩在群山阴影中，这是公路两边山坡的阴影，走到山口的另一面时，阳光又落在了我的身上。

这道山脊也是一道重要的分水岭。东面，是岷江流域。而展现在我面前的，那些森林与草地中流出的众多溪流，却是大渡河纷繁的枝蔓了。

这次，再举目远望时，又是另外一番景象了。

东面的山野雄峻峭拔，而西边的群山，每一座都渐渐变得平缓而低矮，就像我现在登上山口时发出的一声浩然的长叹。东面的山坡上满被森林，而西边这些浑圆平缓的山坡却是大片大片的高山牧场。初秋时节，近处的草还绿着，但远远望去，草梢上那一点点黄色便越来越浓重，在云烟将起处变成了一片夺目的金黄。这时，我已经踩着群山的阶梯，真正登上了青藏高原。

我离开山口，离开了从山腰上盘曲而下的公路，直接切入了一条俯冲而下的峡谷。

从山口望去，还可以看见一条隐约的道路。这是荒废了几十年的驿道留下的隐约痕迹。我循着这条荒芜的古驿道走下峡谷，却在峡谷底下一道清浅的溪流边失去了这条道路。

我想，这都是因为那些荒草与丛生的灌木的缘故。

剩下的时间，我都在为突破灌木丛的包围而奋力拼搏。最后，一个猎人出现在我的面前。我想，他看见我出现在这个地方应该感到有些吃惊。但他只是浅浅地笑笑，说："怎么陷到这里头去了。"

我有些气急败坏："路荒了。"

他伸出手，把我从一团纠缠不清的小树中拉出来。这时，已经是夕阳衔山的黄昏时分了，四周森林响起了滚滚的林涛声。好在，这时我已经在猎人的带领下回到了路上。他从一个树洞里掏出了两只野鸡。这是他预先放在这里的猎获物。我看两枪都打在头上。他看着我笑了，说："我看见树林里有东西，还以为是一头熊呢。因为熊才这么不管不顾地四处乱钻。"说完，他还拍了拍手里的枪，并顺手把枪背在了背上。

我说："幸好你没有开枪。"

他说："我是一个好猎人，好猎人要把猎物看得清清楚楚，才会开枪。"

我笑了。

他说："你还不错，好多人，进了城，胆子就变小了。"

转过两个山弯，山路变得平缓起来，路边那些小小的沼泽中浸润出来的泉水，也慢慢汇聚成了一线潺潺的流水。

听着这泉水，看着满天烧得通红的晚霞，我的脚步竟然变得轻快起来了。

溪水两岸开始出现一块一块的平整的草地。草地上结出一穗穗紫色果实的野高粱在风中摇摆。对我的双眼来说，这已经是一个阔别已久的景象了。我贪婪地呼吸着扑人鼻腔的清泠泠的新鲜空气，空气中充满了秋草的芬芳。天黑以前，山谷突然闪开一个巨大的空间，黑压压的杉树林也退行到很远的地方，一块几百亩大的草地出现在眼前。风在草梢上滚动，一波波地在身子的四周回旋，我再也不想走了，我感觉到双脚与内心都在渴望着休息。于是，一屁股坐了下来。风摇动着丛丛密密的草，轻轻地拍打在我的脸上。猎人说："不想走了。"

我说："走不动了，也不想走了。"

他在我身边坐了一阵，看看天色，说："那你在这里等我，我过一会儿叫你。"

于是，他从我身边走开了。我也没有想他会不会再来叫我，就顺势在草地上躺了下来。这下，秋草从四面八方把我整个包围起来。草的波浪不断拂动，我就像是睡在了大片的海浪中间。

我的脸贴在地上，肥沃的泥土正散发着太阳留下的淡淡的温暖。然后，我感到泪水无声地流了出来。泪水过后，我的全身感到了一种从内到外的畅快。我就那样睡在草地上，看着黑夜降临到这片草地之上，看到星星一颗颗跳上青灰色的天幕。这时，整个世界就是这片草地，每一颗星星都挑在草梢之上。

黑夜降临之后，风便止息下来了，叹息着歌唱的森林也安静下来，舞蹈的草们也安静下来。一种没有来由的幸福之感降临到我的心房，泪水差点又一次涌出了眼眶。

这时，远处响起了那个猎人的喊声。他没有叫我的名字，也不知道我的名字。他的喊声只是一声长长的呼吼。呼吼在山间引起了一串回声。

我站起身来，看到森林边的小木屋里闪出明亮的火光。

木屋在溪流的那一边，溪流上有一道小小的木桥，为了防滑，桥面上铺了一层柔软的草皮。看得出来，这是一个冬季牧场。冬天到来，大雪封山的时候，牧人就会把牛群赶到这里。这一大块草质优良的草地，将提供一个冬天的饲草。而这个猎人，就是在这里割草。打下的草晒干了，堆放在木屋后面的大树底下，于是，这个夜晚里秋草的芬芳便更加浓烈了。

他摆开了晚餐，主菜就是两只野鸡中的一只，与土豆烧在一起，野葱与野茴香的气味在热气中氤氲开来。把土豆与野鸡肉从锅里盛出来以后，他又在汤里煮了一些新鲜的蘑菇。

我正后悔出发时没在背包里放一两瓶白酒，他已经从身后摸了一瓶酒在手里，给我倒了一个满碗。

火塘里的火苗呼呼抖动，木柴上散发着松脂的香味。那天晚上，我大醉了一场。

早上醒来的时候，猎人已经出门干活了。我扶着门框，看见他在草丛深处用力地挥舞着刀。回身，我看见地板上躺着三个酒瓶。

我在清泠泠的溪水中洗脸的时候，他回来了，在火上把蘑菇汤煨好。喝完汤，临别的时候到了，我在背包里摸索半天，最后，只有一把瑞士军刀算得上是对他有用的东西。我便把这东西送给他。

我怕他不接受，便说："留在这里吧，明年我还要来。"

他双眼扫视整个木屋，脸上露出尴尬的神情，他虽然什么话都没有说，但我明白他的意思，是说，没有什么可以送给我。

我走出很远了，他还站在路口。他就那么一动不动地站着，没有挥手，也没有喊再见，直到我转过山弯，再回头时，我们彼此便消失在对方的视线里。

6. 最后的行程

我知道，这两三天的路途，将是我此行最后的行程。

在我的预想中，这两三天将全是领略自然的旅程，我将不会再把眼光投向任何一个村庄或庙宇。

但当我在鹧鸪山下的峡谷里，离开那一大片山间草场，顺着溪边的道路走出十多里路，遥遥看见这条山沟尽头处敞开的峡口时，眼前出现的一大片废墟却使我有些目瞪口呆。虽然，我事先就知道会在路上遭遇这片废墟，但当这片废墟真正出现在眼前的时候，还是让我感到非常震撼。

废墟出现之前，是大片大片曾经被开垦、耕种多年后又被抛弃的土地。不知为什么，我从来没有见过抛荒的土地再长成漂亮的草地。好像是为了演绎那个荒字，地里长着齐腰高的一些说不上名目的多刺的非草非树的植物。草丛中奔跑着许多样子像老鼠，却又没有尾巴的高原鼠兔。

穿过这些荒地，溪流上的一道小桥已经坍塌了。但从留在两岸腐朽的桥柱来看，这座桥曾经相当宽大。然后，一条倾斜的小街出现了。街道上长出的草茸茸的，踩上去却给人一种踩在腐尸之上的感觉。几百米长的一条小街两边，许多石头的建筑都倒塌了，只有这里那里，还立着一些经风沐雨的残墙。在过去驿路畅通的时候，这是一个繁荣的小镇，一个远近闻名的商贾云集的驿站。驿站的名字叫作马塘。二十世纪五十年代，鹧鸪山通了公路，这条驿道便日渐荒芜。镇上的商人们渐渐散去，留下的人家，也三三两两迁到了几里外的公路边上。再聚集起来时，已经不是一个小镇，而是一个无足轻重的村庄。虽然，村庄的名字还是叫作马塘，但其重要的意义已经荡然无存了。

两三年前，我就曾想来看看这个地方，那时，还有人告诉我说，老街上还有两三户人家。但当我走在这个好像是非现实世界的街道上时，却没有看到一座完好的房子，看来，这个古老的小镇已经完全死亡，留在这世上的，仅仅是一种遥远而又模糊的记忆了。

街道两旁残墙逶迤，荒草弥漫。有些人家院子里已经长出了野蔷薇树。更多的残墙朝着街道洞开着窗子与门户。那些洞开的窗户与门户后面，白天与黑夜，曾经有过许多的梦想，许多的故事，许多的爱恨情仇，但这一切，在今天，都已经被时间之手无情洞穿。空洞的门窗后面，只是空荡荡的青山与蓝天。

我注意到，街道两边，还有两道石板嵌出的水渠，水渠上面也铺盖着石板。在商贾云集的时代，这些沟渠肯定把清澈的溪水送到每一户人家门前。我一直想跨过一道残墙，走进过去的一户人家，看看那些乱石朽木下到底掩藏着什么。

但我却没有这样做。

我突然心生畏惧，害怕惊醒里面沉睡的鬼魂，在那一大片废墟中间，我真的相信这个世界上会存在鬼魂。

心里的恐惧使我的脚步不由得快了起来。

直到走出镇子，走上镇子前面的一个小山冈，我才又感觉到阳光的温暖与明亮。我在一大块岩石上坐了下来。岩石旁边，一株野葡萄上结出了豌豆大小的紫色果实。下面的一块荒地里，我还看见了一些油菜，顶上开着黄色的花，中部和下部的荚已经很饱满了。这是过去的居民留下的种子，仍在这里独自生长。周围的一大片黄色的金盏花我相信也是某家花园里飘出的种子蔓生而成的吧。

离开的时候，我没有回头，却感觉到有什么东西跟在后面，在絮絮私语，在叹息，使我背上阵阵发凉。

但我心里已经暗暗决定：我还要选一个时间，带上一两个朋友,再来这个地方;这个地方,将是我下一部有关驿道的小说开始的地方。我要让驿道上这些正被遗忘的镇子,对于这个世界已然成为湮灭的记忆的镇子的故事与人生,在我的文字之间复活过来。而在此之前,我需要在这样的地方感受某种神秘的力量,我觉得这些镇子的魂灵还在什么地方游荡。

这样想着的时候,眼前的峡谷再次敞开,一个更大的河谷展现在眼前,久违了的梭磨河滔滔的水流出现在眼前。从一大片麦地边的栅栏旁走过,看见一眼泉水,从一株柏树下慢慢沁出,泉眼上静静地浮着一只桦皮水瓢。

然后,道路在快接近一个村庄时急转直下,下了高高的河岸,又是一道宽阔的木桥。

村子很小,桥上行走的人也很少。所以,桥面上的木板让雨水洗得干干净净,露出了象牙色的漂亮木纹。这个村庄,就是新马塘,但我不想在此停留太久。过了桥,便又回到从山上盘旋而下的公路上了。

一个小时后,我已经坐在一辆卡车上,司机把我带到刷经寺。

刷经寺是一个二十世纪五十年代迅速建立起来的镇子。这里,两边的山已经十分低矮,森林已经非常稀少。那些宽阔的牧场上,已经出现了牧人黑色的牛毛帐篷。我已经接近高原的顶端,这里的河谷,已经是海拔三千多米的高度了。

我在这里就是想租到一辆吉普车,这辆车能让我去到梭磨河的源头,我的此行必须追溯到一条河流的最初的起源。梭磨河对于嘉绒来说,是一条非常重要的河流,所以,这个源头的风声将是本书的最后的乐章。

对我来说,刷经寺不是一个陌生的地方,找到一个朋友,在他家里吃了饭,喝了酒,告辞的时候,他告诉我,车子明天早上

9点就来接我。

回到旅馆睡下,风就起来了,风扑打着窗户,把广大原野的声音带到了我的枕边,我的梦境边缘。

7. 上溯一条河流的源头

早上醒来,我觉得脑袋里在嗡嗡作响,脚步也有些发飘。

我知道,这是海拔高度造成的轻微反应。毕竟,我已经有两三年没有来过这样的地方。打开窗户,冷凛清新的空气一下便涌进了屋子。虽然窗外的马路上尘土飞扬,但停在浑圆山丘上的天空却纤尘不染。

神灵给了我一个好天气。想到这个,我的心情便愉快起来。

当我在楼下的回民饭馆里吃了一大碗热气腾腾的羊杂碎汤,就了两只烧饼,拍拍鼓胀的肚子时,一辆疾驰而来的北京吉普车停在了我的面前。眯眼一看,就知道这已经是一台非常老旧的汽车了。这种车是一些单位淘汰下来的,几千块钱处理给私人。这些偏僻的小镇上,没有什么就业机会,一些无所事事的年轻人,家里掏钱买上这么一辆车,遇上一两个零星的游客,跑一二百公里,赚点租车费,也算是一份正经的职业了。

打开后座门放我的行李包的时候,我看到后座上放着鱼竿和一支猎枪。

当我在司机旁边的座位上落座,引擎发出一声怒吼,车后扬起一阵尘土,我们就上路了。

上路了。

车子驶出镇子不远,另一种风貌的峡谷在我眼前展开。

公路两边的柳树和草地上，都蒙上了一层薄薄的白霜。河流两岸点缀着团团灌木丛的草地越来越宽阔，两边蜿蜒相随的山脉越退越远，而且越来越低矮，越来越浑圆。

河里的水越来越小，越来越平缓，越来越曲折漫漶。

二十世纪八十年代，我在小说里开始描写这个地带的自然风貌。最初的作品是一个短篇，名字就叫《欢乐行程》。在这篇作品里，我把这个地带叫作群山与草原的过渡地带。这个命名漫长了一些，但却相当准确。在没有发现地理学家为这样的过渡地带取出一个简洁而又更为准确的命名之前，我在这里还是只能沿用十年前自己小说里的命名来称呼这个地带。

这个地带，过去是梭磨土司的辖地，是土司家的牧场，现在已经划归坐落在草原上的红原县管辖。

司机减缓了一点车速，把后座的猎枪递到我手上，意思是说，窗外的草地上随时可能出现猎物，坐在车里就可以随时开枪。

我问："多少钱一枪。"

"二十。"他随即又突然吐出了舌头，说："不，那是对游客，不是你，你是朋友介绍的。"

我笑了："打折？"

他没有回答我，一双眼睛紧盯着前面，慢慢停下了车。然后，伸出手。

顺着他的手看过去，视线里出现了两只野鸡。灰扑扑的野鸡在灌丛中用爪子不停地刨着什么，并不时警惕地用长颈把头支出灌丛，倾听着四周的动静。野鸡的头伸出灌丛的时候，那头颈的转动像是潜艇伸出海面窥探的潜望镜，但我总觉得那不是在看，而是在听。当我从车上跳下来，慢慢向它们靠近时，两只野鸡噗噜噜扑扇着翅膀，奋力跑开了。这些野鸡大多都已经失去了飞翔的能力，扑扇一对翅膀，无非是使逃命的双脚负担减轻一点。这些野鸡有时也能展开翅膀在空中摆出一个优美的飞行姿态，但那只是从高处到低处的滑翔。

两只野鸡跑到河边，站住了，又伸出了长长的颈项。我用枪瞄准，准星前已经只有一片虚光，看不见目标了。这些年，视力慢慢下降。野鸡已经在我有把握的射程之外了。

但我还是开了一枪，枪声在宽阔的山谷中，一下就被清冽的空气吸附掉了。没有期待当中的响亮。

我回到路上，再抬眼看去，那对野鸡还站在河边，没有被枪声所惊吓。

我们又上路了。司机按了两声喇叭，这回，野鸡钻进灌木丛，看不见了。

两个小时后，车子已经开到了查真梁子下面。这是从川西平原登上若尔盖草原的最后一级台阶。

登上去，就是海拔四千米的茫茫草原。

我没有选取国道213线选取的那条最陡峭，但也最为近捷的路线。因为那样的话，我就不能到达这条河流的源头了。而是离开公路，顺着山下的河水在草地上摇摇晃晃地开出十多公里。在这里，河水已经变成了一条溪流。一道迈出大步就可以跨越的溪流。两岸的草地也越渐松软，再往前开，车子就要陷在沼泽里去了。

司机看着我，意思是不能再往前开了。

车子便在山脚下的草原上停了下来。

耀眼的阳光把草原照亮，也把身上照得暖洋洋的。司机走到河边用手试试水，说要等太阳把水晒暖和了，鱼才会出来。那时，才能下竿。我坐在柔软的草地上，瞭望着不远处一头长得肥肥实实的旱獭。旱獭在一个干燥的小丘上晒太阳。和我一样在阳光下取暖的旱獭，一副老练而沉着的模样。它蹲坐在地上，上半身笔直挺立，双掌合于胸前，在笃信佛教的藏族人看来，这是向神佛祈求的姿态，所以，这种动物在有些草原上能够泛滥成灾。

尽管这样，这种看似笨拙无比的动物，却无比灵活，而且狡猾。它们在草原的地下，建立起一个复杂的地下通道。当你想对他有所动作的时候，它立即就会返身钻回地下。当你守候在这个洞口，并准备了足够耐心的时候，它又突然从另一个出口探出了肥胖的身子。

这些年旱獭的数量也开始减少。因为这种大多数时候生活在地下的动物，缝成褥子的皮毛和炖好的肉都有追风祛湿的作用。虽然当地人因为宗教原因不对它们下手，但外地人和城里的干部却持有另一种观点。

司机开始在四周寻找干牛粪，准备生火了。看来，他是对还藏在河里的鱼变成一锅好汤有着充分的信心。

我与旱獭对望一阵，抽了一支烟，然后，背起枪顺着溪流往上游走去。

脚下的草地表面很干燥，一串串的草穗与双脚纠缠着，弄出许多细密的声响。而下面却很松软，每一步下去，都有一次小小的塌陷。又走了一阵，面前再也没有平整的草地，而是多年的枯草与盘曲细密的草根形成的一个又一个的草墩，像一群蘑菇一样浮在沼泽之上。从一个草墩跳到另一个草墩，我的身上很快就出了一身细细的汗水。当这些草墩都不能连续成片时，便被一个又一个淤泥深重的明亮水洼隔离成了一个又一个相距遥远的孤岛。

几对黄鸭在水洼间觅食，这些水禽是这一年里最后的候鸟了。再过几场秋霜，它们就要长途飞行到很远的南方去了。直到来年夏天，才会回返。黄鸭被我惊飞起来，在天空中久久盘旋。

最后，我不得不离开河边，走到贴近山边的地方。双脚又踩到了坚实的地面。

回身望去，天上的黄鸭又落了下来，落在那些明亮的水洼中间。

河水在上午倾斜的强烈阳光下，折射出一线闪烁的银光。

我一直远望着河水。一大片沼泽消失了，宽阔的峡谷给两边的山丘收了一次腰，我又回到了河边。这里，河里的水量更少了，透过清浅的河水，可以看到水底下缓缓流动着细细的沙粒。很多干干净净的草根在水里流苏般飘荡。我喜欢我看到的这种景象。

我想，再往上游走短短的一段，就会看到水流最初的起源了。这是梭磨河的最初起源。但这仅仅是我的想象。

峡谷再一次敞开了。溪流闪烁着隐身于一片更广大的沼泽。这片沼泽再次把我逼向山边。后来，我发现，河流离我越来越远，我隔沼泽中央那条曲折漫漶，但仍然有迹可循的溪流足足有好几公里的距离了。这种距离使我后悔没有把车上的背包带上。

足足两个小时，峡谷再一次收缩，细细的一线溪流又回到我的脚边。这时，两边的山丘差不多已经完全消失了。如果说还有山丘的话，也是两脉隐约而长的起伏了。直到这时，我才真正走到了梭磨河的源头。一个平淡无奇的小小水洼。水慢慢地从草皮底下浸润出来，我甚至看不出它在地面上的流淌。于是，我摘下一小片草叶，放在水面上，才看出细细的一线水上，那片草叶慢慢地顺流而下。我的身心没有出现预想过的那种激动的反应。虽然，我知道，这就是哺育了藏文化中独特的嘉绒文明的一条重要水流的发源，是大渡河，是长江一条支脉的最初的缘起。但我仍然平静得像这荒芜而又壮阔的荒野一样。而在我想象源头的景象，在想象中描画自己到达源头的情景时，曾经写下不止一首激情充沛的诗章。

也许，生命中有了这样的经历，面对人生的坎坷与磨难时，就能够从容面对了。

我俯下身去，慢慢地啜饮梭磨河源头的溪水。

清清的水有一种透骨的冰凉。

我登上浅浅的山丘，这是我要攀登的大地阶梯的最后一级。

这是一个地理的制高点，也是我人生经历中的一个制高点。回望身后，河水曲折，越来越宽，一直没入越发崎岖的群山之中。那是长江水系的群山，一列列地向着东南方向。东南风不断顺着峡谷吹送，那是来自大海的气流给这片高地带来雨云的方向。也是我家乡的方向。

我现在也是站在一个地理的分界点上，只要原地转一个圈子，把脸朝向西北方向，像一声浩叹一样，就展开了秋风中金黄的草原。草原上游牧的藏族人们，已经是另外一种语言，另外一种风习，是传统上称为安木多的游牧文化区了。

山丘西北这一面的草原沼泽，也是另外一条水量丰沛的河流的源头，藏语叫作"嘎曲"，意思是白河。白色河流是高原阳光下的银光闪烁之河，是天堂里的牛奶之河。这条河向北流淌，注入了中华大地的另一条重要河流——黄河。

我的嘉绒之旅就此结束。

德格：湖山之间，故事流传

总摄大地的雪山

我在小说《格萨尔王》中，如此描写了康巴这片大荒之野：

> 康巴，每一片草原都犹如一只大鼓，四周平坦如砥，腹部微微隆起，那中央的里面，仿佛涌动着鼓点的节奏，也仿佛有一颗巨大的心脏在咚咚跳动。而草原四周，被说唱人形容为栅栏的参差雪山，像猛兽列队奔驰在天边。

躺在一片草原中央，周围流云飘拂，心跳与大地的起伏契合了，因此，由于共同节律而产生出某种让人自感伟大的幻觉。站起身来，准备继续深入时，刚才还自感伟岸的人立时就四顾茫然。往前是宽广的草原，往后是来路，往左，是某一条河和河岸边宽阔的沼泽带，往右，草原的边缘出现了一个峡口，大地俯冲而下。来到峡口边缘，看见河流曲折穿行于森林与草甸之间。河流迅速壮大，峡谷越发幽深开阔，从游牧的草原上，看到了峡谷中的人烟，看到农耕的田野与村庄渐次出现。

这是我在青藏高原无休止的旅行中常常出现的情形，身后是那顶过了一夜还未及收拾的帐篷。风在吹,筑巢于浅草丛中的云雀乘风把小小的身子和尖厉的叫声直射向天空。其实,要重新拾回方向感很简单,只需回到山下,回到停在某一公路边的汽车旁,取出一本地图,公路就是地图上纵横曲折的红色线条。

但除了这种抽象的方位感,我需要来自大地的切实的指引。

因此,要去寻找一座巍然挺立的雪山。

康巴大地,唯有一座雪山能将周围的大地汇集起来,成为一个具有召唤性的高地。作为这片大地宿命的跋涉者,向着雪山靠近的本能是无从拒绝的。于是,从海拔3000多米的草原逆一条溪流而上。4000米左右是各色杜鹃盛开的夏天。再往上,山势越发陡峭,流石滩闪耀着刺眼的金属光泽,风毛菊属和景天属的植物在最短暂的东南季风中绽放。巨大的砾石滩下面,看不见的水在大声喧哗。由此知道,更高处的峭壁上,冰川与积雪在融化。从来没想要做登山家,也不想跟身体为难,只想上到5000多米的高度,去极目四望。在好些地区,这就是总摄四方的最高处。但在康巴,那些有名的雪山都是大家伙,海拔往往在6000米以上,仅在我追踪格萨尔踪迹的路上,从东南向西北,就一路耸立着木雅贡嘎、亚拉、措拉(雀儿山),再往西北而去,视野尽头,是黄河萦绕的阿尼玛卿。那我就上到相当于这些高峰的肩头那个位置。地图上标注的海拔总是这些山的最高处,而从古到今,不要说是人,就是高飞的鹰,也并不总是从最高处翻越。后来,总要发明什么的人发明了登山,才使很多人有了登顶的欲望。古往今来,路人只是从两峰之间的山口,或者从山峰的肩头越过某一座山。

在我,靠近一座雪山,不仅是路过,更是为了切实感受康巴大地的地理。特别是当我进行重述英雄史诗《格萨尔王传》的写作时，更需要熟悉其中一些雪山。因为这神话传奇产生的时候，大地上还没有地图所标示的那些道路，甚至也没有地图。在藏族人传统的表述中，康巴地区是"四水六岗"。"六岗"就是高原上六座雪山所总领的更高地，是奔涌大地的汇集，人们瞩望的中心，更是上古时代就已经出现在人心灵之中的山神的居所。英雄格萨尔的故事产生的时候，古代的人们就这样感知大地。

因此，我必须要靠近这些雪山。

追寻格萨尔故事的踪迹，真正要靠近的就是措拉（雀儿山）。但到真的进入这个故事，真实的地理就显得虚幻迷离了。

光彩变幻的高原湖：玉隆拉措

从成都西行，走国道318线，过康定，越折多山口，川藏线分为南北两路。

我上北路——国道317线，一路上可以遥望两座有出世之美的晶莹雪峰。一座是号称蜀山之王的木雅贡嘎，一座是四周环绕着如今丹巴、康定和道孚三县上万平方公里峡谷与草原的亚拉雪山。要在过去的旅行中，我早已停留下来了。但现在，我紧踩油门，只是从车窗里向外瞭望几眼。近三年来的目的地还在几百公里之外，是格萨尔的故事流传最盛，也是史诗中主人公诞生的地方：德格。被措拉雪山总摄的德格。

一天半后，终于到达了德格的门户，海拔3880米的小镇玛尼干戈。在加油站旁边的小饭馆吃完午餐，就可以遥望那座雪山了。这里，道路再次分岔，往西北，是格萨尔的出生地阿须草原。我并不急着就去故事的起始之地，我要在外围地带徘徊一番，多感受些气氛。一个寻找故事的人想体验一番被故事所撩拨的感觉。

而心绪真的就被撩拨了。

如果说神山是雄性的，那么总是出现在雪山下方，由冰川融水所滋养的湖泊就是阴性的。出玛尼干戈镇几公里，刚刚望见雪山晶莹的峰顶和飞悬在峭壁上的冰川，那面名叫玉隆拉措的湖就出现了。"措"在藏语里是阴性的，是湖泊的意思，也是女人名字里常用的一个词。这个湖还有一个汉语的名字：新路海（新道路边的海子？）。春夏时节，湖水并不十分清澈，融雪水带来的矿物质使湖水显出淡淡的天青色。湖岸上站立着柏树与云杉，云影停在湖中如在沉思。如果起一阵微风，花香荡漾起来，波光立时让一切明晰的影像失去轮廓。安静的湖顷刻间就纷乱起来，显出魅惑的一面。

故事里，这个湖是和格萨尔的爱妻珠牡联系在一起的。珠牡，据说是整个岭国最美丽的女子。故事里的男主人公刚刚出生，她就是令岭国众英雄垂涎的姑娘了。后来，格萨尔经历诸多磨难登上岭国王位，珠牡姑娘依然保持着青春，这才和另外十二个美女同时嫁给了年轻的国王。故事里，美丽的女人往往也是善良的。自古到今，传说故事的人们会无视现实中外在的美貌与内在的心灵之美常常相互分离的事实，总给漂亮的女人以美丽的心灵，或者说，给善良的女人以美丽的外貌。这或者是出于对美丽女人的崇拜，我更以为可能出于对心灵美好却容貌平凡的女子们的慈悲。

仅仅是这样的话，故事里的女主角还不够生动。

为了让故事生动，从古到今，讲故事的人已经发展出很多套路。在措拉雪山的冰川还很低很低，冰舌可能直接就伸入湖中的时候，那些讲故事的人们就知道这些伎俩了。于是，故事里那个常在这个漂亮湖泊里沐浴的珠牡，就常常面临着种种诱惑而抗拒着，也动摇着，身不由己。她曾亲自动身前去迎接格萨尔回来参加赛马大会和叔父争夺岭国王位。就在这样严肃的时刻，在去完成重要使命的路上，她就被路遇的印度王子弄得芳心激荡，因为"王子的眼窝仿佛幽深的水潭"。这种软弱让故事中的女人复杂起来。

珠牡也常常被嫉妒所折磨。如果不是这样，她的姐妹王妃梅萨不会被魔王掳去。珠牡自己也不会被出卖给北方霍尔国的白帐王。在有些格萨尔故事的版本里，珠牡被掳后被白帐王强做夫妻的一幕真是活色生香。珠牡不从，但不是誓死不从，只是千方百计逃避被白帐王强占身体。这个有些神通的女人千变万化，化成种种动物与物件。但万物生生相克，那白帐王神通更胜一等，自然就能变幻成能降服珠牡所变动物或物件。不觉间，带着悲愤之气的故事变成了男女征逐的游戏，而且这游戏还颇具情色意味。珠牡最后变幻成一枚针，便于藏匿，锋利扎人又不伤性命。好个白帐王，摇身一变，成了一根线，一根透迤婉转的线。线要穿过针，针要躲避线。缠绕，跳跃，躲闪，磕碰……终于那根坚硬的针却被柔软的线所穿过了。

岭国王后珠牡成了霍尔国王的妻子。九年之后，格萨尔才杀掉白帐王，把她夺回身边。

好多人问我，说一个国王怎么还会把这样的女人留在身边，而且继续给她万千宠爱。我想，他们的意思是说，一个国王怎么可以容忍别的男人占有自己女人的身体。这是我无从回答的问题。珠牡也没有让这样的问题困扰过自己，回到岭国很多年后，故事里的她似乎仍然没有老去，其美貌依然沉鱼落雁。珠牡唯一一次为国出征,是和梅萨一起去木雅国盗取通过雪山的法宝。就在这样的重要时刻,她经不住另一面湖水的诱惑,一定要下去裸泳一番。弄不清楚讲故事的人是要写她爱个人卫生,还是想展示一下美丽的胴体。故事总是要包含些教训的,因此珠牡王后的这番身体展示让王妃梅萨被拘,使格萨尔这个妻子二度成了别国国王的爱宠。

在为了重述《格萨尔王传》这部史诗而奔波于康巴高原的将近三年时间里,每一次,当我经过如今被更多人叫作新路海的玉隆拉措时,我都会在湖边凝视一番,想一想这个湖,更是想一想故事里那个因为有过错,有缺点,反而因此生动起来的叫作珠牡的女人,这个被今天的藏族人所深爱的女人。

湖边,长得仿佛某种杜鹃的瑞香正在开花,浓烈到浑浊的香味使眼前的一切都有一种迷幻般色彩。英雄故事的阳刚部分还未显现,其阴柔的部分就已在眼前。

每次都是这样,都是先遭逢这个柔美的女性的湖,然后,才攀登上男性的有骁勇山神居住的措拉雪山。

德格:土司传奇

措拉(雀儿山)其实不是一座,而是一群雪山,5000米以上的山峰就有17座,主峰绒麦峨扎海拔6168米,耸立于尚未汇流东南向的金沙江与雅砻江两大峡谷之间。国道317线从5000米出头一点的山口穿过。

东面的冰川造就了那个光彩变幻的玉隆拉措,越过山口向西,大地带着一股凌厉之气急剧地俯冲而下,冰川与融雪哺育了一条河：濯曲。"曲"是藏语里又一个基本的地理名词，即汉语中的河。濯曲迅即下降，壮大，十几公里的距离内，汇集了高山草甸区伏生柏、红柳和鲜卑花灌丛纠结地带的众多溪流，很快就变成了一条白浪喧腾的河。有了力量的水，更迅疾地造出下降的地势，在坚硬的岩石中切出幽深的峡谷。桦树与杉树的峡谷，花楸树和栎树遮天蔽日的峡谷。快到德格县城更庆镇时，就二十公里左右，已经陡然下降了两千来米，河道和沿河公路两边壁立着万仞悬崖，按住头上的帽子仰面才能看到青天一线。冲出谷口，地势骤然平缓开敞，耕地、村落和寺庙依次出现。

藏学家任乃强先生二十世纪二三十年代到此游历考察，著有《德格土司世谱》，其中记载了这段峡谷的人文史。说在格萨尔王建立岭国几百年后，有一个岭国勇士，名叫洛珠刀登，"有女美而才，岭王求以为妃，许给一日犁地的聘礼。乃率其仆，沿濯曲南犁，暮达龚垭之年达，得长七十里之河谷。岭王因赐之。遂，得为有土地之独立小部落"。

"唯此段河谷，有三十余里为石灰岩之绝峡，仅半段为可耕地，亦甚促狭……当时民户，不超过三十家。"

到清朝中叶，奉格萨尔为祖先的岭部落日益衰落，洛珠刀登于濯曲弹丸之地起始的德格家族的势力却日益壮大，雍正年间，被清廷招抚，授安抚司衔。其辖地最盛时曾经领有金沙江两岸今四川与西藏德格、白玉、江达、石渠等县数万平方公里的土地和人民。

"洛珠刀登既受七十里之河谷封邑，卜宅于今德格县治所在。卜宅之初，曾筑渺小之花教寺庙……其后此寺发展为德格更庆寺，为康区一大花教（萨迦派）中心。"后更依托此寺，创建了德格印经院。

登巴泽仁土司执政时期，于筹建印经院建筑的同时，筹划印版的刻制工作。从雍正七年（1729）至清乾隆三年（1738）的近十年间，较大规模的刻版工作全面铺开，完成了《甘珠尔经》的编校、刻版和《丹珠尔经》的印版刻制。同时还完成了一些其他典籍的印版刻制工作，印版总数近10万块。此后，历代土司家族又主持编辑和刻制的重要文献数十部，共计340多函，使德格印经院印版数超过20万块。

到今天，德格印经院已有270多年的历史，院藏各类典籍830余部，木刻印版29万余块。院中浩瀚的印版、典籍对研究藏族历史、政治、经济、宗教、医学、科技、文学、艺术等具有极高的学术价值，引起海内外学界瞩目，成为一个保存并传布藏族传统文化的中心。

因了印经院的文化传播之需，德格地区的雕版术、手工制纸和印刷术得以保存发扬，成为当地引以为傲的非物质文化遗产。

颇有意思的一个现象是，德格土司家族崛起的历史，也是将格萨尔王奉为祖先，并将格萨尔王所开创的岭国视为基业的林葱土司家族逐渐衰亡的历史。这种此消彼长的关系应该包含着强烈的敌对因素。但在德格土司统辖的土地上，却依然将岭部落的祖先格萨尔视为一个伟大的英雄，像自己的祖宗一样引以为傲。

在德格印经院中，就珍藏有格萨尔画像的精美雕版，常有崇拜英雄的百姓去那里印刷，请回供奉，或作为珍贵礼物馈赠亲友。一位二十世纪三十年代进藏区学佛求法的汉族人也到过德格，他写道："西康有一种风俗，印经的人要自备纸墨，另外还要付给印刷工人工资，这样就可以挑选自己喜欢的经版进行印刷。"

龚垭：千年城堡的废墟

离开德格县城沿濯曲（德格河）向西南方而下，在国道317线962公里处，一个地名叫作龚垭的地方，在河谷旁边山坡上一座规模不大的寺庙四周，和寺庙的基础上，有遥远时代遗留的许多土夯残墙。民间都相信，这里曾经是格萨尔同父异母的兄长，嘉察协噶当年镇守岭国南部的城堡残留。在寺院对面的山冈上，一道城墙的残迹宛然在目，顺山坡蜿蜒而上，连接着冈顶上一座四方形的破败城堡。看起来，这座还颇具形态的小城堡应该是主城堡的拱卫。嘉察协噶是格萨尔的父亲和其汉人妻子所生。在故事里，他也是一个善妒的角色，但这个汉藏混血的儿子，在岭国三十大将中最是正直勇猛，内心洁净而气度宽广。当年轻的国王沉迷于女色的魅惑，王妃珠牡被掳，身为重臣的叔父晁通背叛国王，在这样的危局下，嘉察协噶率军与霍尔大军抗衡，以少抗多，殒命沙场，留得忠烈之名世世传扬。庙里的喇嘛骄傲地向我展示两样东西。一只可以并列五支利箭的箭匣（称匣而不称袋，因为盛箭之物确是一个木雕的长方形盒子），说是嘉察的遗物。这种遗存，凡是格萨尔故事流传地区，到处皆有，我更相信其中纪念英雄的强烈情感。

另一个遗存，却使我吃惊。喇嘛指给我看护法神殿围墙上几块赭红色的石头，说那是嘉察协噶筑此城堡时的墙基。拿下一块来，沉甸甸的，却见赭红的带气泡的物质中包裹着大小不一的碎石。陪我寻访的当地专家泽尔多吉老师说，嘉察协噶城堡的墙基用熔化的铁矿石浇铸而成，发掘出来就是眼前这赭红而坚硬的东西，如石如铁。看来那个时代，熔铁的温度并不太高，所以这些含铁的矿石只是处于半熔解的状态,将其倾入挖好的地基,也足以牢牢地黏合在一起,在冷兵器时代牢不可破。

在外人的概念中,一到康定便算是进入了西藏,但本地人自古便不自称西藏,而称这片雪山耸峙、农耕的峡谷与游牧的草原相间的地方叫康巴。离开龚垭,沿濯曲往西南,就到了金沙江边。隔江望见一孤立的临江巨石上,两个用红漆描过的大字:西藏。金沙江在行政区划上,正是四川与西藏之间的界江。过去的牛皮船渡口,如今有一座岗托大桥相连。

濯曲(德格河)从此地汇入金沙江。

故事里的格萨尔远比实在的岭国国王勇武百倍,其疆域西接大食,南到印度,北接霍尔蒙古,东邻汉地,至少是整个青藏高原,甚至比之于青藏高原还要广大。而历史上作为故事底本的那个岭国实际疆域却要小很多。那时候,因为交通不便,空间封闭,人们居住在一个小小的国中也会以为疆域广大。从原岭国疆域中崛起的德格土司占有如今几个县几万平方公里的土地后,也自诩为"天德格,地德格",意思就是天地之间都是德格。

无论格萨尔还是后起的德格土司的伟业,同样都变成了日益遥远的故事,带着神秘与缥缈的美感。实实在在的是,河岸边的台地上,即将收割的麦子一片金黄。

金沙江边的兵器部落

没有过江的计划,便沿江岸而下,目的地是金沙江东岸的河坡乡。

那里,家户生产的"白玉藏刀"享誉藏区。传说这个峡谷中原本没有人烟，只有鸟迹兽踪，森林蔽日，瘴气弥漫。因为岭国有了冶铁之术，并在峡谷中发现了铁矿和铜矿，格萨尔便从西北部的黄河边草原上迁来整个部落，让他们在这里冶炼矿石，打造金属兵器。之后，岭国军队兵锋到处，所向披靡。

第一次到达这里，已是黄昏。

那些堡垒般的民居中，传来叮叮当当敲打铜铁的声音。在拜访的第一户人家天台上，摆放的不是兵器，而是寺院定制的金顶构件：铜瓦脊，铜经幢。

第三户人家始在打造各型刀具。

我把拜访兵器部落的经过写在了小说《格萨尔王》里。只是我已经成了小说里的说唱人晋美：

> 那天，长者带他来到山谷里一个村庄。长者的家也在这个村庄。金沙江就在窗外的山崖下奔流，房子四周的庄稼地里，土豆与蚕豆正在开花。这是个被江声与花香包围的村庄。长者一家正在休息。三个小孩面孔脏污而眼睛明亮，一个沉稳的中年男子，一个略显憔悴的中年妇女。他们脸上都露出了平静的笑容。晋美想，这是和睦的一家三代。长者看看他，猜出了他的心思，说："我的弟弟，我们共同的妻子，我们共同的孩子，大儿子出家当了喇嘛。"长者又说："哦，你又不是外族人，为什么对此感到这般惊奇？"说唱人不好意思了，在自己出生的村庄，也有这种兄弟共妻的家庭，但他还是露出了惊奇的神情。好在长者没有继续这个话题，他打开一扇门，一个铁器作坊展现在眼前：炼铁炉、羊皮鼓风袋、厚重的木头案子、夹具、锤子、锉刀。屋子里充

溢着成型的铁器淬火时水汽蒸腾的味道,还有用砂轮打磨刀剑的刃口时四处飞溅的火星的味道。未成型的铁、半成品的铁散落在整个房间,而在面向窗口的木架上,成形的刀剑从大到小,依次排列,闪烁着寒光。长者没等他说话就看出了他的心思,说是的,我们一代一代人都还干着这个营生,从格萨尔时代就开始了,不是我们一家,是整个村子所有的人家,不是我们一个村子,是沿着江岸所有的村庄。"长者眼中有了某种失落的神情,"但是,现在我们不造箭了,刀也不用在战场了。伟大的兵器部落变成了农民和牧民的铁匠。我们也是给旅游局打造定制产品的铁匠。"长者送了他一把短刀,略为弯曲的刀把,比一个人中指略长的刀身,说这保留了格萨尔水晶刀的模样。

我是在去往河坡的路上遇到这个老者的。我也将路遇这个老者的情形搬演到了小说里:

> 在路上,说唱人遇到了一个和颜悦色的长者,他的水晶眼镜片模糊了,就坐在那里细细研磨。长者问他:"看来你正苦恼不堪。""我不行了。"他的意思是,听到的好多故事把自己搞糊涂了。
>
> 长者从泉眼边起身说:"不行了,不行了。"他把说唱人带到大路旁的一堵石崖边,"我没戴眼镜看不清楚,你的眼睛好使,看看这像什么。"那是一个手臂粗的圆柱体在坚硬的山崖上开出的一个沟槽。像一个男性生殖器的形状。但他没有直接说出来,他只说:"这话说出来太粗鲁了。"

长者大笑,说:"粗鲁?神天天听文雅的话,就想听点粗鲁的,看,这是一个大鸡巴留下来!一根非凡的大鸡巴!"

长者给他讲了一个故事。当年格萨尔在魔国滞留多年,在回到岭国的路上,他想自己那么多年日日弦歌,夜夜酒色,可能那话儿已经失去威猛了。当下掏出东西试试,就在岩石上留下了这鲜明的印痕。长者拉过他的手,把那惟妙惟肖的痕迹细细抚摸。那地方,被人抚摸了千遍万遍,圆润而又光滑。然后,长者说:"现在回家去,你会像头种马一样威猛无比。"

后来,我向老者表达过我的疑问——格萨尔征服了霍尔回来不可能经过这个地方。因为霍尔在北方,岭国的王城也在北方。这里却差不多是南方边界,是嘉察协噶镇守过的边疆。

老者不说话,看看我,直到我和他分手,离开他的民间知识视野所覆盖的地盘,他才开口问我:"为什么非要故事就发生在真正发生的地方?"

我当然无从回答,但对一个写小说的人来说,这句话给了我很大的启发。

从河坡继续沿金沙江而下可到白玉。从白玉沿金沙江继续南下可到川藏南路的巴塘。从白玉转向东北,可以到甘孜。在白玉和甘孜界山南坡,有一大自然奇观:古代冰川退缩后,留下的巨大的冰川漂砾滩。浅草长在成阵的巨石之间,质地坚硬的褐色苔藓覆盖了石头的表面。高原的风劲吹,天空低垂,一派地老天荒之感。

格萨尔故乡：阿须草原

但我不走这两条道路，我退回德格。由西向东翻越措拉（雀儿山）山口，回玛尼干戈镇，离开国道，上省道217线，再次从措拉（雀儿山）左肩翻越去西北方向。

我喜欢感觉到雪山总摄了大地。德格在措拉的西南，而我现在要去的地方是在雪山的西北。龙胆科和飞燕草花期的草甸。雪山。冰川。就在冰川舌尖下面，是远近闻名的宁玛派名刹竹庆寺。

旅游指南上说："寺院所在的雪山上下布满成就者的修行山洞与道场，是极具加持力的修行圣地。"还看到一则材料，说这个寺院僧人并不多，但因为在藏传佛教各教派中，这个寺院不热心参与政治，所以喇嘛们潜心修持，有成就者不在少数，他们利乐众生，其影响远在藏区之外。我就曾在某年八月，躬逢法会，数万信众聚集而来，聆听佛音，信众中有许多是远道而来的港台信徒。在格鲁派寺院中禁止僧人念诵格萨尔这个本土神人故事的时候，这个寺院却创作了一出格萨尔戏剧，不时排演。我没有遇到过大戏上演，但看见过寺院演剧用的格萨尔与其手下三十大将的面具，各见性情，做工精良。

说德格是格萨尔故乡，一来是指格萨尔似乎真的出生于此，更重要的，此领域内对这个神化了的英雄人物百般崇奉。一次，我们停下车来远眺雪山，路边一个康巴汉子猛然就向汽车扑来。同车人大惊，以为有人劫道，结果那条康巴大汉扑到车上只是为了用额头碰触贴在车窗上的格萨尔画像。

现在，我们到了措拉（雀儿山）的西北方。道路在下降，这下降是缓缓地盘旋而下。从山口下降1000米左右，然后，草原与河谷两边的浑圆山丘幅面宽阔地铺展开去，仿佛一声浩叹，深沉又辽远。

这就是阿须草原，史诗中主人公的生身之地。

丛生的红柳和沙棘林，掩映着东南向的浩荡雅砻江水。每次来到这里，都是这个月份，草原上正是蓝色花的季节：翠雀、乌头、勿忘草。但纯粹是"拈花惹草"，并不需要如此深入康巴的腹地。高原边缘那些正迎着东南季风的地带，多种多样的植物往往带来更多的变化与惊喜。我三到阿须，都是为了追寻英雄故事的遗迹。

第一次到阿须是一个下午，岔岔寺的巴伽活佛在格萨尔庙前搭了迎客的帐房，僧人们脱去袈裟，换上色彩强烈的戏服，为我们搬演格萨尔降魔的戏剧。那次我没有主动去与活佛认识，而急于央人带我去寻找格萨尔降生时在这片草原上留下的种种神迹。

牧区的妇女都不在家中分娩，看来是古风遗传。在阿须，格萨尔作为神子下界投胎时，其落地处就在阿须草原一块青蛙状的岩石下面。这个地方，在千年之后还在享受百姓的香火。

还有一个遗迹当地百姓也深信不疑，草原上一块岩石上有一个光滑的坑洼，正好能容下一个小孩的身躯。人们说，那是格萨尔刚刚出生不久，其叔父晁通要置将来的国王于死地，把那孩子在岩石上死命摔打，结果，格萨尔有神灵护佑，毫发无伤，倒是柔软的身躯在岩石上留下了等身的印痕。直到今天，这还是格萨尔具有神力的一个明证。

如此长存于岩石上的还有一个格萨尔屁股的印痕。他刚刚出生三天，有巨大的魔鸟来此作恶，神变小子背倚岩石弯弓搭箭，射死了魔鸟，也许是用力过度，将此印痕长留人间。

英雄故事的悠长余韵留给后人不断回味，功业却不能持久保留。所谓霸业江山比之于地理要经历更多的沧海桑田。

学者们差不多一致推断，格萨尔生活在一千多年前。到了清道光年间，将格萨尔奉为祖先的林葱家族只是清朝册封的一介小土司了。作为英雄之后，回味一下祖先的荣光也是一种合理的精神需求。土司家族便在有上述遗迹的河滩草地上建起了一座家庙，供奉祖先和手下诸多英雄的塑像。据说庙中曾珍藏有格萨尔的象牙印章，以及格萨尔与手下英雄使过的宝剑和铠甲等一应兵器。老庙毁于"文化大革命"，林葱家族也更加衰败。直到1999年，由附近的岔岔寺巴伽活佛主其事，得政府和社会资助，这座土司家族的家庙以格萨尔纪念堂的名义恢复重建。加上纪念堂前格萨尔身跨战马的高大塑像，成为当地政府力推的一个重要景点。前不久，我还在成都见了巴伽活佛，在一家名叫祖母厨房的西餐馆里就着牛排感慨一番那个后继乏人的英雄家族。

还曾在那座塑像前听说唱艺人演唱格萨尔故事的片段。

第三次去阿须，小说《格萨尔王》即将出版。我第一次走进了那座安静的小庙。在院中柳树荫下，安卧着一只藏羚羊，它面对快门咔嚓作响的相机不惊不诧。护院人说，这野物受了伤被人送到庙里，现在伤好得差不多了，该放其归山了，但看样子，它倒不大想离开了。

这是我第一次走进这座小庙，在格萨尔塑像前献了一条哈达，我没有祈祷，我只是默念：王啊，今天我要把你的故事还给你，我要走出你的故事了。这是一个小说家的宿命，从一个故事向另一个故事漂泊。完成一个故事，就意味着你要离开了。借用艺人们比兴丰沛的唱词吧：

雪山老狮要远走，
是小狮的爪牙已锋利了。
十五的月亮将西沉，
是东方的太阳升起来了。

在小说的结尾，我也让回到天上继续为神的格萨尔把说唱人的故事收走了。因为那个说唱人已经很累了。

说唱人把故事还给神，也让我设计在了这个地方。

失去故事的说唱人从此留在了这个地方。他经常去摸索着打扫那个陈列着岭国君臣塑像的大殿，就这样一天天老去，有人参观时，庙里会播放他那最后的唱段。这时，他会仰起脸来凝神倾听，脸上浮现出茫然的笑颜。没人的时候，他会抚摸那支箭，那真是一支铁箭，有着铁的冰凉，有着铁粗重的质感。

青藏线，不是新经验，也不是新话题

——青藏笔记之一

未曾提笔写下这些文字，心里就存有疑问：一条新修的铁路足以构成一个复杂的话题？更未曾想到的是，自己会参与到这个话题中来。

这么些年来的写作生涯中，对这样的公共话题，我不是努力接近，而是尽量远离。在我的经验中，当一个话题裹挟了越来越多的人、越来越多媒体的时候，就意味着，这个话题的体积会迅速增大，增大到我们可以在这个体积中开掘出众多的迷宫，使制造话题的人和参与话题的人一起迷失其中。而引起话题的那个事件，或者说，话题企图干预或影响的那个事件，依然按照早先的设定发展，延伸，直到定局。最后的结果往往是，当同类事件再次搬演，依然坚定地自行其是，而未有结果的话题被所有人遗忘，悬置于空中，早已风干。

青藏铁路这个话题也是一样，当它尚是纸上蓝图的时候，一些讨论就已经开始。而铁路本身并不太理会这些讨论，而是按照预定的规划，走下了图纸，在高旷的青藏荒原上延伸。它自己在坚定推进的同时，也把围绕它的话题推向了高潮。但它只需要坚定地完成自己，直到亮闪闪的铁轨终于铺到了拉萨，这个在各种语境中都非常符号化的城市。一百多年了，外部世界有那么多人都把进入拉萨当成一个巨大而光荣的梦想，人们从四面八方,用各种各样的方式去实现这个梦想,这个过程因为艰难与漫长本身也成为了奇迹。到了今天,人类也就只剩下了一种方式,把铁路修到拉萨,坐着火车到达拉萨。好了,现在最后的一击已然完成,只待一个早已选定的吉日,一声长长的汽笛,旧拉萨曾经代表的旧的时代对整个世界关闭着的最后一扇门就訇然一声倒下了。

那扇门早已腐朽,却存在了比预想更长的时间。

我想,正因为早就腐朽而失去了重量与质感,所以,这门倒下去甚至都发不出什么像样的声音了。但议论声却轰然而起:欢呼、怅惘、哀惋、愤怒,而且,像我们已经经历过的所有新旧交替时的讨论一样,话题中所涉及的所有方面,所有新生与停滞的力量,都像第一次被发现,第一次被提出,第一次被讨论,真好像,这是整个人类初潮一样的新鲜经验。

其实,只要去掉背景上西藏这样一个无论在政治还是在文化上都显得敏感的字眼,去掉讨论这个话题时一旦关涉西藏时就容易脱离现实语境的奇怪冲动,就会发现,讨论这个话题的所有方面:政治、科技、文化、生态……所有方方面面的现实考量与发展伦理,都已经被不厌其烦地讨论过了。而其中有些问题本身已经不再成为问题。

更为重要的是,当我们把青藏线当成一个崭新的事物来对待的时候,甚至忽略了一个基本的事实,现在已基本完工,并将在一个预定的日子正式通车的这一段,其实只是青藏的一个部分——格尔木至拉萨段;这条铁路的另一部分——西宁至格尔木段,早在二十世纪七十年代就已经完成了。今天,铁路既然已经出现在世界上任何一个地方,它在青藏高原的出现也是一种必然。更何况,当人们从任何一个方向进入拉萨,都会发现这座城市已经是如此的现代化。这一次,当我们一行从西宁出发,一路穿越了宽阔的柴达木盆地,穿过了昆仑山和唐古拉山之间那片更加空阔的高地,便发现这座城市夜晚的灯火是如此光怪陆离,你就是驾乘着一只银色的飞碟降落在布达拉宫前的广场上,好像也是一件顺理成章的事情。这座城市本身的繁华相对于辐辏于四周的荒凉原野,已经显得有些突兀了,还有什么能为这份突兀增加一些戏剧性的因素呢?真正要发现这条铁路的意义,还得着眼于铁路蜿蜒而过的荒原。

而且,正像前面已经说到的,青藏铁路的西宁至格尔木段早就现身于荒原,并在荒原中运行好多好多年了。一切曾经预期的变化和一切未曾预期的结果早已经在铁路的起点与终点,在铁路漫长的沿线清晰地呈现。要想讨论青藏铁路新的一段那些预期中的变化与未曾预期的可能,只要略微考察一下早已通车的这一部分,这个巨大的话题所包含的部分就已经了然。

《南方周末》对我们此行的设计,我想正是包含了这样一种认识吧。我很高兴我们是从西宁而不是从格尔木踏上了这次青藏线的考察之旅。

我在出发的头一天下午才到达西宁。第一件事是和组织者接上头,正式加入这支临时的队伍,并对他们的意图有所了解。第二件事情,就是寻找书店,搜罗一些与青藏线相关的资料,但是,很遗憾,没有找到。书店里热卖的书籍如果与本地相关,也大多是这些年来在读书界都很流行的外国人所写的有关外界如何"发现西藏"的图书,而且这些书里的都是一百年前的"发现"。而我所期待的,是本乡本土的"自我描述",我特别期待的,是本土的族群如何感受这条铁路。但很遗憾,没有什么使人感兴趣的发现。于是,想起在当地出版机构工作的朋友,希望从他那里获得一些资料。此行本没有打算叨扰。从酒店查到他所工作机构的号码，打过去，铃音兀自一遍遍震响，就想起一幢楼人去后空空荡荡的样子。明天就是五一长假，这个时候还期望有人坐在办公室里显然是一种不切实际的幻想。

照理说，一方乡土，一种文化，在这个除旧布新运动进行得如此剧烈的时候，总会在来自外部世界的一系列"发现"之后，无论是出于跟上时代前进步伐的迫切愿望，还是仅仅出于留恋旧时岁月的怅惘情怀；无论是因为发展的需求，还是出于更深刻的文化的自觉，都该出现出于本乡本土的"自我描述"。每到一地，我都渴望和这样的"自我描述"者在书本上倾心交谈。在关于青藏铁路的谈论中，"人流""物流"和"信息流"这样一些字眼很顺溜地出现在一些偏僻地区的官员的口中，仿佛铁路一通，这些"流"就来了，这些"流"一来，一切就水到渠成，就改地换天了（我在网上一个新华社记者的采访稿中看到新铁路经过的某县官员大谈铁路通车后将如何把这三流引到此地，然后此地将因此获得怎样的机遇，云云。但几天后，我们长途驱车到达这个县城，遇到的一件困难事情是找不到一个可以下脚的公共厕所，而且公共厕所周围100平方米就根本无从下脚）。事情是不是如此呢？只要大致考察一下铁路已经运转了许多年头的那些地方就清楚了。官员美好想象中的那一切的"流"并未在铁路已经经过的那些城市自然呈现，最后化为一切"流"都要转化而成的"现金流"都要流向国库和老百姓的腰包。在我的经验中，即便就藏区而言，今天经济文化各方面发展较好，社会也较为安定繁荣的地区反而恰好都不在铁路线上，而且将来很长时间里可能也不会有铁路经过。

而那些知识阶层更为关心的环境保护的问题，文化多样性如何保持的问题，青藏线已经通车这么多年的这些地区也是一个很好的研究观察对象。就说说我在这次旅行中努力想在当地寻找一点"自我描述"文字的经过吧。离开西宁后，我们在青海湖畔的旅游酒店里住了一个晚上。酒店在小镇上，我没有期望有什么发现，但还是在小镇上溜了一圈，果然未有任何发现。想到明天到格尔木什么都会出现，心里就有些释然了。

在格尔木的两天时间里，我没有具体的采访任务，给自己定下的任务就是寻找书店。这一天是5月2日，我在这天的日记里写道："上午逛书店，一间在购物中心里，一间是席殊连锁。没有看到一本有关本地文化与历史的书，甚至是一本地图或旅游指南。这在中国土地上和外国土地上的购书经历中，是唯一的经验。也是可怕的经验。"那间席殊书屋是出租车拉着我找新华书店时发现的，就开在新华书店旁边，但新华书店在这个假日里没有开门。于是，就进了旁边那间也就三四平方米的席殊书屋，书屋摆的都是内地的流行书。下午再去新华书店，还是没开。第二天上午又去，还是没开。最后还是陈一鸣从当地一个记者那里弄到了一本本市新编的志书。看了一天和三个晚上，看到些什么呢？知道的，过去就大略知道，比如柴达木盆地中，过去一千多年来，藏人、蒙古人和哈萨克人以及更遥远的土著居民此消彼长，相互纠结的漫长历史。但一转入关于这个市的当代描述，他们的身影如果不是消失，也是相当模糊不清了。好像历史已经作出了判决，他们的存在就是过去时代的传奇，在现代化建设过程中，这人群将像传说一样日渐远去。甚至在志书通常要包含的文化卷中，这些民族再次显身时，也是以民间文学的方式存在，而在当地的文学原创中，只有屯垦者高昂悲壮的声音。我看完这本书，想了很多，摘录下来的只有一首不完全的蒙古族的《打酥油歌》。

我想说的是，很多我们当成假设在讨论的问题，其实早已发生过了。那些期许未必达到，有些结果可能出乎我们的预料。一切，在青藏线的前一段已经有过预演，这些预演本身就是深切的启示。而在我看来，这些情况的出现，并不是一条铁路或者一种更现代化更强有力的事物运行的必然结果，真正的问题当然也不是需要那么多人空泛的讨论，而是这样一条能量巨大的铁路运行起来以后，所有已经置身其中的人——从决策者到实施者和所有将因为这条铁路运行起来以后必然关涉与冲击到的人群如何行动的问题。

如果说，这条铁路的建成，对建设者是一个胜利，而对这条铁路经过的高原，对这条铁路所冲击的古老文化，对当地政府与老百姓，这到底是一个天降的福音，还是一个巨大的考验，全赖于面临这样一个新机遇的人们有没有准备好去迎接挑战。新的机遇当然会提供发展的机会，新的机遇也带着强大的达尔文式进化力量中无情的优胜劣汰的机制，关涉到普通民众赖以生存的生产方式，关涉到政府的管理能力。在更长的时间尺度上，更对当地文化的自我发展与更新能力是一个巨大的考验。所以，我在欣喜于这片土地上的巨变的同时也怀着深重的忧虑。

火车穿越的身与心

——青藏笔记之二

离开格尔木,从海拔4100多米的玉珠峰车站开始,我们一路都在用汽车追赶试运行的火车。摄影师是为了留下可以见诸媒体的精彩照片,就我自己而言,则是借此反复感受青藏高原上从未有过的机械与钢铁巨大力量的冲击。这样的冲击中有一种超现实的美感。

车到沱沱河,年轻的司机有了高原反应。我非常高兴顶替上去,驾驶着丰田吉普在高旷的青藏路上奔驰。一次次,载着自己和同行的记者们冲到火车前方,等待火车蜿蜒着驶近,感受火车从面前不远处轰隆着经过时,脚下的地面传导到心中的轻轻震颤,再目送它从某个山口处消失。

然后,一踩油门,开始新一轮的追赶。这样直到海拔高度达到5000米以上的唐古拉山。

当我看到铁路在高原灿烂的阳光下强劲地延伸,火车在亮闪闪的两股铁轨上呼啸而至时,内心的感觉远非兴奋这样的字眼可以形容。二十世纪八十年代刚刚走上工作岗位时,去一个地方,在今天也就百来公里一段公路,最多两个小时就可以抵达。但在那个时候,公路正在修筑,一行人只能牵着马,驮着行李与一些书籍,翻越两座雪山,徒步行走一共三天时间。一年以后,我坐着汽车离开了那个地方。再后来,我坐着火车、轮船、飞机去过了很多地方。记得在科罗拉多州的某个地方，在美国的高原上，有一天开着汽车在高速公路上驱驰，公路两边的金黄秋草中不断有马匹出现，草原尽头是裸露着岩石筋骨的落基山脉，这景色自然就触发了一个旅人的思乡病，让我想起了景色相仿的青藏高原。在那片高原上，编了号的公路不断与别的编了号的公路相遇。有一次，在公路与铁路交叉处，我们停下车来，看长长的铁路线上，长长的一列火车在草原和积雪的山脉之间蜿蜒而过。那时，我就想，要是也有这样一条铁路穿过青藏高原，会是一种什么样的景象。当即，我就要求朋友帮忙退掉机票，要坐这条线上的火车，穿过落基山脉，直到美国的西部海岸。

这是一种情感的代入法，这样，几乎就有了在青藏高原上乘坐火车的感觉。没有想到的是，才过了几年，就在青藏高原真切地看到火车奔跑了。

就在上路开始此次青藏之行前，我在正在写作的长篇小说中，正好写到一种新型的交通工具马车在一个藏族村庄的出现：

> 此前村子里有马，也有马上英雄的传奇，但是没有车，没有马车。其实，那里只是个村子，方圆好几百里，上下两三千年，这个广大的地区都没有这个东西。

但是，有一天，突然就有马车出现了。

我怀着欣喜的心情，用天真的笔调在小说中描述这些新事物的出现。而且，也正是在文字展开的时候，的确真切地体味到这个东西和别的东西——比如一座小水电站一出现，生活就不再是原来的样子了——"一双从来没有写下过一个字母的手合上了电闸,并把整个村庄的黑夜点亮时,大家都有一种如在梦境的感觉。可这真是有史以来,从未有过的光亮。"……

这种光亮出现了,世界的面貌与人的内心都因此发生了深刻的变化。是的,变化,生活在这个时代的人,是多么热爱这个字眼,而又深受着它的驱迫啊!半个多世纪以来,变化这个词,对青藏高原上的世代居民来讲,最直观的表现,就是一个又一个新事物的出现。

在我的小说中,那个古老村庄每出现一个新事物,都带来了一些心灵上的冲击。当新事物带来变化的时候,却带来不同的结果。好的结果或坏的结果。结果的好坏,并不是事先的预设,而视乎人们作了怎样的准备。

不同的交通工具带来不同的速度,不同的速度带来完全不同的时间感与空间感。从唐古拉山下来,离开藏北重镇那曲,我们暂时离开了铁路线,去到纳木错。坐在湖边,听水波拍击湖岸,非常有重量的火车所带来的速度感与因此而起的兴奋感就消失了。望着湛蓝的湖水,湖对岸念青唐古拉山那些亘古如此的雪峰就度到心中来了。晚上宿在帐篷中,听风声呼呼地从半空中掠过,恍然看见传说中的巨灵披着宽大的黑色大氅在星空下飞翔。于是,身心又重新沉浸在古老的西藏了。

醒来之后,似梦非梦的感觉消失了。穿上衣服来到曙色一点点降临的湖边,白天那些喧哗的游人消失了,湖岸深处,那些深浅不一的岩洞有修行者的灯火在闪烁,身体处于这亘古的寂静之中,脑子里却轰轰然有火车隆隆地奔驰。几天来高度的兴奋过后,这时,身体的内部突然有一种撕裂感。这在我,是一种熟悉的感觉。从理性上讲,我们应该为每一件新事物的出现而欢呼,而深受鼓舞。与此同时,在身体的深处,血液中有种古老的东西会起作用，会拉响警报，提醒我们出现了某种危机。这种感觉的出现是因为一些具体事情吗？是的，就在短短的半天时间里，就在纳木错，看到的种种情形，有理由让我们感到处理不好，好的变化也可能带来灾难性的后果。关于这一切，大家都说得够多了。我真正想说的是，对本人这样的青藏高原的土著来说，选择的理性与本能的感性不需要理由也会在身体中冲突起来，让人体会到一种清晰的撕裂的隐痛。因为血液深处，会对即将消失的东西有一种深深的眷恋。整个青藏高原已经不可逆转地与现代文明遭逢到一起，而在身体内部，那些遗世独立的古老文化的基因总要顽强地显示自己的存在。

　　天一亮，当我们重新来到了路上，心中那些模糊不清的情绪就消失了。直到某一天面对某一种情形，置身于某一种特别的情境中间，这种情绪或者又会重新涌上心头。果然，当我们离开纳木错，回到青藏线上，一路往南，看到铁路在渐深渐低的峡谷中穿过一个个正在播种的村庄，直到拉萨在望，心情又像汽车得到越来越多氧气的引擎，欢快而高亢了。

政经之外的文化

——青藏笔记之三

文化当然是政治，文化当然也是经济，但文化在最终的意义上还是文化自己。

这些日子，人类学家列维-斯特劳斯的一句话老是在脑子里萦绕。这句话是这么说的："文化演进和集体进化是连带的。"

为什么老想起这句话？直接的原因就是短短两月间，先走了一趟青藏线，接着又游历了云南红河流域与哀牢山中好几个县，然后，又回川西北老家，从大渡河谷地到黄河边上的若尔盖草原。在这个过程中，看到各种媒体上关于文化的讨论铺天盖地，地方政府官员在畅谈当地拥有多么独特的文化资源，而且，名牌大学里的教授与博士们也出动了，他们出现在那些宁静僻远的地方。干什么去了？田野调查吗？不，知识经济的时代了，有偿帮助当地政府制订开发文化资源，投资文化产业的各种商业规划。

文化，地域的文化，民族的文化，茶的文化，酒的文化，产业的文化。吃不一样的东西，是食文化。靠四只橡胶轮胎走路还是四只马蹄走路，那也是一种在不同地理显示移动方式差异的文化。在所有的语境里，文化就是固化了的差异的同义词。

在这个有强迫征候的语境里，文化成为了显学，成为官场政治学和旅游经济学。

我并不反对人们这样做，在我看来，这就是文化在当代社会的命运的一个部分。但我当然可以问：这就是文化的全部？好像没有人思考这样的问题。

在我个人的理解中，文化更多的时候是处于一种隐约的状态，文化的感觉是在若有若无之间。文化是一种内在的力量，那些外化的部分只是那些内部力量的一种自然的外溢。但现在这些文化的焦点，好像都过于集中于那些外化的部分上。那些孤独的牧人在寂寥的草原上歌唱的时候，那些村寨里的农人在火塘中火苗与酒的鼓动下，开始舞蹈的时候，都是跟生活与情感相关的。那些吟唱与舞蹈，不过是深藏的情感像潜伏地底的矿脉在某个断层稍稍露一下头，又回到沉静幽暗的深处去了。多年来，我一直小心翼翼，不去碰触那些东西。虽然如此，我在诗句中这样描绘过它们："更多的时候，矿脉是盐/在岩石中坚硬/在水中柔软/是欢乐者的光芒，是忧伤者的梦幻。"

但现在，人们只是集中在那些矿脉露头的地方，采集与开发。

在那些物质性的矿藏采掘者那里，早已频频传来一个个不幸的消息。虽然矿藏的种类不同，但消息都有同一个名字：资源枯竭。

文化呢？文化的资源呢？本来，这无形的东西是可以源源不绝的。可以发现，可以研究，当然也可以整理与观赏。但必须满足两个先决的条件：不破坏产生这种文化的自然与人文生态；在整理与观赏，特别是为了观赏而作的整理（提炼？）之前，要对这个文化的原生状态有充分的研究与尊重，并且不因整理之故而使原生状态受到损害。但情况往往不如我们期望的那样，市场经济体制激励的往往是不计后果的实施者，而且总是有能力让清醒的人们边缘化，让理性的看法沦为空谈。

现在，我也在这里空谈文化。其实，我早已失去了谈论文化的信心。所以写下这些文字，也是因为走了一趟青藏线，不能免费旅游,才来写下这些文字。

那么,就从这里导入正题吧。让这个话题与青藏铁路相关,也就是已经谈论很多的青藏铁路开通以后,对西藏文化(藏族文化)的影响问题。我想,讨论西藏问题并不需要另外一套逻辑与语法。即使没有这条铁路,西藏文化也早就面临了机遇与风险。

机遇是什么呢?机遇是发展。

风险则有两点。

一个是被固化。固化的形象就是色彩强烈的宗教建筑,是艳丽繁复的节日盛装,是蓝天白云下的歌唱,是草地上豪放欢畅的圈舞、苦修者隐居的岩洞四处经幡飞扬。西藏自身在好几百年的时间里,一直顽固地想以这种固化的形态存于雪域高原,在旧时代的高僧们的吟咏中,参差高耸的雪峰常常被形容为栅栏。雪山在阻止了外界进入的同时,也阻断了自己的眼界。在阅读十九世纪的西藏史时,我们已经看到了那么多拒绝进入的故事,我想,这仅仅是对外国人,没有想到,甚至在西藏地方政府有效控制地区之外的藏族人进入拉萨,也会面临相当的困难。那个出生于青海的奇僧更敦群培步行沿着与今天的青藏线大致相同的路线进入拉萨,去著名的寺院研修佛学,就遇到了这样的状况。他写道:"这里(那曲)是西藏的边境,我们在此待了将近一个月,等待西藏政府批准我们继续赶路。"但这种固守早已成为历史了。现在固化的呼声反而来自外部,这是个一旦展开就无法收拢的复杂话题,打住吧。

风险之二,来自发展。这篇短文冗长的开场白说的就是这个问题。文化从来就不是一个固定的形态,发展是一种必然,开发也是一种必然。如果这个问题在西藏有一点特殊性,就是这个文化对发展与变化的内在驱动不如其他地区来得主动与强烈。当一种文化的变化主因不是产生于内在的愿望,而更多依赖于(受制于)大势的驱迫,这个文化本身就面临了非常大的风险。

文章开始的时候,我只是把列维-斯特劳斯关于文化的话引用了半句,现在应该是将其补充完整的时候了。他说:"文化演进和集体进化是连带的。"他还说:"回到过去是不可能的。"

在绝大多数的讨论中,在正在施行的各种"文化工程"中,文化是固化的,而非"演进"的,同时,文化也被从母体中抽离出来,失去了与"集体进化"的"连带"性。所以,我们四处保护文化的时候,民族文化的神经与血脉却日渐麻木与萎缩。那么,在"后发"也成为一种优势的今天,很多文化保护与开发中已经发生过的窘况,西藏因为其后发,那些遗憾或者可以幸免!

文化当然是政治,文化当然也是经济,但文化在最终的意义上还是文化自己。

果洛的格萨尔

——果洛记之一

在一顶帐篷里午餐。

手抓羊肉、血肠、手抓牛肉、肉肠、饼,在青藏的游牧草原,不论地点如何变换,食谱几乎是固定的。我食指大动,很快就饱了。

搭建帐篷的草地被一段溪水绕成一座半岛。我跨过溪流,到正在开花的草地上,拍些照片。每次高原归来,朋友们都说,你又去拍花了。其实,我每次上高原,都是忙着别的事情,偷得些空闲,便抓拍些奇花异草。这回的空隙,就靠少说猛吃得来。有关心我健康的好人教导,要细嚼,要慢咽,这样不会发胖。可是每到高原,我就会因为花草产生强迫症,胡吃海塞一通,趁主人不注意,钻出帐篷,用一双油手端着照相机在草地上四处逡巡。眼前,龙胆科的秦艽和菊科的火绒草早都拍过,我在搜寻另一种龙胆花。很快,就在小溪的一段曲折处看见了几星紫光。果然就看见了这些直径不到一厘米,红中泛蓝,蓝中透紫的小花。我趴在草地上,凝神屏息,通过一只微距镜头观察这些美丽精灵。它们复杂而又单纯的结构上那些色彩似乎要幻化。这些颜色就是青藏高原某种单纯的复杂呈现。似乎是害怕这些色彩化雾化烟,我轻轻按动快门,将它们一一收纳,成为我的珍藏。这一刻,我再次肯定自己工作的意义:要使青藏高原鲜为人知的,总是被有意无意忽略的方面得以呈现。高原强烈的日光暖烘烘地落在我背上,透过衣服,钻进身体内部,就成为一种可感的情绪,在胸腔中涌动。仿佛为了应和我这种情绪的波动,大滴大滴的雨水陡然而至,从半空中落下来,我看见雨滴如何落在草叶上,被明亮的阳光透耀着,在镜头前迸散开来。

此时,一位美女把一碗酸奶送到溪边我跟前来。

照例,酸奶出现,这餐饭就到尾声了。仿佛西餐时上了甜点。

我回到帐篷。客人陆续离开,回城里酒店去休息。我也是客人之一。应邀来参加一个探讨如何将当地文化遗产作产业开发的会议。在果洛,民间广泛传布的格萨尔史诗被视为这笔文化遗存的核心。所以,我作为曾写作了长篇小说《格萨尔王》的作者,也应邀前来。同来赴会的人回去休息,我留下来,品尝又一碗酸奶。几位当地朋友和我坐在一起。雨噼里啪啦地砸在帐篷上,我们开始交谈。

一个个强悍的黑脸孔的高原汉子们都面露谦逊的微笑,语气也极尽婉转。我很庆幸没有离开,才因这一番交流而获得了新知。或者说,这一番午间谈话让我有了此行最重要的收获!

雨水落在帐篷上,同时我听到了这样委婉而小心地表达:"老师的小说看过了,写得很好。可是,可是……"

我悚然一惊,立刻正襟危坐:"请讲!请讲!"心里却十分忐忑。

"老师的小说虚构了很多……"

我放下心来:"小说嘛当然要虚构。"虚构的能力也是想象力,是一个写作者的看家本领。

"你写了阿古顿巴跑到格萨尔的梦里去和格萨尔对话。"

我以为藏族民间口传文学有两个完整而庞大的系统。一个系统的主角是格萨尔。阿古顿巴则是另一个故事系统的主角。让这两个熠熠生辉但互不交集的人物在梦中相见,我自认这是自己小说的神来之笔。他们提到这点,简直就搔到了我的痒处,一口就喝干了酸奶,想要侃侃而谈。但是,他们没有给我这个机会,而直接说出了他们的意见:"虚构?可是这个故事是真实的啊!"

"哪个故事是真实的?"

"格萨尔王的故事是真实的,都是历史上真正发生过的啊!"

"老师你虚构这么多,我们这里的人有些担心……"

"担心?担心什么?"

"你的书有那么多虚构,又有那么多人看,以后人家听到格萨尔故事,再不会相信格萨尔王事迹是真实的,而要以为全是虚构的故事了。"

"呃!"

那么多美味的食物没把我噎住,这个问题把我噎住了!

迅疾而至的雨也在瞬间停止了。有只牛虻在帐篷里嗡嗡飞翔。轮到我小心翼翼了:"那么,你们以为……格萨尔故事是真实的?"

"我们就是害怕老师虚构之后,外面的人会认为原来的格萨尔故事也是虚构的了。"

我明白了。

是的,历史上本来有格萨尔这样一个真实的英雄人物。那是青藏高原上强盛一时的吐蕃王朝崩溃后,青藏高原上群雄并起,或割据一方,或相互吞并的混乱时代里,一位雄踞一方的部落首领,一位兼并群雄的强国之王。但是,这个英雄并没有在某个历史写本中被固化。他的事迹的传播是以韵文的方式传唱千年。这部传唱史也是所有歌者与听者参与艺术创造的历史。这个不固定的文本，在每一次传唱中被夸张，被戏剧化。在这个不断变动的口传文本中，那些并起的群雄中另外一些人的事迹渐渐汇聚到一个人身上。这个故事文本刚刚产生的时候，佛教对青藏文化的覆盖还不如后世那么深入与全面，但是，当这株故事树日渐枝繁叶茂，佛教的观念也不断渗入，以至于很多版本成为宗教义理的通俗宣喻本。一千多年过去了，这个文本从一个部落史，一部小王国英雄传变成了一部藏人的百科全书：地理、历史、风俗、自然观念、情感、神灵的谱系，无所不包。

我想，所有这些都是虚构。

但是，这些年，我越深入这部史诗，越觉得未能真正懂得它。所以，和过去那些小说的写作完全不同。过去，写完一个题材，就会离开，去寻找新的疆土。但这一次，写作完成后，我还在试图继续深入。这一回的果洛之行也是这种努力的继续。包括当地政府正在尝试的这个文化题材的产业化开发，也是一个令我感到新鲜的话题。而这次不经意的谈话，又给了我一个新鲜的，从未设想过的知识空间！

现在我知道了，在果洛——传说中格萨尔创立并使其空前强大的岭国的核心地带，有一些人——我不知道是所有人还是一部分人，他们认为史诗所吟唱的故事，都是历史的事实。而且，他们还担心我这样的当代小说家在史诗基础上又多所虚构的故事会损害了这个故事的真实性。

这是我第一次听到这样的说法。

我没有替自己辩护。我只是被震住了。虽然辩护是多么容易。一般的文艺发生学的基本原理。或者就这个题材本身而言，专家学者们相同的见解。但在这里，很多的问题，不是基于抽象的道理，而是一种强烈的情感。我只是有些理亏似的，吃力地解释，说明我的义本是多么微不足道，于格萨尔这部伟大史诗不能撼动分毫。这也是一个从祖先丰富的遗产中获得启示的写作者应有的谦卑。

经过我这番吃力的解释后，一个朋友表示，他会把我的这些说法写成一篇文章，告诉那些担心虚构文本会对史诗真实性有所损伤的人。我这才推测，有这种担心的人不在少数。或许，他们还不止是存在于格萨尔故事的核心地带之一的果洛。

我知道，我们只是出于善意在试图彼此理解，并不可能在这短短的时间里就彼此说服。

带着这个问题去参加下午的研讨会。

散会的时候，过去访问讨教过的那位有着"画不完的格萨尔艺人"称号的艺人过来问候。他是一位著名的藏医，同时，还创作了数量众多技艺精湛的格萨尔题材的绘图。他不但用绘画把格萨尔故事中众多的人物作了生动的塑造，据说，其画作还对史诗中遥远时代的宫殿、服装与兵器作了真实的还原。他拉住我的手，说："你的书我们看到了。他们有些意见，不过还是很好。"

我想，"他们"和"我们"在这里都是一个意思。

我问他："是因为我写得和原来的故事不一样吗？"

他笑笑，和我告辞了。

晚上无眠。因为这次得到的前所未有的新鲜经验。

带着这样的经验的震撼，开始在果洛大地上行走。带着这样新鲜的经验，我在灯下阅读新得来的有关果洛与格萨尔的文字材料。在旅行中，遇到格萨尔艺人或其他人，我有意无意，抛出一两句闲谈去试探。

诸如："你演唱的故事是真的吗？"

诸如："格萨尔是一个真人吗？"

他们总是淡淡一笑："当然是真人了，当然，他后来成了一个神仙了。"

于是，我就在这古老传说展开的人神之间的宽广地带中不断游走。有一处宫殿，是格萨尔王建立的。有一处湖泊，是他妻子曾经的伤心之地。有一块巨大的冰川运动后留下的巨大的冰碛石，那是英雄的武士头盔。黄河滩上的草原是岭国百姓曾经的游牧地，更是英雄降妖伏魔的战场。你看，这片黄河与浑圆山丘间的草原，难道不是和史诗中吟咏的格萨尔赛马称王的地形地势一模一样？没有人反过来想一下，一个游吟诗人也可能在此景此情中用眼前的地势重新构建了那个盛大的场面。

在果洛，我观摩了专业文艺团体用现代歌舞剧重现格萨尔赛马称王的历史时刻。而在一个露天广场上，一所中学的学生们，在用古老藏戏搬演这伟大的传奇。传奇与现实如此交融，我开始理解，这些新朋友为什么愿意坚信格萨尔这部穿越千年的传奇是真实的历史。

在果洛的最后一天，到了黄河上游的第二个县：达日。晚餐之后，半天细雨，半天晚霞，应主人的邀请，我们去到河边草滩上一个帐幕宫殿。我相信，这也是对于遥远古代的一种模仿与重建。我们饮酒，交谈，歌唱。并和这些新朋友们再次交流。和他们的交流与跟专家学者的交流有所不同。在这里，这不是一种知识，而是一种深沉的情感，一种坚定的信仰。

在史诗的辉煌时代后，仿佛一个长长的梦魇，青藏高原就陷入了长期的停滞。直到紧闭的智识之门訇然开启，世界蜂拥而来，难以抗拒。这时，人们怎么会不愿意像在格萨尔时代一样，是自己扩张了自己，不待世界拥入，自己就敞开心胸去勇敢地进入。

马上英雄的时代很快就结束了，蒙昧的人们被高踞法座上的人教导引领，把自己的生境构想成一个坛城般庄严圆满，且一切具足的世界，只需要祈祷与冥想，转动的时轮会把一切有情带到世界美好的那一面那一端。可是，世界美妙的那面与那端，我们灵魂寄居的此一肉身上的双眼却不得亲见。可以亲见的，却是传说中那个辉煌的英雄时代不再重现。

从这个意义上说，岂止是这些新朋友愿意相信本于历史却又多所夸饰的英雄史诗就是历史本身。即便是我这个一起笔便知自己是在虚构与想象的小说家，也何尝不是在幻想的引领下表达希望，表达一些超现实的梦想。关于英雄，关于浪漫，关于个人与族群的精神舒张。因此，我理解这些朋友的主张与情感。

那天深夜，一个朋友送微醉的我回酒店，我们又倾谈半晌。

话题依然是格萨尔这株巨大的故事树，关于藏民族口传文学中的英雄传奇，到底是铁定不移的史实，还是渴望英雄再世而在想象中多所虚构——文艺的虚构不是谎言，不是基于事实，而是在漫长的失落后一种强烈情感的真实表达。从这个意义上说，即使格萨尔故事全是真实又如何呢？对我们今天这个平庸的缺乏英雄气的时代来说，即便这部史诗全部呈现的都是铁定的历史，也已如虚构一般。

那个夜晚，因为酒意，我沉沉睡去。也因为宿醉的头痛，因为心中那些挥之不去的纠结，我在清晨醒来，便再睡不着了。干脆穿衣出门。在早晨清新的空气中，穿过一个个黄土筑成院墙的人家，在此起彼伏的狗吠声中爬上达日县城背倚的山岗。那里的山嘴上，有一座格萨尔高踞马背的高大塑像。天阴欲雨。湿漉漉的经幡低垂不动。背后山下，小城正在苏醒。一个个小院里升起淡蓝的炊烟。而在我前方,黄河从遥远的天际漫漶而来,映着幽暗的天光,缓缓流淌的水面闪闪发光,带着一种坚硬的金属质感。

是离开的时候了,下山的路上,我数次回望那座白色的英雄塑像。这是短短几天里,我在果洛看到的第三座格萨尔塑像了。

是的,未曾离开,这篇今天才写就的文章就已有了题目,名字就叫果洛的格萨尔。

果洛的山与河

——果洛记之二

一

高原上一切的景物：丘岗、草滩、荒漠、湖泊、沼泽、溪流和大河，好像不是汇聚而来，而是在往低下去的周围四散奔逃。

从青宁往果洛，路，那么地漫长，更加深了我这样的印象。

就像在青藏高原的所有路途上一样，那些景物扑面而来，又迅速滑落到身后。风景从地平线上升起来，敞开，逼近，再敞开……然后，是我这个旅行者，以及载着我的旅行工具，从其间一掠而过。风景从身边一掠而过：缓缓起伏的丘岗，曲折萦回的溪流，星星点点的湖沼，四散开去的草滩，还有牧人，和他们的帐幕，和他们的牛羊……再然后，那些风景在身后渐渐远去，闭合，滑落到天际线下。

现代交通工具提供的速度，使人感觉到一切都在向我汇聚的同时，又迅速掠过，然后，四逸流散。

一切都漂浮不定，让人失去把握，并不是一种美好的感觉。苦修的信徒，为了克服这种不确定感，会去观想崇奉的本尊神。为了克服这种荒诞的感觉，我也观想，观想一座大山超拔天际的晶莹雪山。

观想古老山神的祈祷文里叫作"总摄大地的雪山"的那种大山。

在青藏,这样的大山一定像个威严的武士头戴着晶莹的冰雪冠冕,在天际线上闪闪发光。

此次的果洛之行,穿过漫无边际的荒野、牛羊、帐幕、稀疏的人群,以及阴晴不定的天气,我带着朝圣的心情,要去拜望那座叫作阿尼玛卿的雪山。原野深远,几种标本一般不断重复的地理样貌出现又消失。只有天气在变化。刚刚穿过一片把车顶敲打得乒乓作响的雪霰,就见一道阳光的瀑布垂落在面前,穿过去,又见风驱赶着蓝空中的云团,疾速翻卷,如海涛竖立。阳光强烈,沙丘闪烁着金属的光芒。而在低处,碧绿的草滩沉入了云影中,仿佛一渊深潭。就这样,一条公路穿过地理与天气,风景汇聚而来,又飞快流逝,陷落在身后的天际线下。

我像信徒一样开始观想。观想那座雪山。如果说,信徒对本尊的观想是基于虔敬,而在我,却是基于一种忧虑——基于这个激变时代,这片高原拼命固守却又难于固守时的流散之感。以至于地理上的变化也在增强这样的主观。

我让那座雪山的形象度来身前:稳稳矗立时,充满心房;轻盈上升,那金字塔般的水晶宫殿就悬浮在额前。

我就用这种方法,稳定住流散的风景与心绪。只要有那样一座山从心里升起,我就知道,在这漫长的旅途中,似乎正四散而去的风景以及附着其上的一切,就不是在流散,而是在汇聚——向着一个洁净的高点汇聚。那个地方,平凡的生命几乎难以抵达,神性因此得以上升,从高处,从天际发出响亮的召唤。因为这召唤而汇聚的高旷大地,叫作果洛。

高原上,五百六公里的行程,是漫长的一天,黄昏时分,我抵达了果洛的行政中心，大武。

夕阳西下，街道那一头，淡蓝的山岚迷离了视线，但我已经感到了那座雪山。冷冽而洁净的风从那个方向吹来，我就此感到了那座雪山。

用一句旅游杂志上常见的话来说：山就在那里。的是，山就在那里，在风的背后，可以感到，只是还未看见。

二

当地朋友好像知我心意，第二天早饭毕，就安排去遥祭阿尼玛卿雪山。

出大武镇，往祭拜点出发。大武镇海拔3700米，看着腕表上的海拔读数渐渐升高，我兴奋起来，知道只要达到某一个高点，就能看到雪山从地平线上缓缓升起。那个高处，定是当地百姓祖祖辈辈遥祭阿尼玛卿的地点之一。

经打听，知道真要去这样的一个地方，我的心情变得肃然庄严，整理好了手中的哈达。与此同时，一股香气弥漫开来。是车中暖烘烘的空气使备好煨桑用的柏树枝的香气提前溢出了。

在藏语中，"桑"既是指献祭，也有以洁净香气"沐浴"的意思，我想这是指人在献祭过程中预先或同时经历的身心净化。眼下，这些四溢萦回的芳香之气，使我在前去祭拜的途中，就早早启动了这个过程。

尤其是在夏季，青藏高原上的雪山们不是每次都会在眼前清晰地呈现。既然雪山不是每时每刻都会遂人心愿，对祭拜者显露真容，这个预先启动的自我净化的过程，才成为祭山过程中，最有意义的方面。

我的童年和少年时代，即便是表达自然情感的祭山仪式也被严厉禁止。某年前，在电视台接受访谈，要我谈谈青藏高原的传统文化，我谈到青年时代第一次参加刚恢复的祭山仪式时，看见熟悉的雪山突然就泪流满面时，我在摄像机镜头前再次泪满眼眶。今天，对任何雪山的朝拜都不会让我如此情绪失控，但内心还是会被一种温暖的情愫充满。前些天，我在一座城市和我一本小说的翻译交谈，这位生长于异国大都会的学者有些歉疚，但还是直率地告诉我，他无法真正理解我对自然界神一般的崇奉之感。我告诉他其实我也不太懂得。最后，是他给了一个什么都不说明但又什么都可以说明的答案。他说：也许是血液里的东西吧。

我想，也许是这样的吧。在我的童年时代，那个小村庄的东北方向，就有一座雪山。那时不准提及神灵，当然更无从知道神灵的谱系。但我却知道，就是这座雪山，主宰着山下小村的天气变化。早上出门往那个方向望上一眼，就可以大致知道这一天的阴晴，知道在路上会遇到灿烂阳光还是飘飞的雨雪。或者，看一眼天空，就会知道，那座雪山是被云雾掩去，还是会矗立在眼前闪闪发光。当天气晴好，男人们会脱下帽子，低唤一声山的名字。后来，我知道，那其实同时也是山神的名字。

而眼下，在果洛，我心中拥塞着的，无非是关于它的历史文化的零碎的知识，眼前正在展开的土地却还十分陌生。我尤其不知道在渐渐升高的山谷尽头遮断视线的云雾会不会被正在升起的太阳驱散，或者被强劲的高原风吹开，让阿尼玛卿雪山出现在面前。

驱车二十多公里后,我们来到了可以遥望雪山的地方。

这是一个平缓隆起的山口,海拔升高到4200米,风无遮无拦地吹着。那个我们沿着从东边而来的峡谷,在升高的过程中不断收缩,终于在这里到了尽头,但是,地形又急转而下,另一道山谷向着西面敞开。在青藏高原上行走,随时都会经过这样的地理节点。尽头也是起点。脚下,正是两道从沼地中浅浅濡出的溪流的分界与起点。

云雾非但没有散开,反而挟着细雨向着山口祭台四合而来。成阵的经幡猎猎的振动声,使风显得更加凌厉。我把被风猛烈撕扯的哈达系到经幡阵中,手还没有完全松开,豁然一声,哈达就被劲道十足的风拉得笔直,像琴弦一样振动不已。而一同前来的人们,都面朝着同一个方向——山口的西南。我知道,那是雪山所在的方向。强劲的风正从那个方向横越而来,幅面宽广。我熟读过地图,知道我们所在的地方,在阿尼玛卿的东面稍稍偏南。我也把脸迎向风,朝向雪山的方向。在众人诵念祈祷文的声音里,堆在祭台上的柏树枝点燃了。一柱青烟还未及升起,就被风吹散,融入了四周凄冷的云雾中。当我们绕着祭台念诵祷文,每转到下风处,充满香气的烟就扑到身上,让我接受圣洁香烟的强劲沐浴。我念诵的是一段刚刚学来不久的对于阿尼玛卿雪山的赞颂,非关祈请,只是赞颂它的圣洁与雄伟。风继续劲吹,把我们手中扬起的风马纸搅成一片稠密的雪花,在头顶上升,在四周旋转。然后,熏烟的柏枝被风吹得燃烧起来。变成了一团彤红的火焰。火焰被风吹拂,旗帜般招展。

车到了下一个山口,我再次回望,灰色的云雾仍然严严实实地遮断天际。但我知道,在接下来的果洛之行中,我还会环绕它,还会再次靠近它。这不只是指地理上的接近与看见。接近一座雪山还有更重要的途径,那就是从居住在雪山四周的人群中获得关于雪山的一切知识与解释。从歌唱,从传说,从不同时代不同教派的僧侣们写下的关于这座雪山的祈请与赞颂的文字。

"信民们点燃桑烟,摆上丰富的五色供品,虔诚地念诵祈祷祭文,雪山渐变为洁白宫殿,祥云霭霭……以阿尼玛卿山神为主的神族,从彩虹装饰的庄严宫门列队而出……"

是的,阿尼玛卿是山,同时也是一个神。

在藏语安多方言中,"阿尼"的意思是祖父。据当地的民间传说,这位老祖父名叫沃戴贡杰。和很多民间传说一样,果洛地方原来妖魔横行。而拯救了这片大地,使人们脱离苦海的正是来自远方的英雄。在果洛,这位英雄就是有八个儿子的沃戴贡杰。他派出儿子去征服远方。等到妖氛肃清,他们一家也就定居于此,这个家族自然就成为了当地的部落酋长。随着部族的代代繁衍,这位祖先(阿尼)成为部族的集体记忆,他的故事开始代代相传。并且在这种没有固定文本的口传故事中,时时刻刻地被改写,终于,祖先成为了神。一位创世的神。当他的部族人口增长,在宽阔的草原上星罗棋布,分析出一个又一个新的支系,这个部族便需要一个具有象征意义的具象的中心。在青藏高原上,这样的具象中心只能是一座雄伟的雪山。在果洛,便是玛卿雪山。于是,口传故事中越来越了不起的祖先,终于与雪山稳固超拔的形象合二而一。

山神的故事便这样产生了。

大地,因为雪山而汇聚。星散在大地上游牧或家耕的人群,因为山神的信仰而凝聚在一起。

这位祖先,不止开辟了部族最初的生息之地,成为神灵后,还继续以他超常的神武与愿力庇护着这片大地和后世子孙。于是，他又从一位创世之神变成了一个庇护之神。每年，人们都要在祭山过程中，向他供献利箭和骏马。这样的供献当然是象征性的。箭是经过装饰的木杆，在专门的仪式上插到高骏之处的箭垛，骏马则印在一块块方形纸片上，让风飘送到天上。人们相信，在每一个夜晚，山神还会跨上骏马，挽强弓，挎箭囊，乘风逡巡，肃清一切妖魔鬼怪。后来，印度佛教在西藏化的过程中，在民间庞大的山神系统也纳入本土神体系，山神又演化成为佛教的护法，这就超出我关心的范围了。

我个人还是喜欢未被佛教化的山神故事。其实，这么说并不准确，因为几乎所有山神故事都被佛教化了，成为了佛教的众多护法。但是，从那些山神故事中，我们还是可以部分还原出从本土刚刚产生时那些原初的动机。

山神，就是神格化了的人，就是人格化了的山。

山，因为向背的不同，决定了众水的流向。所以，是神。

山，因为高度与纵深，决定了让大气流动还是延宕。所以，是神。

山，高度人格化后，因为人一般情绪的变化造成了天气的变化。所以，是神。

青藏高原的雪山，不只是阿尼玛卿，都关乎着这里的人群对于自然的深沉感受，也关乎着族群对于有建树的领袖的强烈情感。

三

离开大武镇，我往果洛大地的南方而去。

到甘德。

到达日。

天阴晴不定。

像在青藏所有的草原旅行，再陌生的地方都是熟悉的情景。牧人的帐幕。牛羊。河谷开敞。列列浑圆丘岗上不时出现成阵的经幡。某些地方，错动的岩层拱破地表，露出地心深处那些隐秘而强大的力量。也正是这力量让所有雪山挺拔而起，直接云霄。我离阿尼玛卿越来越远。道路往南，而山岿然不动，在北方的天空下面。

雨又下起来了。

我说，这个季节不该有这么多雨水。

当地人说，如果不人工催雨的话。

当地草场并不需要这么多的雨水，是焦渴的下游需要。下游的农田需要，发电站需要，工厂需要，城市需要。只要看一眼中国地图就知道，黄河发源后，就从西南方直奔阿尼玛卿山而来。全数接纳了这座占地几百平方公里的雪山南坡所有冰川和沼泽中发育的溪流。因为这些密布的溪流，黄河得以在上游就水流浩大。资料显示，黄河水量的百分之四十来自这一地区。

而且，黄河在这一地区只是补充，基本没有消耗，也没有污染。下游却只是消耗，再无补充，只时常污染，时常断流。所以，源头地区因为催雨而忍受这么多阴雨天，只是为了缓解下游的焦渴。那些缺水的地方并不知道上游地区还在作着这样的贡献。虽说贡献或许会让人产生高尚的感觉，但坏天气总是令人不快。尤其是在青藏高原这短暂的温暖季节，大地，和大地上的万物都那么渴望阳光。渴望太阳给这片大地以热力。使大自然得以把这些热力通过广布的植物转化成能量。催熟花粉使草木与庄稼的子房受孕，让植物的来年有众多的种子。更多的种子与根茎成为人与动物的食粮。但现在，雨水淅淅沥沥地落下来，温度降到了十度以下。新开的公路一片泥泞。湿漉漉的草场了无生气，灰色的天空，黯然的河流，显出一种凄凉的被世界所遗忘的情调。特别是那些彼此间动辄相距几十上百公里，建成不过几十年的小镇，从浓雾中突然出现，又从车窗前一掠而过，再次陷落在身后的云雾中间。只给经过它们的人留下零乱，萧索的印象。一天之内，我连续几次拍下这些一掠而过的镇子，发到微博上。同时发出心中的疑问：这些几乎未经任何规划就匆忙建成的零乱小镇，显示的到底是这个时代对于河源地区的珍视还是轻慢？我想起小时候，生活在被世界遗忘的偏僻乡间。常常渴盼去到这样的镇子。但一年里至多有一两次机会。天不亮就起床，徒步上路，三四个小时后，走进镇子时已经疲惫不堪。然后，紧揾着口袋里一两块钱人民币，不知道该是照相馆照一张相，还是在供销社去买一双解放鞋。直到今天，这样的小镇并没有太大的变化。

  我注意到，其中一些小镇正在变大，有了新的建筑群。我被告知，这是执行国家退牧还草计划的结果。为了黄河源区很多生态恶化的草场都不再放牧。牧民变成城镇居民，集中安置到这些小镇上。问题是，这些荒僻草原上的小镇并不能为这么多牧民提供足够的生计。开个小店？已有的店铺已经足够满足当地所有的日常消费。旅游，这是政府官员与媒体常常说到的事情，但在这里的大多数地方，至多是在短暂的夏天有零星的背包客出现。想要做点别的事情，这些小镇离任何一个能够提供商业机会的地方都相距遥远。当然，政府对这些放弃了世世代代游牧生计的牧民有一定的补贴。我打听了一下，每户每年几千块钱。对于一个上有老人，下有儿女的五六口之家，平均到人头，每人所得远远低于内地任何一个地方的低保标准。十几天后，我在北京学习，听一位高官的国情报告。讲到生态问题时，就举到果洛的玛多县作例子。玛多，是黄河源头第一县，八十年代，这里水沛草丰，于是当地政府大力发展畜牧业，迅速成为中国举足轻重的牧业大县，八十年代人均收入两千多元，曾经是中国人平收入最高的地点。但是，过量的放牧，加上全球气候恶化，草场迅速沙化，黄河上游水量日渐递减，以至于有如今退牧还草措施的强力推进。于是，那些靠一顶帐幕游牧于草原与雪山之间的牧民们定居到了这样的小镇上。

当我们在雨中穿过那些湿淋淋的凄冷草原时，当地的朋友说，不再放牧的草场真的在恢复生机，一些消失的湖沼又蓄上了水，星星点点地辉映着灰色的天光。这情形当然令人鼓舞。但那些聚集到小镇上无所事事的人们呢？他们的贫困，和比贫困更为可怕的失去传统生产方式而未找到新生计的茫然，和这种茫然所导致的精神萎靡呢？

我们需要自然界作良性的转化，却忽略了人的生存与精神也需要良性引导。享受了上游水流滋养的下游在高歌猛进，在欢呼盛世的到来。但如果我们怀揣着良心，在这样的天气里，和我一样穿过这些了无生气的小镇，他们一定会说：我们不应该急于在那些焰火满天的城市广场上提前宣布盛世的到来。

至少，GDP高歌猛进的东部，应该知道，在那里日渐稀缺的水资源是由西部无偿提供，而且，有一部分人为了保护这水源地，在没有新的生计时就放弃了传统的生计，就不要再渲染他们在如何慷慨地支援西部了。

四

到达黄河边。

汽车过一座桥。桥头写着黄河大桥。桥帮上挂满了经幡。经幡挂得太多,层层堆叠在一起,加上被雨水淋湿,再也无力在风中飘飞,使得印在幡上的祈祷文也无法上达天听,让众神听见。

就这样,我到达了达日县城。黄河边上的第二座县城。据说,进县城的这座桥也是黄河上的第二座桥。在旅馆放下行李,看见窗外的天空有放晴迹象。我赶紧出门。穿过一些升起炊烟的院落,和零零落落的狗吠,我登上旅馆后面的一座小山。我的鼻孔中充满了青草的味道。

这时,天空中的云层裂开一道道缝隙,露出了天光。

在达日县城背靠的那道蜿蜒到黄河边便戛然而止的山梁的顶端,我转过身去,一道开阔的河谷豁然呈现。从铅云西垂的天边,黄河静静地涌流而来,被云隙中漏出的天光镀上了一层光亮。草原上,奔流而来的黄河不是一条,而是很多条,它们在开阔的谷地中犁开草原与沙滩,不断交织,又不断分开。地理学上有一个名词,把这种样貌的河道叫作"辫状河流"。但我更喜欢我从书上看来的另一个说法。藏语中,草原上清澈明净的河流叫玛曲,而不叫黄河。"曲"是河流,而关于"玛"有多种解释。我爱的是这一种:孔雀河。这称呼,既直指高原黄河水清澈华丽的质感,更形容出了黄河漫流在草原上时如孔雀开屏的美丽形状。至少,在这一时刻,这一段的黄河真的可以称为孔雀河。

我在黄昏的风中,看着黄河闪闪发光涌流而来,直到我脚下,又被突出的山梁逼出一个大弯,擦过达日县城的边缘,继续流向东南。这时,我离阿尼玛卿雪山已经相当遥远了。黄河流经阿尼玛卿南坡后，在这一段已经变得相当阔大。它在达日县城边稍作盘桓，便继续往东，去接纳更多的水流。青藏高原上的黄河，就这么萦回，这么涌流，就像这片高原上的人群，那样安详，听天由命，没有任何功利目的。就像我现在，站在四合的暮色中，看黄河映射的天光渐渐黯淡，只是将其当作一股源源不绝的情感，把我充满。而黄河在草原上这百转千回，唯一的目的，好像就是为了让自己的水流越发丰沛。

我再次穿过山脚下零落的狗吠声，穿过渐渐亮起来的灯火，穿过达日县城的街道，回到旅馆。

或者是刚才眺望黄河的心绪未尽，或者因为主人给我安排的房间过于宽敞，我只觉得心里空空荡荡。于是，灯下，我再次展开地图，看黄河出了达日县城后继续往东，出了果洛，流到了四川阿坝，眼看，就要突破青藏高原东北边缘那些浅山，却突然转弯北上，进入甘肃，再突然，又折而向西，再次流入了青海。回到了阿尼玛卿山之北，继续接纳这座雪山北坡上发育的河流。

黄河绕着阿尼玛卿形成了一个美丽的U字形。

难道巨龙回头，是要绕阿尼玛卿一圈吗？

但我知道，这已经不能够了。黄河回头西行不久，就一头向下。青藏高原东北边缘那些黄土与红土深厚的山地使它猛烈深切，陡然下陷。从此挟泥带沙，身躯日渐沉重，再也无法回到4000米左右的高度了。

离开达日，我又折而西向。我从阿尼玛卿的北坡面来，现在要去到这座雪山的南面。

仅仅过了一个短暂的晴天后，雨水又接踵而至了。我穿过那些已经无人游牧的曾经的牧场。雨无遮无拦地下着，落在草滩，落在河面，落在沼地当中那些正在重新恢复生命的湖泊上。平地而起的冷雾遮没了所有山岗。海拔计指向4600米的时候,面前的公路出现了一个分岔。车停下来,在雨刮器的吱嘎声中,司机问我,那条路通向另一个可以遥望阿尼玛卿的祭台,要不要去看看。我看着漫天迷雾,摇摇头:不去了吧。

就这样,我离开了果洛。

中午,在一个冷雨中的小镇,和几个卡车司机,在一个小饭馆里,围着一个铁皮火炉吃了一只烧饼,一碗羊肉粉汤,继续上路。那时,阿尼玛卿真的是越来越远了。我说,我还会来,一定要在一个天朗气清、艳阳高照的日子,看见阿尼玛卿,头顶冰雪冠冕,闪闪发光地矗立在蓝天下面。

下次,我来时,要把这次果洛之行的路线反转了。从南面进入,而从北面出去。这样,我就可以在青藏高原北缘的峡谷中,再次与黄河相遇,看见它如何拖着日渐沉重的身躯经过贵德,经过循化,看见它如何深切大地,开始灌溉峡谷中那些干渴的藏人的村庄和穆斯林的村庄。然后,再次离开它。

最后,我要站在兰州的黄河铁桥上,再次俯瞰它。这时,它已经灌溉过了许多村庄,也翻越了好多座水电站的大坝,滋润了许多座干渴的沉重,并接纳了很多污秽。这时,它已经完全改变了颜色,身躯沉重,穿越城市,成了名副其实的黄河。它或许已经记不起自己在草原上清澈的模样和藏语的名字。

而果洛与阿尼玛卿,已经像是个依稀的梦境了。

贡嘎山记

不是第一次去贡嘎山区。

这样跃跃欲试，就为去一座雪山下的深谷？对一个久在山中行走的人来说，该是没有什么来由的。因为贡嘎雪山的美丽？我去过青藏高原上差不多所有有名的雪山。因为那些从春到秋绽放着美丽花朵的高原植物？有五六年了吧，从初春到深秋，我都会不时去到高原上去寻觅去记录，迷醉于造物的鬼斧神工。就在一个月前，我还在贡嘎山和雅拉雪山间的旷野上追踪拍天龙胆科植物的美丽花事。

但从接受吕植教授邀请，参加山水自然保护中心的环贡嘎山保护项目的考察活动，我就处于这种跃跃欲试的状态中了。是因为此行将和一些真正的生物学家同行吗？这三四年来，我的青藏高原植物观察活动都是独自进行的。如果说，我的观察和对观察对象的图像与文字的双重呈现，只是出于一种本能的热爱，是一种审美——形式上的，文化上的，那么，这一次，我与这些长期从事自然保护工作的人在一起，感受和了解他们的工作，或许会为我的业余爱好找到新的意义，新的着力点。

已经不好意思说自己有多么强烈的求知欲，但保留着些许好奇心还是应该的吧。总之，我已经等不及在成都会合后，再深入那些高山峡谷了。我提前到了计划中的第二站——贡嘎雪山下有着冰川胜景的海螺沟。他们在成都集结出发的时候，我已独自上山。但是，天气不好，大雾弥漫。冰川和雪山都深藏不现。我去看过了开花季节的杜鹃、丁香和川滇海棠。尤其是川滇海棠，我想看看它秋天的果实。我看到了。看到那些被冷霜冻过的果子，想起歌德在《自然》中说过的话："对自然来说，生命是她最美好的发明，而死亡则是她的手腕，好使生命多次重现。"何况，这些树木并没有死亡，只是经过一次四季轮回，展叶，抽枝，开花，结果，休眠，——一次貌似的死亡，却也成熟了这么多的种子，"使生命多次重现"。我想去看更多的结果的植物：松、杉、花楸、山荆子……但是，冷空气从雪山顶上顺坡沉降。更加浓重的雾气四合而来，就在面前的树木也开始身影绰约。

我下山。在磨西镇上的旅馆，接到电话，说路上交通不畅，他们会晚到。我上网搜寻山水保护中心的资料。我得知道即将与之同行的人在干些什么，山水自然保护中心又是怎么定义自己。

此前，我仅是通过朋友介绍和吕植教授及她的几个同事有过一面之缘。饭后，他们赠送我两张碟片，记录了两位青海藏区的青年喇嘛如何在当地进行本土生物的科学观察与记录。一位观察红花绿绒蒿，一位跟踪一种叫藏鹏的小鸟。他们的观察与记录就是受了"山水"的帮助与辅导。

现在我从网上复制来吕植关于山水自然保护中心的介绍：

> 2007年，"山水自然保护中心"，一个中国民间环保组织，在北京成立。其创办得到了保护国际的支持。"山水"的志向是成为中国最优秀的本土自然保护组织，在社会的高速发展中，融合政府、市场、传统文化和当地社区以及国内

国际的资源，在基层实践生态公平，在生态价值最高的中国西南和青藏高原示范一个个"生态特区"，以中国智慧为世界贡献人与自然持续共存的希望。

生态特区，一个新鲜的提法。生态公平，一个新鲜的概念。

信箱里还有他们发来的此次活动的背景资料，但我没看。我不想因为一些文字先入为主。我要从一个过程的自然展开中一窥"生态特区"如何确立与运行，又如何作用于社会。

天黑时，天下起小雨，他们到了。

我在镇上一个小饭馆里与他们相见。吕植说，见了我预告此行的微博，但我把她任教的学校弄错了。她停下牦牛肉炖萝卜汤不喝，正经地说，她是北京大学教授，而不是我以为的另一所大学。我并没有感到尴尬。我想，就这么开始挺好。除了礼貌的寒暄。他们交谈，我倾听。这时，雨仍然下着，饭馆门口马路上一片湿淋淋的光芒。吃完饭，我们连夜上山。大家都希望明天是个晴天。在海螺沟二号营地住下，半夜醒来，我听见谷中的溪流在大声喧哗。记起小时候，那些山村的夜晚，如果溪水发出比平常响亮的喧哗，母亲就会说，天要晴起来了。我不知道这样的乡土经验中蕴含着怎样的科学道理，这时却记起了母亲在我儿时枕边说过的话。

第二天早上，天真的放晴了。雾气慢慢散开。云缝间露出一汪汪湖水般的湛蓝。林间空气清冽。我们上山，不久就从一片冷杉的林线后看到贡嘎雪山金字塔般的山体缓缓升起。雪峰下是一泻而下的冰川。冰川深切入森林地带，深沟的两侧，斜射的阳光给错落在山梁上的杉树林勾勒出一道道迷人的轮廓线。数码时代了,摄影成本空前低廉,快门声响成一片。脚下的冰川虽然一年年消融退缩,依然无比壮观。我在冰川旁的山壁上拍到两种结果的新植物。一种叶子像是匐地柳,结出一嘟噜一嘟噜紫色的浆果。另一种植物也长着相仿佛的叶子,却结着一簇簇晶莹的白果。跟专家出行的好处很快体现。都没打开相机让人家看图片,根据我简单的半专业的描述,擅长植物分类学的顾垒博士告诉我两种久闻其名的植物名字。紫果的是越橘。而白的那种就叫白珠——而且,是花,不是果。再打开相机,检视照片。果然,那貌似玉珠的果上有小小的开口,一律五裂,露出了里面作为一朵花该有的基本构成。那开口实在太小,在相机上把放大按钮按了又按才显露出白珠作为一朵花的秘密。这也怨不得它。海拔4000多米的高度上,不见阳光的时候,早已滴水成冰了。进化之功用了多少年,才让它这个时候还能开花,还能孕育籽实。

这就是贡嘎山中的梦幻行程,两三个小时里,我们不断上升,直到将近海拔五千米的高度,植物生长的极限。

然后,我们又顺着山坡下降,下降,来到了海拔两千多米的高度,这里已经是亚热带森林的景象。一行人停下来,在一株十多米高的阔叶乔木跟前。一个熟悉的名字:康定木兰,和眼前这株陌生的树联系在一起。这株树便是一株熟悉的树了。有了名字的树,就和人有了某种神秘的关联。

昨天,在旅馆里上网了解"山水"时,还看到一篇声讨民间环保组织缺点的檄文,其中一条说一些民间环保组织干不出什么实事,就说自己在宣传环保理念。就我个人经验来说,如果不是逢到什么什么节什么什么日来了,在街头支个摊子的象征性宣传,就是仅仅把身边植物的名字告诉给公众,这种宣传也是有功德的。虽然古人就号召"多识花鸟虫鱼之名",但几千年下来,中国人识得身边事物的人着实不多。而人这种生物和其他生物之间,关联本是自然存在的。但对每一个具体的人来说,认识才有关联的可能,不认识其实就等于没有建立关联。尤其在中国这个"熟人社会",不认识的人就没有关联,何况是别的生物。现在,这株康定木兰就站立在眼前,树干通直,挺拔向上,这一点不大像木兰科的植物,但叶片和叶脉却显示了木兰科植物的共同特征。这是一株年轻的生长健旺的木兰。它是我们此行要特别关注的第一个对象。

据说,几十年前,康定木兰在当地生存还较为普遍。是森林采伐毁了它们。其他的"有用之材"——参天大树被伐倒时,它们被倒下的大树压倒在身下。而且,当年的采伐并不是把大树砍倒那么简单。一株被伐倒的大树,一片被伐倒的森林,有用的部分还要从四五十度五六十度的陡坡上滚到山下,这一路的横冲直撞,猛烈的重力冲击下,不止是树,山坡上连贴地的草也难以幸存。二十多年前,采伐停止了,许多植物重现蓬勃生机,康定木兰却因为生长缓慢,在生存竞争中处于弱势。于是,这种初春时节会绽放出一树树红色花朵的树变成了珍稀植物。眼下,这株挺拔的康定木兰就站立在景区公路的路肩之下。修公路时造成的空地上,还有保护区尝试性地栽下的十多株木兰苗。这些树苗都有两三米高,但树干却是那么细瘦,比那些饿死了自己的模特还瘦得让人忧心。这样体格的树,要来参与这活力十足的森林中近乎野蛮的生存竞争、壮大种群,没有人为的干预,实在是没有太大指望。就在那株树下,大家讨论如何保证木兰苗移栽的成活率。后来,我们车行下山,来到当地林业部门的育苗基地。在这里,我们看到几百株茂盛生长的木兰苗。基地的工作人员介绍，这些都是采集野生木兰种子培育而成的。看起来，只需要把这些健康的树苗移栽到野外就可以了。而就在这个环节上，问题出现了。牵涉到一个问题，钱。培植这些树苗要钱，移栽要钱，移栽后管护并使之继续成长也需要钱。国家也有相关的经费，也就是有政策。但政策是普遍性的，针对一般状况的。这点针对一般状况的育林经费用于康定木兰这种自然生长困难的树种，自然远远不够。我不是检讨相关的林业政策，只是说，如此情形之下，"山水"这样的民间环保组织的工作空间就出现了。在我看来，这个空间是存在的，但边际却模糊。中国，是大政府社会，这个社会还没有学会如何运用民间组织的力量，来从事一些政府会办，但不一定能办好的工作。一般而言，民间组织有巨大的热情，可以提供一定的资金，还有专业人才，可以办好一些事情。但是，怎么更有效地使康定木兰式的环保问题被更多的公众知晓，并参与进来，以此传播和实现"山水"关于生态公平的概念，大家就站在那个苗木茂盛的苗圃中热烈讨论。时间是下午四点。此前，两点半，我们在一家饭馆等待稍晚的午餐的那半小时，还就此议题分组讨论过一次。我是新人，无从置喙，但又要说话，便说，我写文章，把听来的话告诉给更多的人。大家还给了我鼓励的掌声。

我想，自己的作用也就是让更多的人知道这样的环保组织，他们的成绩和面临的困难。在我看来，困难不在于某个项目的推进本身，而在于，他们活动空间的边界模糊。这边界关涉政府职能，也关涉公众的认同。而这是中国最模糊不清的地带。

离开苗圃，来到新兴乡的一个村庄。我们继续康定木兰的故事。"故事"，是的，这伙人比我这个靠写故事为生的人还喜欢说这个词。他们说,"要讲好我们的故事"。故事把我们带到一株400多岁的叫"康定木兰王"的大树跟前。

据说这里原先有两株康定木兰,尽管木兰不是雌雄异株,但在这个将老木兰树认作神树的村庄里,村人说,原先的两株老木兰一公一母,多年前修公路,挡在路线图上的一株被伐掉了,剩了眼下这一株,在秋日阴沉的天空下,像所有空旷处的大树一样如伞如盖。以后,来到这里,不仅可以认出一棵树,还可以据此认出一个寻常的村庄。这株树真的是有些"故事"了。他们所说的"故事",按我的揣摩,就是一件事的可以讲说之处。这株树长到这么老,而且,在我们这个曾经相当地与树为敌的时代里,真有可说之处。

故事之一,当年另外一株老木兰被伐倒消失的地方,"山水"动员来歌星刘若英,和专心看护木兰王的村民陶婆婆一起,栽下了一棵新的木兰——就在陶婆婆家的菜园里。这棵木兰纤细瘦长,却已经栽下好些年了。它长到三四米高,树径应该还没有十个厘米。陶婆婆说,这树要十年左右才能开花。难怪它会变得珍稀,难怪它难以自然恢复。

故事之二,这棵这么老的树,每年农历三月,都会生气蓬勃地放出红花万朵。早被村里人视为神树,享受香火,且真的有求必应云云。传说,"文革"前,树下还有一座庙。到了毁庙的年代,村人把菩萨像嵌藏在巨大的树身中间。不几年,树身竟把这菩萨像包裹起来,如今村民们拜树也就拜了菩萨,自然就免了重新建庙的辛苦。

这几日,树病了。我们去之前,当地林业部门的技术人员刚给树看过病。据说无大碍。木兰王生病,会诊、开方也作为一个故事上了成都的报纸。

在这儿，还听到一句让人感动的话。是和陶婆婆新栽了康定木兰的歌星刘若英说的。再上路的时候，"山水"的项目负责人李先生一边开车，一边给我讲这个故事。他说，本是他给她讲生态与环保的重要性。这些都是大道理。讲的人自嘲，自己讲的时候也觉得有些大而无当。但这位歌星如此总结，"如果说这世界是一点一点在变坏，那我们做的这些事情，就是让世界一点点变好！"我想这是一种会心而熨帖的说法。

离开木兰王，我们在渐渐浓重的暮色与浓雾中翻越雅加埂。这条线路，是我走过的地方，看着车窗外熟悉的景色。我认出了自己曾经拍过杜鹃、拍过瑞香、拍过点地梅和金脉鸢尾的那些地方。

康定。他们和当地林业部门交流。

我离开这个团队，和当地文学朋友聚会到深夜。

第二天，又跟大家一道出发。

翻越折多山时，风裹挟着细细的雪霰。这是我们这天翻越的第一座雪山。然后，我们下到了深谷。那些深谷中，青稞地里的庄稼已经收割了。阳光出来时，有成群的红嘴鸦和野鸽在留着金黄麦茬的地里起起落落。就这样，我们穿过一个又一个房屋间耸立着巨大核桃树的村庄。山坡上，成林的白桦树一片金黄，而那些树形优美的杨树纷披着黄叶站立在公路与河岸之间。那是一个个讲藏语木雅方言的村庄。贡嘎山就被这些操木雅方言的村庄所环绕，因此这座雪山的全名叫作木雅贡嘎。我们从贡嘎雪山的东面进入，现在我们来到它的西面，翻过折多山后，被河流引领的道路又转而向南。这条线路的一半曾经走过。继续往南的一段，我也是第一次来到。在一户熟悉的农家午饭。不是我熟悉，而是

"山水"的朋友们熟悉这户人家。饭后，他们交谈，我拿着相机拍村边清澈的小河。拍路边盛开的黄花亚菊。拍村子对面漫坡的白桦林。那片白桦林间，还站立着许多枯死的云杉与冷杉。我猜，多年前，这片森林曾经猛烈燃烧。问村里人，说那场大火是二十多年前了。但现在，茂密的白桦从河边一直蔓延到山梁上，一派金黄，仿佛一曲交响乐中最绚烂的华彩。这片白桦林也说明，大自然其实具有非常强的自我修复能力，真正可怕的是人类一而再再而三地干扰与破坏。如果人类关注方法不对，大自然宁肯我们将其遗忘。

　　一个英国人在他的书中写过这样一段话，他说，人类对自然的错误在于，我们"确信植物界每一部分的设计都是为了服务于人类的利益"。这个人还说："对自然界的一切观察都需要利用智力分类，借助于它，我们这些观察者对周围众多的现象进行归类、排序，否则就难以理解。"但就是这种归类与排序，曾经强化了人类的优越感，科学至上主义有些时候也曾经鼓励了一种超级的实用主义。我想，"山水"所做的工作，他们的"生态公平"，就是科学对自身的警惕与反思。生态公平我想首先就是众生的平等。这个众生，不该单指不同的人、不同的族群，而是地球上的所有生命。也曾和一些僧人讨论过，佛家所说"一切有情"是否包括植物，大多数说，包括动物，不包括植物。也有这样的表达，"应该包括，但好像没有"。今天，人类或者说一部分人类已经开始觉悟，"一切有情"是指地球上所有的生命形式。其实，即便是佛经里也说得很清楚，"众生平等"就是一切生命体的平等。为什么呢？《妙华莲花经》有云，因为它们都是"一云所雨"，"一雨所孕"。

午饭后，我们开始攀爬第二座雪山：子梅垭。

谷地里阳光灿烂。高山草甸一派金黄。其间片片蔓延的灌丛叶子都变红了。那是以多刺的小檗和鲜卑花为主体的植物群落。海拔上升。浓雾与冷空气开始从雪峰顶上一泻而下。公路进入小叶杜鹃密布的地带时，四周就只有积雪与浓重的雾气了。我们打算翻越的山口海拔高度四千五百米。计划中，我们将从那里下降到山的那一边。山那边的峡谷里有一个叫子梅的村子，十户人家，六十多口人，占地却有一千多平方公里。这些年，每年都有数以千计的背包客去到那里。去经历，去穿越。自然，也扰动了那里亘古的宁静。如果植物面对人类还雍容地保持着平静，那么野生动物却是更容易被扰动的。"山水"在那里设有一个观察点，同行的一个小伙子，就在那个村子里待了一年时间，观察被扰动的动物与那个村庄，帮助村民学会如何接纳那些造访者，如何收拾他们带进来后并不打算带走的东西——垃圾。用"山水"的专业表述，叫作"创新社区保护地可持续保护管理模式"。知道我们一行将去造访，子梅村的村长翻过雪山，到这边的乡政府来等待。当我们到达海拔4500米的子梅垭口时，雪停了。雾气渐渐散开。这时，隔着一条宽阔的峡谷，贡嘎山又冲出雾气矗立在我们面前。这是我第一次，从这个方向打量这座伟大的雪山，木雅贡嘎。相机镜头中，冠雪的山顶，那些金属质地的悬崖如在眼前。很快，雾气再次席卷而来，雪山和周围的一切再次隐入云雾。

在这样恶劣的气候条件下，不是所有车都能下到山下，又重新返回山上。最后，只有一个小组去到山下，去检查他们这个项目点的运行情况。我们大多数人回头下山。穿过刚刚经过的峡谷，我们又来到了下午的阳光下。然后从另一座雪山脚下开始新的攀爬。

这是一天里开始攀爬的第三座雪山：鸡丑山。不喜欢这个名字。问同行的当地人，曾在"山水"工作过的尼玛，这名字是什么意思。回答是不知道是什么意思。我是说，藏语里的意思。因为只从字面看，汉语里的名字已经自然显现。是的，我喜欢这座山，但不喜欢这不美好的名字。这座山真是漂亮。杉树林沉郁，桦树林明亮。然后，在夕阳的光瀑中，森林消失，草甸和灌丛出现。然后，阳光消失。雾气再次四合而来。风嘶吼，雪飞舞。我们上升，到达某一个高点，然后，疾速下降，奔向另一道峡谷。另一个故事。

另一个故事的主角也是一种珍稀植物。

植物的名字叫五小叶槭。

这个故事中有一个植物猎人熟悉的名字：约瑟夫-洛克。如今他的故事广泛传播。就是这个人，上个世纪初，他在横断山中发现了这个树种，采集了标本，再后来，一个德国科学家命名了它。那时，这种植物似乎就已经非常稀少。以后，干脆就没有科学家再发现过它的身影。于是，将近一百年后，一个中国植物学家开始寻找。最后，在这个峡谷的低处，海拔两千多米的狭窄山谷中间与这种植物相遇了。在大山里，这个海拔高度上，两边的山坡会突然陡峭，原来开敞的峡谷突然变得很逼仄，连带着，道路也会跟着变窄，而且，时常被塌方阻断。植物学家在山里转悠很久了，但那种植物一直没有现身。当他到达此地时，五小叶槭们就在湍急河流对岸的山坡上，那是一面相当陡峭的山坡。这样的山坡上，肥沃的表土总是流失殆尽，露出风化的岩石。山坡下面，是几块斜挂在坡上的庄稼地。这样美丽珍稀的植物似乎不会出现在这样的地方。可是，当植物学家被阻在路上，这时一位农妇经过，植物学家从这位农妇的背篓里发现一段青枝绿叶，他眼前一亮。因为它那一簇狭长的五枚叶片。于是，植物学家发现了它——五小叶槭！路上，我一直在想象细节。因为农妇不会只在背篓里装一段树枝，她一定是用它遮盖什么，是刚采摘的樱桃，还是新鲜蔬菜？那段树枝摘下来，只是给她辛勤得来的收获物提供荫凉，保持新鲜。但这样的细节已经不重要了。故事不会重现所有细节。故事的主题是关于发现。植物学家就此发现了这种珍稀植物。然后，一个水电站在此开工。电站的出水口被设计在这片有着成十上百棵五小叶槭的山坡上方。植物学家奔走呼吁，并得到当地政府支持，也得到施工方的理解。水电站的设计得以修改。出水口挪动了一两百米。工程造价因此增加了上百万元。然后，那些稀有的树才没有被工程产生的砾石与土方淹没。五小叶槭得以继续在那片陡峭贫瘠的山坡上继续生长。

我们在越来越浓重的暮色中上山，可以看到五小叶槭朦胧的轮廓。打开相机的闪光灯，也只能拍下树的一些细部。它扭结虬曲的树干。一支叶柄上伸张的五片狭长叶片。它轻盈的翅果。

天黑透了。加上是阴天，没有天上星光辉耀，树就在面前，却是什么也看不见了。

一行人摸索着下山。村民把我们带到一户人家的菜园。这其实就是从陡峭山坡上硬辟出的一条几米长一两米宽的小台地。仅此一点，也说明人在这狭窄山谷里生存的艰难。但是，这块小小的菜地让给了树。这块菜地的主人自己收集种子，播撒在自己的狭窄的菜地中，看着它们出苗，抽茎，伸枝，展叶。从就在近处的电站厂房弥散过来的灯光中，可以看到那些树苗已经长到一米多高了。它们是那么密集地挤在一起，仿佛密集的箭竹。我们这一行人出现在偏僻的山村,引来了许多村民,挤在这户在菜园里成功繁育了五小叶槭树苗的人家并不宽敞的院坝里。他们在感叹,这种树命好。将来肯定像大熊猫一样。主人是个三十多岁的憨直汉子。我想,他就是"山水"着力培养与支持的"乡村绿色领袖"。我问他为什么栽这些树苗。他说,听说这是很珍贵的东西就采些种子,没地方种,就种到自家菜园里了。他的邻居替我推测,将来这些树苗会值多少钱。但这个汉子笑说,当年哪个知道是那么宝贵的东西啊。这树长不大,生不出可以盖房架桥的有用之材。而且,砍来烧火都不行,因为木质坚硬,纹理纠结,斧劈不开。因为无用,所以幸存。村民们说,就是叶子红了的时候,十分好看。他们替我们遗憾,早来了十几天,不然就能看到它最漂亮的样子了。

将近十点,我们在九龙县城的小饭馆里吃晚饭。

晚餐也是热烈的讨论会:能为这样的珍稀树种做些什么?怎么做?

简单归纳一下。原生态派。就是这些树依然生于荒野,人工育苗已经成功,剩下来的是,让它们回归荒野。也有另一派,可以叫作开发中保护派。就是发掘这种树的价值,因为这种价值而使其广布四方。有什么价值呢?这个大家不约而同,观赏价值。首先这种树形态优美,叶形漂亮,秋天变红后更加美丽。但这种培育需要相当的精力与时间。反对的声音同时出现。如果这种树的观赏价值被广泛传播,那不等可以推广的园艺种培育出来,原生地这一百多株说不定就被盗挖殆尽了。这样的事有过先例。一个珍稀物种被发现,然后被标出高价,接下来就是疯狂的盗采。今天的中国人,追求城市的繁华,却要以荒芜乡野作为代价。原来站在村前的大树被移栽到城市的街头。一块长相奇伟的巨石,本来在荒野里披着一身地衣与苔藓。某一天，人们动用许多机械，耗用许多汽油，挖掘，起吊，搬运，来到城里某个公司或机构的门前，剥掉地衣，抛光，刻字，完全出于身后高楼中某个人拜物的疯狂。我自己就亲见过，当城里疯狂爱上兰草的时候，岷江峡谷中野生的兰花就被采挖殆尽。植物因为珍稀被发现，但保护措施却难以及时跟进。这种珍稀植物发现后造成原生地原生种消亡殆尽的名单还可以继续拉长。

这两派人谁说服了谁？至少在当时，没有谁的意见成为压倒性的意见。

我倒是想起那位农民的话，这种树是因为其无用而幸存的。在山坡上，我看到那树枝上结满了种子。那些细小的种子包裹在翅形的荚果中间。那翅果真是漂亮。荚膜半透明，脱离枝头时可以乘风滑翔。是的，种子结成这样，可不只是为了漂亮，而是为了乘上气流，飞到尽量远的地方，去生根发芽，扩展种群。但是，偏偏是这种能结出众多种子，而且是把种子随风播撒的植物的种群却日渐凋零。这是一个秘密。或者，保护性研究应该从此开始。而不是把种子弄到苗圃里一栽了之这么简单。但，这又不是"山水"这样的组织能做的事情了。其实，早在上个世纪初，洛克们就把五小叶槭引种到美国，后来又引种到欧洲，成为著名的观赏树种。有资料说，第一代引种的母树中的最后一棵，已经于上世纪九十年代在美国死去，剩下的就是二代三代以后的园艺种了。

因为急事，我得离开，不能继续与他们同行。起个大早，驱车赶到康定机场。一路上，林梢和山坡上铺着薄雪。到康定机场，雪大起来，我待在候机厅里，打开书，昨夜从山上采的一枚翅果现出身来。吕植发短信来，他们一行正在翻越另一座雪山，去雅江，考察他们正在进行的另一个项目。那是另一个生态问题，被保护的野生动物和当地农民的冲突。我没有问她昨天的讨论是否有了结果。

我想，很多事情，一时不会有结果。因为这不是"山水"这样的民间环保组织的问题，而是整个中国的社会机制的问题，是公众的启蒙与觉悟。在这个高歌猛进的时代，这样的问题往往被遮蔽。

而"山水"们的工作，在我看来，真正的意义首先是使这样的问题得以呈现，并被一些人所关注，并把一些关注这样问题的人们联接起来，然后，才是他们在一个个项目、一个个案例中积累的宝贵经验，成为这个社会普遍的认知与实践。

达古的春天

春天了。

这些年的春天里总想,而且总要回乡。如今城乡疏隔,回乡是需要理由的,高原的春天便是我回乡的好理由之一。

高原的春天来得晚,在成都,所有春天繁花开过,眼看就是绿色深浓的夏天,家乡那边才传来春天的消息。达古景区的朋友打电话说,高山柳开花了;明天打电话说,落叶松和桦树发芽了。又说,你教我们认得的苣叶报春和龙胆都开了。所有这些消息,都在诱惑着我。当下就把几乎在车库里停了一冬天的车开到店里保养,换了新轮胎。我要回去看家乡的春天。

达古冰山在黑水县,在小时候时时仰望的那座大雪山的北边。大雪山的南边是我的家乡马尔康县。

新轮胎黑黝黝的,新橡胶的味道也像是春天的味道。

取车的时候,站在已经开过了一树红花的刺桐树浓重的荫凉下,我想,成都的春天刚刚过完,我又去过家乡高原的春天。一年过两个春天!

这回是"名家看四川"系列活动之一,请作家中的大自然爱好者,去达古冰山,多少有点帮忙发现与提炼景区丰富美感的意思。达古冰山不仅有壮美的雪山风光,更有从海拔2800米到海拔5000多米的地质景观与植物群落的垂直分布。旅游业勃兴后,这样的审美发掘工作，正是作家可以做些贡献的地方。

我决定不随团行动。不参加半途上的集体午餐。但我对工作人员建议：安排的饭食要有山里的春天——刚开的核桃花、新鲜的蕨菜。而且，眼前马上就浮现了那些石头建筑错落的村寨，高大的核桃树刚刚绽出新叶，像一团绿褐色云雾，笼罩在村寨上面。浅浅的褐色，是树叶的新芽。绿色是核桃树正在开花：一条条肥厚的柔荑花序，从枝头悬垂下来——那就是颜色浅绿的花。这个时节，村民们把将导致核桃树会结出过多果实的花一条条摘下，轻轻一捋，那一长条肥嫩的雄花与雌花都被捋掉了。焯了水拌好的，其实是那些密集的小花附生的茎。什么味道，清新无比的洁净山野的味道！而在那些不被人类过分打扰的村庄，蕨就生在核桃树下，又嫩又肥的茎，从暖和肥沃的泥土里伸展出来，一个晚上，或者一个白天，就长到一拃多高了。要赶赶紧紧采下来。不然，第二天它们就展开了茎尖的叶苞，漂亮的羽叶一展开，为了支撑那些叶子，茎立即就变得坚韧了。乡野的原则就是简单，取了这茎的多半段，摘去顶上的叶苞，或干脆不摘，也是在滚水中浅浅焯过，一点盐，一点蒜，一点辣椒，什么味道，苏醒的大地的味道！

这样一顿风味午餐后，他们还要去看色尔古藏寨。

好味道我都品尝过。而那古老的村寨——我自己就出生于与之相似到相同的村庄，至今仍在细细观察。我在一首叫作《群山，或者关于我自己的颂辞》的诗中写过，这些村庄，都跟我出生的那个村庄一模一样。我是说人、庄稼、房舍、牛栏、狗、水泉、欢喜、忧伤、老人和姑娘。

正因为这份稔熟，这些年，我从熟悉的乡野找到了新的观察对象：在青藏高原腹心或边缘地带走动时，会留心观察一下野生植物，拍摄那些漂亮或不太漂亮的开花植物。

从成都去黑水县城，将近三百公里，一路都沿岷江峡谷而上。其中一半行程，成都到汶川是高速公路。相当部分是在深长的隧道中穿行，无景可看。出汶川县城，过茂县，公路傍着的都是岷江主流。出茂县，沿着岷江主流上行二十多公里，有一处地方叫飞虹桥。在这里，河流分岔，过桥右行，是峨江主流，去松潘。左行，是岷江支流猛河，沿河而上，到黑水。这段时间，是山里的融雪时节，所以江流有些混浊。水清时，比如秋天，站在飞虹桥上看在桥前汇聚的两路江水，岷江主流清澈见底，左边的猛河一样清澈见底，却水色深沉，因此猛河也被叫作黑水，连带着分布在这条河上下两岸的地方也叫作黑水了。这一带，海拔已经上升到两千多米，而且还是渐次抬升。山高谷深，山势陡峭。一路上，见有道路宽阔的地方，我就停下车来，爬上山坡去寻找开花植物。春天进到岷江峡谷已经有些时候了，公路两边人工栽植的洋槐正开着白色繁花。河谷台地上，那些石头寨子组成的村落，桃树已是丛丛翠绿。可是，河谷两岸干旱山坡上的灌丛仍然一派枯黄。但我知道，这些枯瘦的灌丛树里一定有早开的花朵。这一路，走走停停，上到山坡，又下到路上，果然遇见了好几种开花植物。两种蓝色鸢尾。一种开满细小黄花的带刺的灌丛，名字叫作堆花小檗。米粒大的小黄花一簇簇拥挤在一起，抢在绿色叶片展开前怒放。这植物的名字概括的正是其花开的繁密。小檗的根茎中可以提炼一种叫小檗碱的物质，也就是平常所称的黄连素。还有耐旱耐瘠薄的带刺灌丛沙生槐也开出了密集的蓝色花。爬得累了，我坐在山坡上，翻看相机里花朵，却突然弄不明白，大自然为什么要让植物开出这么多的花朵。这些花朵，和这神秘的不明白，也许就是我这一天的收获。

是的,人们都在世界上力图明白,但我宁愿常常感受到自己很多的不明白。

拍完最后一组照片,坐在山坡上喝几口水,一根根拔去扎在衣袖裤腿上的灌木刺时,已经是山谷中夕阳西下的时刻了。

再车行二十多公里,就是黑水了。

黑水县城分成两个部分。先到的老县城。即便地处深山,这些年被城镇化的潮流所波及,要到城镇上讨生活的人越来越多,地处狭窄谷地的老县城容不下这许多人了。五年前的汶川地震后,又在老县城上方一公里多,起了新县城。新建了一些机关和商业网点,更多是往城里聚居而来的四乡村民。这次住在新县城。县城是新的,酒店也是新的。四层楼房,居然有一座运行相当缓慢的电梯。

管理局领导请大家吃饭。当地猪肉,这种猪半野放,肉香扑鼻,是名藏香猪。野菜多种。最受欢迎者有三:一种,土名刺龙包,其实是五加科楤木的肥实叶芽;蕨菜和核桃花已经说过。这些野味入口就是清新的山野气息,加上所有人都会想到无污染绿色这样的概念,就更觉得不能不大快朵颐了。只是酒不太好,当地产烧酒,有点遗憾。但也理解主人,而今眼目下,禁止公款胡吃海喝,不但理解,而且赞同。

我对坐在旁边的主人说:好喝,好喝!

又悄声对坐我左边的李栓科说:明晚我请你喝好酒!

栓科是我过去做杂志时就认识的。跟我一样,高兴了酒量就好。他做《中国国家地理》杂志前是地质学家,到有地质奇观的地方来,自然没有不兴奋的道理。

坐景区的观光车跟大家一起游览达古景区。

车穿过峡谷和峡谷中的三个藏族村落。这三个寨落都叫达古。因地势高低分别叫作上中下达古。车上有同行问我，达古在藏语里是什么意思。我有点说不上来。从词根上说，达，是马的意思；古，是深远的意思。但两个意思如何串联起来？去年初春，我走访过这三个村寨。村长是个有文化的人。上过初中，因"文革"而辍学。我来访问前，他已经把村子的历史和达古雪山群中一座叫洛格斯神山的故事写成了两页汉文材料。要不是有位央视的纪录片编导随行，善于访问，我都不知道该再问他什么问题了。

在上达古村前，猛河已变成了一道溪流。溪上一座带顶的藏式木桥，上面写着红军桥。这里是当年红军长征经过的地方。到达此地之前，红军已经翻越了宝兴县和小金县之间的夹金山，又翻越了小金县和我老家马尔康县之间的梦笔山，接下来，又经过我们马塘村继续跋涉，翻越亚克夏山进入黑水县，这就是现在达古景区所在的地区。这里，雪山更加密集地紧靠在一起。刚从亚克夏雪山下来，当年的红军马上又遇见一座昌德雪山，下昌德雪山，就是上中下三个达古村所在的这个峡谷。当年的红军，那些并不确切知道自己该去哪里的人，在此地盘桓一阵，补充些粮食，就从现在叫了红军桥的木桥上过了溪流，又顺着蜿蜒的山道直上达古雪山。过了这座雪山，便是毛儿盖，接下来就是宽阔的川西草原了。这就是所谓的红军爬雪山过草地。中央红军主力和四方面军一部，一共在阿坝州境内翻越了五座雪山，其中三座都在黑水县境内，而且，就围绕在达古景区主峰的周边。大部队行军当然不会挑选那些最高的难以逾越的雪山。

这一天，我们要去的是这雪山群中两座从未被人逾越的雪山——有冰川群的达古雪山主峰和洛格斯神山。

前年，我来这里时秋林在高原艳阳下五色斑斓。那是落叶松、红桦、白桦、栎、花楸、栌、高山杨、槭这些树木群落浩然盛大的色彩大交响。

去年，比此行早二十天，我来时，晚上一夜飞雪，早上风停云开。驱车到达古村时，湖水映着碧蓝天空，阳光下融雪时的滋润气息带着松杉的芳香。保护站小屋中，炉子里烧着旺火，壶里茶滚烫。屋顶上的雪融化了，从窗前淅沥而下，像断了线却落不尽的珠串。听保护站的工作人员谈林子里金丝猴、羚牛的故事。茶喝到出汗，路上的雪也化开了。半山上一条为游客布置的木头栈道上的雪也化开了，泅湿的厚木板上有漂亮的纹理。走上这条木板栈道，正对的洛格斯神山冰清玉洁，莹光逼眼。在一些藏语文本的诗性表达里，喜欢把巍峨纯净的雪山形容为一个戴着水晶冠冕的人或神，如果你在一个空气清新、阳光明亮的上午，看见这样直插幽深蓝空的雪山，就知道，这样的形容有多么精妙，且带着神圣之感。顺着栈道一路向前，那肩并肩而立的三座晶莹雪山就在峡谷尽头越升越高，诱导你一直走到跟前，把平视变成仰望。在山下的达古村。村长告诉过我，这座雪山的神是古代三个为了保卫村落与美丽山水而献出生命的达古青年，是三个达古村共同的保护神。

那天真的走到栈道尽头，倒在松软洁净的雪中仰望雪山。山峰和蓝天间漾起片片薄云。那是山上起风了，把山体上的雪花飞扬到半空里。薄云很快又消散了。那是风停了，雪花又落回山上。四野寂静无声，某片杉树林中，传来一两声鸟鸣。婉转悠长的是画眉，有些突兀的是粗嗓门的噪鹛。

可是，今次来，大家走上栈道时，洛格斯神山却在自己扯起的一片云雾后面隐匿不见。大家继续朝前，希望突然会云开雾散。但云非但不开，天上还不时一小会儿一小会儿地洒下些雨点。山神今日休息，山神今天不与凡人相见。我闲着无事，便动手拍去年来时已经开放的报春花，顺便把三千多米高度上的一些常见植物落叶松、野樱桃、小檗、蔷薇、伏地柏指认给大家。而李栓科兄则指着山谷、岩石和山峰给大家上地质课。就这样，在古代冰川所创造出来的巨大的U形山谷中盘桓一阵，神山仍然没有露脸的意思，大家只好到游客中心午餐。

午餐算是一个冷餐会吧。藏式的手抓肉、包子，和一些野生蔬菜。最好吃的一种，学名叫作紫花碎米荠，吃的是它们刚刚破土而出的嫩茎。要到七月间，它们才会开出团团漂亮的紫色花。饭后，一半天空阴着，一半天空中却有阳光破云而出。右手峡谷尽头的洛格斯神山依然隐匿不现，而正面峡谷尽头壁立而起的达古冰川群上的雪山主峰却熠熠闪光，大家赶紧上山。

上山很容易。海拔三千多米的峡谷尽头，有新绿如烟笼着的落叶松林前就是索道站。十多分钟，缆车就将游人运到海拔五千六百米的高度上。据称这是世界上海拔高度最高的缆车索道。管理局的人说，该索道是由奥地利一家公司设计建造，一共费了四年时间。也就是对游客来说，这是目前世界上不需自己辛苦登攀而能到达的最大海拔高度。

我已是第三次上到这里。不急于和同行的人们马上冲向外面的雪山。我为自己在雪山小屋中要了一杯咖啡，慢慢饮下。情景有些不可思议，有些奇异。人在宽大的观景窗内落座，手捧一杯香喷喷的热咖啡，窗外，海拔五千二百多米的达古雪峰覆盖着厚厚的雪被就横卧在眼前，像一只睡着了的巨大动物。山体上是深雪，雪下，才是冰川。这道冰川每年只有七、八两个月，积雪融化时才得以显现。但那冰川的力量却可以看见。下冲的冰川在雪峰下几百米处刨出一个巨大的深坑，夏天和初秋，那是一湖碧水。湖水的上方，劲风猎猎，被阳光照耀，亮得晃眼的云团翻滚在天空，也翻涌在湖中。

喝完咖啡，走到室外的雪野中。瞭望台上，雪深盈尺。瞭望台外，雪深就在三四米了。我发现，好几位同行者因为缺氧因为过度兴奋有些喘不上气来了。在这个高度上，群山变成波浪，在眼前奔涌。只有身边几座山峰超出我们所在的高度——最高峰海拔五千二百米。在这里，唯有搞地质出身的李栓科兄面不改色，为大家指点冰川在这雪山之巅造就的地貌杰作：相互错落在云幕下金字塔一般的锥形峰顶；锋利峭薄的山脊——地理学名词叫脊线；被冰川从对面山体上剥离又搬运到面前来的巨大岩石——冰漂砾；而在我们脚底的深雪下，就是冰川挖掘出的巨大的冰斗，夏天时，是一汪湖水，现在冻成了一块坚硬的冰。

李栓科对景区管理局的唐华祥书记说，冰漂亮，雪漂亮，雪山漂亮，游客一眼就已看见。但是，冰川造就的特殊地形，这样近距离呈现在游客眼前的地方如果不是唯一，全世界也不多见，需要大声告诉他们。栓科还说，不要老说这座山像什么动物，那座峰又像什么动物，要说科学。眼前这些，都是活生生的地质样本！

我赞同！

达古景区主诉的是两个卖点：一个，雪山和冰川；一个，秋天的彩林。

而我一直说，森林的漂亮，秋天变红变黄时的五彩斑斓自然是一个高潮，但从初春起，不同植物，晕染在山野间的不同色调的新绿也足让人目眩神迷。只不过，中国游客似乎已经习惯由导游来指点——不经别人指点，就不能自己看见与发现，那么，景区更有理由做这方面的挖掘。高原上春天来得晚，初春过后，直接就进入生命竞放的夏天。十数种杜鹃，十数种报春，十数种龙胆，十数种马先蒿，几种绿绒蒿，金莲花银莲花，金露梅银露梅，那么多的高原植物渐次开放，把整个高原的夏天开成一片幽深无尽的花海。这些也都是可以用某些方法指点给游客的，都是可以让他们喜欢与热爱的。我总觉得，达古景区这样的地方，可以成为一个中国人学习体味自然之美的课堂。地理之美，植物之美，共同构成自然之美。虽然时兴的国学热中，常有人说中国人如何有天人合一观，如何取法自然，但在实际情形中，却是整个国家自然界大面积的退缩与毁败，是中国人与大自然日甚一日的隔膜与疏远。

达古景区如果多做这方面的工作，在中国所有自然景区中，肯定在观念与方法上都走在了前面。

达古景区的自然之美真是无处不在啊！

海拔三千多米处，积雪刚刚融化，落叶松柔软的枝条上就绽放出了簇簇嫩绿的针叶。而刚刚从冰冻中苏醒的高山柳、报春已经忙着开花了。再往下，开花植物更多。路边草地上，成片的小白花是野草莓，星星点点的蓝花是一种龙胆，那是比蓝天更漂亮的蓝！到了达古村附近，湖边野樱桃开花了，有风轻摇树梢时，薄雪般的花瓣便纷纷扬扬飘飞起来。再往下，路边一丛丛黄花照眼，那是野生的棣棠。还有藤本的铁线莲，遇到灌丛和乔木就顺势向上攀爬，用这样的方式，把一串串鲜明的白色花举向高处。那些花朵也真正漂亮。四只纯白的花瓣纤尘不染，花瓣中央，数量众多的雄蕊举着一点点明黄的花药，雌蕊通身碧绿，大方地被雄蕊们簇拥在中央，我不知道，这是一种快意的听天由命，任哪一阵风起，或哪一只昆虫飞来，把任一支雄蕊上的花药洒到那娇嫩敏感的柱头上，在阳光下昏眩一阵，便受精怀子；还是一切都要经由她不动声色的精心选择，拒绝，拒绝，或在拒绝与接纳间犹豫再三，才终于将几颗雄花的精子纳入子房？

达古景区把旅游的高潮定在秋天，如果能打开游人寻美的心思与眼睛，其初春的山野，处处生命力勃发，已是美不胜收了。

当天晚上，我们吃藏餐，藏香猪和各种做法的牦牛肉自不必说，刚刚采摘来的山野菜更让人食指大动。藏式桌子低，座椅也低，其实说是榻才合适，每榻可三个人并坐，有温软的褥子，有靠背，适合喝酒闲聊。我央人从车上取了自带的好酒来请大家。先由栓科，我和女作家葛水平三个爱酒人组成一个核心小组，率先一大杯接一大杯，以此带动着全桌都喝起来，不久，就央人从楼下车上取第二瓶酒来。这时，大家的话就多起来，话而不足，有谁就带头唱起歌来。一个多小时后吧，又取了第三瓶酒来。并吸引得邻桌的人也自己带了酒来加入。不知道什么时候又喝完了第三瓶酒，大家就兴尽而归了。

大家散去的时候，有人问我，你为什么喜欢这个地方。我想起自己曾经为景区想过的广告词：最近的遥远。便说，因为这是距离大都市最近的完整的大自然。

一滴水经过丽江

我是一片雪,轻盈地落在了玉龙雪山顶上。

有一天,我醒来,发现自己变成了坚硬的冰。和更多的冰挤在一起,缓缓向下流动。在许多年的沉睡里,我变成了玉龙雪山冰川的一部分。我望见了山下绿色的盆地——丽江坝。望见了森林,田野和村庄。张望的时候,我被阳光融化成了一滴水。我想起来,自己的前生,在从高空的雾气化为一片雪,又凝成一粒冰之前,也是一滴水。

是的,我又化成了一滴水,和瀑布里另外的水大声喧哗着扑向山下。在高山上,我们沉默了那么久,终于可以敞开喉咙大声喧哗。一路上,经过了许多高大挺拔的树。名叫松与杉。还有更多的树开满鲜花,叫作杜鹃,叫作山茶。经过马帮来往的驿道,经过纳西族村庄里的人们,他们都在说:丽江坝,丽江坝。那真是一个山间美丽的大盆地。从玉龙雪山脚下,一直向南,铺展开去。视线尽头,几座小山前,人们正在建筑一座城。村庄里的木匠与石匠,正往那里出发。后来我知道,视野尽头的那些山叫作象山,狮子山,更远一点,叫作笔架山。后来,我知道,那时是明代,纳西族的首领木氏家族率领百姓筑起了名扬世界的四方街。四方街筑成后,一个名叫徐霞客的远游人来了,把玉龙雪山写进了书里,把丽江古城写进书里,让它们的名字四处流传。

我已经奔流到了丽江坝放牧着牛羊的草甸上，我也要去四方街。

但是，眼前一黑，我就和很多水一起，跌落到地底下去了。丽江人把高山溪流跌落到地下的地方叫作落水洞。落水洞下面，是很深的黑暗。曲折的水道。安静的深潭。在充满寂静和岩石的味道的地下，我又睡去了。

再次醒来，时间又过去了好几百年。

我是被亮光惊醒的。我和很多水从象山脚下的黑龙潭冒出来。咕咚一声翻上水面。看见很多不同模样的人。黑头发的人，黄头发的人。黑眼睛的人，蓝眼睛的人。我看见了潭边的亭台楼阁。看见了花与树。我还顺着人们远眺的目光看见了玉龙雪山，晶莹夺目矗立在蓝天下面。潭水映照雪山，真让人目眩神迷啊。人们在桥上，在堤上，说着不同的语言。在不同的语言里，都有那个词频频出现：丽江，丽江。这时的丽江已经是一座很大的城了。城里也不是只有最初筑城的纳西人了。如今全中国全世界的人都要来丽江，看纳西古城的四方街，看玉龙雪山。

我记起了跌进落水洞前的心愿：也要流过四方街。

顺着玉河，我来到了四方街前。

进城之前，一道闸口出现在前面。过去，把水拦在闸前，是为了在四方街上的市集散去的黄昏，开闸放水，古城的五花石的街道上，水流漫溢，洗净了街道。今天，一架大水车来把我们扬到高处，游览古城的人要把这水车和清凉的水作一个美丽的背景摄影留念。我乘水车转轮缓缓升高，看到了古城，看到了狮子山上苍劲的老柏树，看到了依山而起的重重房屋，看见了顺水而去的蜿蜒老街。古城的建筑就这样依止于自然，美丽了自然。

从水车上哗然一声跌落下来，回到了玉河。在这里，我有些犹豫。因为河流将要一分为三，流过古城。作为一滴水，不可能同时从三条河中穿越同一座古城。因此，所有的水，都在稍作徘徊时，被急匆匆的后来者，推着前行。来不及作出选择，我就跌进了三条河中的一条。叫作中河的那一条。

我穿过了一道又一道小桥。

我经过叮叮当当敲打着银器的小店。经过挂着水一样碧绿的翡翠的玉器店。经过一座院子，白须垂胸的老者们，在演奏古代的音乐。经过售卖纳西族东巴象形文字的字画店。我想停下来看看，东巴文的"水"字是怎样的写法。但我停不下来，没有看见。我确实想停下来，想被掺入砚池中，被蘸到笔尖，被写成东巴象形文的"水"，挂在店中，那样，来自全世界的人都看见我了。在又一座桥边，一个浇花人把手中的大壶没进了渠中。我立即投身进去，让这个浇花的妇人，把我带进了纳西人三坊一照壁的院子。院子里，兰花在盛开。浇花时，我落在了一朵香气隐约的兰花上。我看到了，楼下正屋，主人一家在闲话。楼上回廊，寄居的游客端着相机在眺望远山。楼上的客人和楼下的主人大声交谈。客人问主人当地的掌故。主人问客人远方的情形。太阳出来了，我怕被迅速蒸发，借一阵微风跳下花朵，正好跳回浇花壶中。

黄昏时，主人再去打水浇花时，我又回到了穿城而过的水流之中。这时，古城五彩的灯光把渠水辉映得五彩斑斓。游客聚集的茶楼酒吧中，传来人们的欢笑与歌唱。这些人在自己所来的远处地方，即便是寂静时分，内心也很喧哗。在这里，尽情欢歌处，夜凉如水，他们的心像一滴水一样晶莹。

好像是因为那些鼓点的催动，水流得越来越快。很快，我就和更多的水一起出了古城，来到了城外的果园和田地里。一些露珠从树叶上落下，加入了我们。在宽广的丽江坝中流淌，穿越大地时,头顶上是满天星光。一些薄云掠过月亮时,就像丽江古城中,一个银匠,正在擦拭一只硕大的银盘。

黎明时分,作为一滴水,我来到了喧腾奔流的金沙江边,跃入江流,奔向大海。我知道,作为一滴水,我终于以水的方式走过了丽江。

玉树记

1

从西宁飞往玉树。起得早,刚在座位上打了个盹儿,飞机着陆时猛一颠簸,我醒来,就听广播里说:玉树到了。

一出机舱门,就是晃得人睁不开眼的阳光。几朵洁白得无以复加的云团停在天边,形状奇异。云后的天空比最渊阔的海还幽深蔚蓝。几列浑圆青碧的山脉逶迤着走向辽远。这就是高旷辽远的青藏。走遍世界,都是我最感亲切与熟稔的乡野。辽阔青藏,一年之中,即便能一百次的往返我都永远会感到新鲜。无论踏上高原的任何一处,无论曾多少次涉足,还是从未到过,心中都会涌起一股暖流。如果放任自己,可能会有泪水湿润眼眶。我并不比任何人更多情,只缘这片大地于我就有这种神奇的力量。

一只鹰在天际线上盘旋。

也许并没有这只鹰,我就是会"看见"。我抬头,那只鹰真的悬浮在天边,随着气流上升或者下降,双翅阔大,姿态舒缓。

大多数时候,我在内地别一族群的人们中生活与写作。在他们中间,我是一个深肤色的人。从这种肤色,人们轻易地就能把我的出生地,我的族别指认出来。

现在,在机场出口,更多比我肤色还深的当地同胞手捧哈达迎了上来。我这个人,总是受不住过于直接而强烈的情感冲击,于是迅速闪身躲到一边。最终还是被推到迎客的酒碗面前,姑娘高亢的敬酒歌陡直而起。面前的三只小银碗中,青稞酒晶莹剔透,微微动荡,酒液下的银子,折射光线,如那歌声与情意,纯净、明亮。我深吸一口气,让自己平静,同时感到,身体内部,某处,电闸合上了,情感的电流缠绕、翻卷、急速流淌,我端起酒碗的手止不住轻轻颤抖。

就这样我来到了玉树。我来到了这个在藏语的意义里叫"遗址"的地方。

玉树和玉树州府所在地结古镇,因为一场惨烈的地震让世界听闻了她的名字。我也是第一次到达。我在一篇叫作《远望玉树》的小文里写过,"记得某个夜晚,好大的月亮,可能在几十公里开外吧,我们乘夜赶路,从一个山口,在青藏,这通常就意味着公路所到的最高处,遥遥看见远处的谷地中,一个巨大的发光体,穹隆形的光往天空弥散,依我的经验,知道那是一座城,有很多的灯光。我被告知,那就是玉树州府结古镇了。但我终究没有到达那个地方。在青藏高原上,一座城镇,就意味着一张软和干净的床,热水澡,可口的热饭菜,但对于一个写作者,好多时候,这样的城镇恰恰是要时常规避的。因为这样的地方常常会有与正在进行的工作无关的应酬,要进入另外与正在进行的工作相抵牾的话语系统。对我来讲,这样的旅行,是深入到民间,领受民间的教益,接受口传文学丰富的滋养。但那时就想,终有一天,结束了手里的工作,我会到达她,进入她。"

是的,我不止一次从远处望见过这个镇子的灯光。

从附近的称多,从囊谦。

现在,在这个阳光强烈的早晨,我终于到达了。从机场到结古镇的路上，一个深肤色高鼻梁的康巴汉子坐在了我身边，我的手被有力地握住："老师有什么事情就告诉我们，要见什么朋友也请告诉我们。"

这是个我不认识的人，但分明又十分熟悉。我们这个民族中的绝大多数人，仅凭身上那一点点相同的气息，就能彼此相认相亲。我说："谢谢，但我不是老师。"我开玩笑说，"托时代进步之福，靠卖文为生，我还能养活自己，我不用兼职做家教，所以，请不要叫我老师。"其实，我想说的是，当我面对自己坚韧的族群自己的同胞，我从来都只感到自己是一个学生，雄浑广阔的青藏高原，就是给我一千年时间来学习，也并不以为能将其精神内核洞穿。

我只说了一个名字，一个民间说唱艺人的名字。那是一个给过我帮助与教益的人。我说："我要去看望他。"

2

路上，车里，主人在介绍一些玉树的基本信息。提到结古镇在藏语中的意思是"货物集散地"。在一千多年的时光中，这个古镇处于从甘青入藏的繁忙驿道上。这条古道有一个如今成为一个流行词的名字：茶马古道。也有一条渐渐被忘记的名字：磨香之路。这也是一条文化流淌与交汇之路。所以，这个古镇，曾经集散的岂止是物质形态上的商品。经过这个镇子进入的，还有多少求法之人；经过这个镇子走出的，还有多少渴望扩张自己视野与世界的人？

在前面有着稀疏白杨树夹峙着河岸的山谷中，一团尘雾升起来，我知道，结古镇就要到了。真的，那些尘雾就是从正在重建的结古镇，从整个变成了一个大工地的结古镇升起来的。

我们就进入了那团尘烟。高原的空气那么透明，身在尘烟之中而尘烟竟消失不见。工地总是这样，浮土印满车辙，各种机械轰鸣着来来往往，节节升高中的，已显示出大致轮廓的半成的建筑上人影错动，旗帜飘扬。未来的学校，未来的医院，未来的行政区，未来的商厦，未来的住宅，我们穿行其间。没有地震废墟，只有渐渐成形的建筑在生长。这里是青海，我想起了成就于青海也终了于青海的诗人昌耀的诗句：

> 钢管。看到一个男子攀援而上
> 将一根钢管衔接在榫头。看见一个女子
> 沿着铜管攀援而上，将一根钢管衔接到另一根榫头。
> 他们坚定地将大地的触角一节一节引向高空。
> 高处是晴岚。是白炽的云朵。是飘摇的天。

那是诗人写于上个世纪那令人鼓舞的八十年代的诗，现在，却似乎正好描摹着眼前的情景。就是这样，被强烈地震夷为平地的古镇正在生长，飘摇的天让人微微晕眩。

那个挖掘机手，轻轻一按手里的操纵杆，巨大的挖斗就深掘地面。那个开混凝土罐车的司机，不耐路上车流的拥堵，按响了声量巨大的喇叭。喇叭声把路口那个疏导拥堵车流的年轻交警的呼喊声淹没了。

这样的情形令我感动。

工地的间隙里是板房中的小店，饭馆。四川汉族人的饭馆，青海藏族人的饭馆，撒拉人的清真饭馆，肉店，蔬菜店，电器店，旅馆。生活还在继续，热气腾腾。不像我去过的别的灾区，浩劫之后有一种哭诉的情调。驰名整个藏区的嘉那石经城在地震中倾圮了，但虔诚的信众们并不以为那些刻在石头上的六字真言，那些祈祷文，那些整部整部经卷的功德与法力会因此而稍有减损，人们依然手持念珠绕着石经城转圈、祈祷，为自己，为他人，也为整个世界。

我也因这样的情形而感动。

当然也听到好多生命毁伤，家破人亡的故事。但人们只是平静地述说，就像在述说遥远的故事，就像这些故事不是亲历，而只是听闻，是转述。活脱脱就是流行在青藏高原上那些口传故事的风格。讲这些故事的，有失去了不止一位亲人的人，有失去了自己刚建成不久的颇具规模酒店的人，有震中受重伤，身上的一些关节被替换成合金构件，回到工作岗位就服务于众人的人。还有，一位一定要在震后的玉树办起一份文学杂志的朋友。我没有看见有人流下过半滴眼泪。反而，我看到很多的平静与微笑。我喜欢这种平静中的达观。

高原上难得的温暖季节依然如期而至，草地碧绿，百花盛开。我四处走动，看到人们依然按照习惯，在靠近漫漶流水的草地上搭起帐篷，外出野餐。当我在附近的小山上把镜头对准一丛丛点地梅细密的小花时，从河谷中的野餐地，有悠远的歌声传来。歌声从谷地中升上来，达到与我平齐的高度，稍作盘桓，又继续上升，上升，升到了比身后的岩石峰顶更高的天上。我趴在馨香的草丛中，用镜头对准细碎的花朵，取景框中，焦距始终模糊不清。扶摇而上的歌，调子与词句我都非常熟悉，但那一刻，我却因为心头涌起的热流而泪光闪烁。

一位年轻的活佛，定要请我到他家里做客。他让我坐在比他高的座位上，亲手为我沏茶。然后，打开电脑听他新写的歌。他说，他要写出一种歌，采用流行的方式，但不是一般的情爱表达，而是有宗教感的，要有对于生命和对宗教本质感悟与思考。也许，他的歌与他的追求间尚有距离，但我想，催生他想法的这些因缘，同样也将是我从这块土地上领受的深厚教益。能有机会在这样一块土地上，沉潜于自己的族群和文化之中，做一个学生，并不断收获新知识新感受，是上天对我的厚爱。

3

就在那天上午，穿过喧腾的工地，穿过那些劳作的人群，穿过被阳光照得闪闪发光的尘土，一幢三层楼房出现在眼前。汶川地震后，我去过许多被瞬间的灾变损毁的地方，因此熟悉建筑物上那些狰狞的裂纹，知道是怎样的力量使这座建筑在一楼和三楼保持住基本轮廓的情况下，让之间的二层几乎消失不见。我们被告知，这将是整个结古镇唯一保留的地震遗迹。我还进一步知道，震前，这座建筑是一家以伟大的史诗主人公格萨尔命名的宾馆。格萨尔史诗是属于全体藏族人的伟大的精神遗产，更是康巴人的英雄——他出生在康巴，建功立业也多在康巴大地，在康巴人的心中，英雄受到加倍的崇仰。所以，我推测，这座以格萨尔命名的建筑作为纪念物得以保留，不仅仅只是因为这座建筑所留下的地震毁坏力的骇人印迹。

几年前，我曾在这座城镇四周的草原上搜集英雄的故事。就在那时，我就听人们不止一次提起这个镇子上的格萨尔广场。不止一次，有人向我描述那个广场中央塑造的威武的格萨尔塑像。我也在想象中不止一次来到那尊塑像面前。我甚至把这个广场与塑像写进了我的也叫《格萨尔王》的长篇小说。我寻访英雄故事的时候，没有到达结古镇。但我小说中，那个追寻英雄足迹的说唱人晋美到达过这个广场。

在这里，说唱人晋美与要跟他学习民间音乐的年轻歌手在此分手。

> 他们又到达另一个号称是曾经的岭国的自治州了。
>
> 他们从山坡上下来，贴地的风从背后推动着，使他们长途跋涉后依然脚步轻快。地上的风向北吹，天上的薄云却轻盈地向东飘动。这个城市的广场很宽阔，两个人坐在广场上英雄塑像基座前的喷泉边，看人来车往。年轻人说：老师，我们该分手了。他还要给他一些钱。晋美拒绝了。他的内心像广场一样空旷。身后，喷泉哗然一声升起来，又哗然一声落回去。他说：调子是为了配合故事的，为什么你只要调子，不要故事……
>
> 年轻人弹着琴歌唱。他唱的是爱情，他看见年轻人眼中有了忧郁的色彩。开始他只是试着低声吟唱，后来，琴声激越起来，是他教给他的调子，又不是他教给的调子。这使他内心比广场更加空旷。
>
> ……晋美起身了，歌手一旦开始歌唱，就无法停止。歌手用眼光目送着他，那眼光跟歌唱的爱情是一致的，无可如何，但又深情眷恋。当整个广场和人群都在晋美背后的时候，他流泪了。

在相当大的程度上，我也是一个说唱人，我不自视高贵。这个世界从来就是权力与物质财富至上，在当今时代，这一切更是变本加厉。但我坚持相信，无论是一个国，还是一个族，并不是权力与财富的延续与继承，而是因为文化，那些真正作为人在生活的人，由他们所创造与文化所传承的文化。我以为自己的肉身中，一定也寄居着说唱人的灵魂。我不自认高贵，但我认为可以因此从权力与财富那里夺回一点骄傲。

现在，我来到了这个广场。我早已从地震刚刚发生时那些关于玉树的密集的电视新闻中，知道了所谓喷泉是出自于我的想象。但那座英雄雕塑一如我的想象。这个形象在那些古老唐卡中我曾多次遇见。但在这里，这个形象变得如此立体，坚实的基座上，那黝黑的金属铸成的人与马，与兵器与盔甲如此浑然一体，威武庄严。那么猛烈的地震，没有对这座塑像有丝毫的动摇与损伤。我当然要为此献上一条哈达和我内心一些沉默的祝祷。我当然很高兴和当地的同胞一起在塑像前合影留念。格萨尔的英姿高高地矗立在我们身后，背后，是深远的蓝空和洁白的流云。做过一个梦，在拜读一位喇嘛诗人的诗句，惊奇他突然摆脱了那些陈腐的修辞，把流云比作精神的遗韵与情感的馨香。

我来到这里，不只是因为结古镇这个古老城镇正如何成为一个新生的样板，更因为我一直在因虔敬的固守而踟蹰难前的文化中寻找格萨尔史诗中那种舍我其谁的奋发精神与心忧黎首的情感馨香。

因为这种奋发，松赞干布的大臣去到了大唐。

因此，一个美丽女子走上了从大唐长安到吐蕃都城逻些的漫漫长途。因为这位唐朝公主的经过，结古这个今天还焕发着生机的名字从深沉的史海中得以浮现。一千多年！我们在板房中任手抓羊肉慢慢冷却，任杯中啤酒泡沫渐渐消散，嘴里感叹着：一千多年！即便这一千多年来，我们可能不断转生，但失忆的我们，只能记得此生这几十年的我们并不真正知道一千多年是怎样地悄然流逝同时又贯通古今。聚集的财富消失了，权力的宝座倾圮了，流传至今，只是深潜的情感与悠久的文化。

又一天的太阳照亮了大地。

负责接待我们的主人把我带到了浩浩荡荡的通天河边。他们好意，不让我只去看一个又一个重建项目。他们相信，物质的重建会很快完成，但文化方面的重建会更加漫长与艰难。所以，他们还邀我们看看风景与文化遗存。我们来到通天河边的肋巴沟口，大河水深沉地鼓涌着向东南而去。河岸上，那些草地与绿树被太阳照得闪闪发光。主人带我看一面摩崖石刻，一面向河的石壁上，浅浅的线条勾勒出一尊说法的佛，佛头上有一轮月晕般的浑圆光圈。佛像的风格与镌刻方式透露出久远年代的气息。更加显出年代特征的是，说法佛侧下方那个戴着吐蕃时代高筒帽的男子，和与阎立本画中一样留着唐代女人发髻的面孔浑如满月的女子，她的手中，还持着一枝开放的莲花。

文成公主从唐蕃古道入藏时，曾在玉树的结古一带作较长的休整。传说这壁说法图就是她留下的。那么，那个顶着唐式发髻者，是她为自己所作的造像吗？佛法从印度兴起，绕过青藏高原，东渐汉地，所谓"佛法西来"。这时，佛法又从东土向西而去，并在西去途中在此留下了清晰的印迹。

瞻礼之时，当地的朋友争相为我解说，使我深感温暖。

然后，我们溯汇入通天河的飞珠溅玉的肋巴沟溪流而上。沿途，满溢着碧绿草木的馨香。一千多年前，文成公主踏上了这条道路，而这条道路显然比一千多年更古老。一千多年后，这条路还像新开掘出来一样，前些天的雨水在泥路上留下清晰的冲刷的痕迹，裸露的石头干干净净。路边开满了野花：鲜卑花、唐松草、锡金报春……一个偏僻辽远的所在，那些草木的命名中，也强烈暗示着遥远地理间的相互关联。然后，又是一处摩崖造像，那是另一位入藏和亲的唐朝公主留下的遗迹。瞻礼如仪后，我们继续往前。

地势渐渐升高，溪谷也越来越开阔。随着海拔升高，植被也迅速变化。一丛丛的硬枝灌木出现在高山草甸上，开粉色花的高山小叶杜鹃，开黄色花的金露梅。这些开花的灌丛，从眼前一直铺展到天际线上。更宽广的草甸上，是紫色的紫菀的天下，是白色圆穗蓼的天下。我热爱青藏高原上的旅行，自然中包藏着文化，文化在自然中不经意地呈现。我问陪同的主人，有没有带上些干粮，回答是没有，我遗憾不能来一顿草地野餐。盘腿坐在草地上日光下，背后是雄浑的走向辽远的山脉，面前是叮咚有声的溪流。就这样，不过一个小时，我们就来到了海拔四千多米的山口。背后的峡谷向东南而去，而面前另一道峡谷向着西北方敞开。

顺着蜿蜒的公路下到峡口，是香火旺盛的文成公主庙。

我这个人，不太喜欢进种种庙宇。作为一个身上天生就有宗教感的人，却总对处于我们与宗教的终极关怀间，我们与神祇的昭示间的神职人员保持着某种警惕，也并不以为那些庙堂中享受香火的偶像真能代表那些缥缈深沉的神祇。但在此地，风振响着满山的经幡，还有好些人在庙后的小山顶上播撒风马。我脱鞋揭帽，进到庙里，但没有匍匐在崖龛中的佛像跟前，只在心中瞻礼如仪。然后，伸出双手，两个年轻喇嘛把取自龛后的清冽泉水倾倒在我掌上。

我小饮一口，一线清凉直贯胸臆。我以为，自己的身，越过了语，直会了意。

然后，我们去到巴塘乡的重建工地。

怀着感动与敬意，从巴塘乡重建工地出来，已是六点多钟，夕阳西下。高原的大地在这样的光线下更显得邈远深广，那些耸峙在宽广草原尽头的岩石峰峦都在闪闪发光。

忍受着强烈高原反应一起采访的朋友该回去休息了。我对主人提出了新的要求：去看看草原上的鲜花。

三四年了吧，我一直在追寻高原花草的芳踪，高原植物学成为我一门业余功课。是四年前某一天，川藏线上，站在一座雪山垭口，对着身边那些摇摆在风中的种种花朵，我突然发现自己对这些严酷自然环境中的美丽生灵一无所知，和绝大多数人一样，我甚至叫不上它们的名字。我突然因此感到惭愧。说自己如何热爱这块土地，却对这块土地上的许多事物一无所知。这个时代，爱成了一个任何人都可以轻易脱口而出的词语，同时，却对于倾吐热爱的对象茫然无知。

爱一个国，不了解其地理。

爱一个族，不了解其历史。

爱一块土地，却不了解大地集中所有精华奉献出的生命之花。

因此，一个伟大庄重的词终于泛滥成一个不包含任何承诺，也不用兑现的情感空洞。

我意识到了这种热爱因为缺乏对于对象的认知而变成了一种情感空洞。我决定不再容忍自己身上的这种荒唐的情感。

从此，当我在青藏高原这片我视为自己的精神高地上漫游时，吸引我的不再只是其历史，其文化，以及由历史与文化所塑造的今天的族群的情感与精神秘密。我也要关注这土地上生长的每一种植物。从此,不止是一个一个的人,而是每一种生命都成为我领受这片土地深刻教益的学习对象。

所以,我现在要去拜会那些在这个短暂的美好季节里竞相盛放的花朵。我很高兴新结识的当地朋友乐意陪伴我。我们调转车头,向草原深处驶去。我很高兴能把一种种自己认识的草木指示给这些比我年轻的朋友。

在这个高度上,已经没有了树木生长。于是,总是用藤蔓缠绕与攀爬的铁线莲失去了上到高处的依凭,在公路两边的砾石中四处铺展,同时奋力高擎起铃铛般的黄色花。

而一层层叶片堆叠而上,奇迹般长成一座座浅黄色宝塔的名叫苞叶筋骨草,一枚枚精巧的唇形花就悄然开放在层叠而上的苞叶下面。

当我们停下车来,草原上细密的白色小花从面前铺展开去,直到视线尽头山峰浓重的阴影中间。那是白花刺参,带刺的叶片间坚立起一根带棱的长茎,顶端举着数朵一簇的象牙白的唇形花。我趴在草地上,从镜头中注视这些花朵如何反射黄昏将临时那最变幻迷离的光线。我用微距镜头表现它们的细部特征,再换上一只广角镜头,表现这些美丽生灵的广布与纵深。

直到夕阳西下,最后的一片光线紫红的阳光消失时,仿佛听见六弦琴一声响亮的拨弦后余音悠远。

晚上,在没有桌子的板房中,趴在床边在电脑上整理这些照片,竟忘记约了那位为我演唱过格萨尔王传的民间艺人来谈话。他也不来打搅我,竟在院子中等到半夜三点!

在玉树,那么多美好的印象应接不暇。最令人难忘的,还是这些真诚朴质的老朋友与新朋友们带给内心的温暖。正是如此醇厚的温暖让这回短暂的走访显得更加短暂。

怀揣着那么多的感动，真的要离开了。

玉树，在此之前，我曾经拜访过它西北部的平旷荒野，也曾经游历过它偏南方向横断山区最北端的高山与深谷。现在，我又来到了它的心脏结古镇。来的时候，迎接我们的有酒，有歌。送别的时候，也是一样。可以说这是一场送别的盛宴吗？食物其实非常简单：现煮的牛肉和羊肉、油炸馓子、酸奶、青稞酒。但的确是一席盛宴。地点经过精心安排，开满了紫菀与毛茛的草滩上，一座美丽的白布帐篷，四壁挂着当地的摄影爱好者们精美的作品。还有那么美妙的歌声与敬酒。这些是受灾者也是重建者的人们用他们的豁达与乐观让我们领受一种文化的伟大力量。

这是最难分手的时候，我却再次要求几个朋友提前出发，再去看看机场路沿途那些前些天不及细看的花草。

我记得那一丛丛紫色的鼠尾草。

我的家乡距此将近两千公里，但那几位当地的朋友也和我一样，曾在童年时，把这些漂亮的管状花从花萼中拔出来，从尾部细细啜吸花朵中蕴藏的花蜜。现在，这些花一丛丛开放得那么茂盛，在强劲的高原风中不停摇晃。我拍下了它们美丽的身姿，在流云如浪花翻拂的高原的蓝空下面。我加大相机的景深，把丛丛蓝色花背后的河谷中通向深远的路，和一段高耸的曾经的陡峭河岸纳入背景。

几分钟后，我就将从这条路上去往机场。

我不想说再见。我对这些新朋友说，我还要再来。一个人来。我说出一个又一个的地名，都是玉树这片雄阔高原上，我从未到过的地方。还有一些，是去过了，但还想再去的地方。

我们正日渐廓清文化的来路，却还并不清楚文化去向未来的路径与方向。我相信,这个答案,只能从民间新生活中那些自然的萌芽中得到启发。能够找到吗?我不肯定。我唯一知道的只是,我们不能因此放弃了寻找。

大金川上看梨花

去看梨花。

去大金川上看梨花。

路远，四百公里。午饭后一算，出成都西北行已两百多公里。海拔不断升高，春花烂漫的成都平原已在身后，面前的雪山不断升起，先是看到隐约的顶尖，不多久，雪山就耸立在面前了。这哪里是去看梨花，是把春天留在身后，去重新体味正在逝去的冬天。

那条盘旋而上翻越雪山的公路已经废弃十多年了。我们从隧道里穿山而过，这么四五公里的路途，就已离开了岷江水系，进入了大渡河上游支流的梭磨河。道路转向，折向东南，沿河下行。眼前是海拔三千米的峡谷景色。

河岸两边是陡峭的峡壁。向阳的峡壁是草坡，是密闭的栎树林。背阴的峡壁上是满坡的杉树、松树与桦树。阳光是一个美术大师，利用峡谷的岩壁、森林、河流和纵横交织的山棱线勾勒出明亮与阴影的复杂分界，把一面面山壁和整条峡谷都变成了一幅取景深远的风景画。也许是怕这样的画面过于单调，风与云彩都会来帮忙。风摇晃那些树，其实就是摇晃那些光，使之动荡，使之流淌。一朵两朵的云飘来，遮住一些光，失去光照的部分便显得沉郁，未被遮没的部分便在阳光照耀下更加高亢更加明亮。视觉可以转换为听觉。真的似乎可以在这光影摇荡间听到声音。阴影部分是一支木管乐队，低回，沉郁，却也充满细节。春天了，林下的苔藓已一片潮润，正在返青，树木正展开根须，从解冻的土地中拼命吮吸水分，向上输送，到每一个细枝末节。森林虽未呈现绿色，却也能让人感到一派生机。而那些被阳光透耀的部分简直就是高亢明亮的铜管乐队在尽情歌唱。我耳边响起一些熟悉的旋律，比如柴可夫斯基《意大利随想》开始部分小号那召唤性的歌唱。

就这样沉湎于脑海中的乐音时，突然，峡谷敞开。山，变得平缓了，退向远处。河，不再是被悬崖逼向山根，而是回到谷地的中央，缓缓流淌。这些山谷就是河流日积月累的工夫造成的，河两岸的人家也是河流哺育的，河流应该在大地的中央。河岸的台地上应该有村庄，村庄周围应该有农田。那些村庄和田野的四周应该出现那些鲜明的花树。那是一树树野桃花开在村后的山坡，开在村前的溪边。那又仿佛弦乐队舒展开阔的吟唱。

停下车，走进一个村庄，我要去看那些野桃花。远看，野桃花一树树站在山下村前。近看，野桃花密密簇簇，缀满枝头。粉红色的花瓣被阳光透耀，有精致的绢帛质感。也许这种比方太精致了，与眼前的雄荒大野并不匹配。想起日本人永井荷风描写庭院中的桃花就用过这样的比喻："桃花的红色，是来自平纹薄绢的昔日某种绝品纹样的染织色。"永井荷风说，他写桃花所在的庭院狭小局促，甚至"不是一座为漫步而设的庭院，而是为在亭榭中缩着身子端坐下来四处打量而设的庭院"。而我现在却是在高天丽日下挺身行走，长风吹拂，田野包围着村庄，群山包围着田野。进入那个村庄。又走出那个村庄。风起处，吹落的野桃花瓣纷纷扬扬。走出那个村庄，村后的山坡上又是一个台地，坡地上仍然是开满繁花的野桃树。山坡上又是一个村庄。这是午后时分，沿着曲折的村道攀一个高台，走到上面的村庄。村子很安静，家家门上都落了锁，不知人都上哪去了。只有村前村后的野桃花安静而热烈地开着。这阔大、静谧又热烈的花事，保持着如此原初的风貌，没有什么现成的修辞可以援引。从这里，又可以张望到花开更热烈、更宁静的村庄。但这些桃花不是此行的重点。所以，张望一阵，也就回头下山，奔遥远的金川梨花而去。

这个地方叫松岗。一个藏语地名，对音成汉语，也倒有着自己的意思。岗上也未见松树，而是那些花树兀自开放。"松"，本是藏语，一个数量词，三的意思。三个什么呢？没有人，也无处去问了。

这一天上午，溯岷江而上，越走海拔越高，景色越来越萧瑟，完全是在离开春天。然后，在大渡河流域顺河而下，又一步步靠近了春天，进入了春天。与早晨刚刚离开的成都平原上的春天截然不同的春天。

又是一次山势的变化，又进入一个峡谷。

花岗岩的山壁更加陡峭，岩石缝隙中是一株株挺拔的柏树。这些柏树已被列为国家二级保护植物，名叫岷江柏。我在一本叫《河上柏影》的书中写过它们。这些墨绿色的树还在沉睡。树梢上还未绽出新叶。与之伴生的树却按捺不住了。山杨已经一树新绿，野桃花也一树树开得更加灿烂。这里，一条更大的河和梭磨河相汇，站在一面壁立的悬崖前，可以听到河水相激的隐隐回声。

这个悬崖壁立、悬崖上站着许多柏树的地方叫热觉。

峡谷再次敞开，谷中出现更多的村落，更多的开满花的树和正在绽放新绿的树。绿树是先长叶再开花的树，花树是先放花再长叶的树。

然后,二十公里左右吧,在一个叫可尔因的镇子上,开阔的谷地再次猛然收束。高高的花岗石山使得这个镇子一半在阳光下,一半在山影里。又一条从北而来的河流汇入。从此,这条水势丰沛的河就叫作大渡河了。

我们伴着大渡河又在浓重的山影里穿行。

峡谷更深,春天更深。悬崖间有了更多的绿树与花树。而且,间或出现的一个小村庄前,开放的已经不是野桃花,而是洁白的李花与梨花了。

这道峡谷我是熟悉的。四十年前,曾经开着拖拉机每天往返。现在,道路加宽了,路面也铺上了柏油,但山还是那些山,河还是那条河,公路依然顺着河,贴着山脚向前蜿蜒。何况,前年也是这个时节,我已经再次到访过这里。所以,我可以向同行的人预告,我们就快要冲出这景色雄伟的峡谷了。果然,前方的山渐渐矮下去,峡口处显现出越来越广阔的天空,可以看到越来越多的亮光闪闪的云团悬停在前面。

然后,车子从一面悬崖下的弯道上冲出去,河流猝然变宽变缓,刚才还滔滔翻滚,一冲出峡口便落下飞珠溅玉的浪头,变成了一匹安静的绿绸。大渡河是地图上的名字,在当地人口中,此河的这一段唤作金川。考究起来,河的得名,与过去沿河盛产黄金有关。但今天,淘金时代早已过去。倒是这一江水,在这宽阔的川西北高原的谷地中,孕育出一个"阿坝江南"。一县之名,也改为金川。几百年前,土司统治的时代,这里的藏语名字是曲浸,意思就是大河。到清末,改土归流,寓兵于民,叫过绥靖屯。民国间设县,叫作靖化。中华人民共和国成立后,改名金川县。这一县地名的演变,也可窥见治乱的兴替、时代的进步、文化的变迁。

　　已经夕阳西下时分。悬浮的白云镶上了金边。星罗棋布的村庄掩映在漫山遍野的梨花中间，炊烟四散。黄昏降临大地，梨花的色彩渐行渐淡，终于掩入夜色，变成一团团隐约的微光。

　　晚饭后，和县上的主人出来散步，但见河面辉映着满城灯火，晚风轻拂，带来了四野围城的梨花暗香。回到酒店，我特意打开房间的窗户，虽然春天的夜晚有新鲜的轻寒，但我不想把那些浮动的暗香隔在外面。躺在床上，突然想起川端康成一篇散文的名字《花未眠》。他写的是插在旅馆房中的海棠花："半夜四点醒来，发现海棠花未眠。"他是以惊喜的口吻来写这个发现的。的确，花，好些品种都会在夜里闭合打开的花瓣，当然，也有花是昼夜都开放的。我就曾经在原野静坐一个黄昏，看一群垂头菊，如何随着太阳光线的黯淡，慢慢闭合了花瓣。我也去观察过，一大片蒲公英怎样在太阳初升的清晨，在十多分钟的时间里打开它们闭合的花瓣。但夜里的梨花是什么情形，却未曾留心过，想必依然是在星光下盛开着的吧。

　　金川一县，大部分村落与人口都沿着大渡河两岸分布，从清朝乾隆年间开始便广植梨树。看前些年有些过时的统计资料，说四野中栽种的梨树达百万株了。金川全县人口七万余。城里人和高山地带的农牧业人口除外，摊到每个农业人口头上，那是人均好几十株了。所以，这里的梨花不是一处两处，此一园，彼一园，而是在在处处。除了成规模的梨园，村前屋后，地头渠边，甚至那些荒废的老屋基上，都是满树梨花。

　　一处处地想看完看尽，怕只是没有那么多时间，便挑两处去看。一处沙尔，一处噶尔。两处地方，如今都是藏汉民族杂居，你中有我，我中有你。地名也是藏语汉写。沙尔在金川河谷最宽处，两岸田畴绵延，村庄密集，填满了好几公里宽的谷地。田畴、道路、村落间所有的空隙，都站满梨树。梨花开满，如雾如烟。那些雾，那些烟，都似乎在将散未散之间。远山逶迤的山梁上昨夜又积上了新雪。春天，梨花开放时，这个地方往往低处下的是雨，高处降的就是雪。现在天放晴了，高处是晶莹的新雪，低处谷地里是雨后的梨花。一样的白，又是不一样的白。如雾如烟的白。不太知道是要马上散开，还是正在聚拢的白。在沙尔，我们去到山半腰，背后是积雪的山头，正好把这壮阔的美景尽收眼底。早餐时，餐厅墙上挂着的一张就是从现在这个位置拍摄的照片。县委书记说，有客人看了这张照片，不以为是真实景色，而是一张P图，因为他们不是在梨花盛开的时节来的，不相信积雪的山头和谷中的梨花可以同框，可以这样交相辉映。可是现在，我们就站在这美景中间了。太阳正在升起来，阳光照耀之处，那些梨花变幻出了更加迷离的光芒。

我们下山，要到那些村中去，要到那些如云如雾的梨花林中去。

那是一个很大的梨园，十几级依山而起的梯田。雪山还在远处的蓝空下面，我们已经在这里身陷于盛开的鲜花阵中了。梨树都很高大，没有过多地修剪，都是自由舒展地生长。树干粗粝、苍老，分枝遒劲，生机勃勃，每一个枝头，就是一簇簇繁密的花朵。少的十多二十朵，我数了最繁密的一枝，竟有八十多朵！再移步近观，那些花朵的细部就呈现在眼前。像蔷薇科的所有亲戚一样，梨花也是五出的瓣，此时，它们被阳光照耀着，格外明亮耀眼，同时也散发着格外浓烈的香气。香气那么浓烈，让人觉得有一层雾气萦绕在身边。又似乎是梨花的白光从密集的花团中飘逸而出，形成了隐约的光雾——花团上的白实在是太浓重了，现在，阳光来帮忙，让它们逸出一些，飘荡在空中，形成迷离的香雾。我架好照相机，在镜头中再细细打量那些花朵。比起野桃花那薄如绢帛的花瓣来，梨花的瓣就丰腴多了，也滋润多了，是绸缎的质感。就那样，五个花瓣捧出了丝丝青碧的花蕊。每一支蕊的顶端都是一团花粉。花刚开时，花粉是红色的，两天三天后，就渐渐变成了沉着的黑色。它们在等蜂来，把它们带到另外的一朵花上，落在每一朵花最中央羞怯地低着身子的花房上。于是，生命的奇迹发生，那是花的美妙性事。从此，我们可以期待秋天的果实。当然，传播花粉更有效的还有风。这大山谷地中，风是可以期待的，谷中的空气受热上升，雪山上的冷空气就下沉来填补。空气对流，这就是风。风把花粉从这一群花带到那一群花，从这几树带到另外的那几树。风不大，那些高大的树皮粗粝苍老的树干纹丝不动，虬曲黝黑的树枝却开始摇晃，枝头的花团在这花粉雾中快乐地震颤，那是生命之美。我的眼睛在相机的取景器上，手却忘记了按下快门，而我脚下的梨园土地上，满是乡民栽种的牡丹，此时正在抽茎，肉红色的叶芽像婴儿的小手般团在一起，再有几场太阳，再有几场风，再有几场夜雨，那些叶子就要像手掌一样张开了。

我就这样在梨花深处几乎忘记了身在何处。

我在这里阅读自然之书。美国自然文学家约翰·巴斯勒说："伟大的自然之书就摊放在他面前，他需要做的只是翻动书页而已。"而在此时，梨园顺着一级级黄土台地依山而起，梨花怒放，风摇动了一切，我只是站在那里，那些书页也是由午间的谷中风一页页地翻动。

这时，风止歇，一阵高潮已然过去了。

我们离开沙尔，去往另一个目的地噶尔。这也是一个藏语的地名，这个名字曾在清代乾隆年间的史料中频繁出现，不过是音译为噶喇依而已。那里曾是当年金川土司的一个坚固堡垒。乾隆皇帝派重兵进剿，费去十数年时间、数万条生命，才将大金川地区征服。此地面对大渡河有一块平整的土地，是肥沃的良田，如今，麦田青秀，油菜花金黄，挺拔的梨树高擎着一树树繁花点缀其间。一派平和景象。当年这片土地却浸透了对战双方数千生命的鲜血。

我不止一次来过这里，我想我应该逢着一个人，一个村子里的贤人，这个村庄中一个老人。果然，他已经在那里等着我们一行人了。差不多三年不见，老头子依然腰板挺直，精气旺盛。我问他带着酒没有。他笑笑，从身上掏出一个扁平的金属壶，像美国西部片中那些马上英雄必带的那种，他拧开盖递到我手上。我喝了一大口，酒辣乎乎地下到胃里，又热烘烘地上攻到头上。太阳也热烘烘明晃晃地照着，立马我就感觉到了在花间嘤嘤歌唱的蜜蜂都钻到脑袋里来了。他问我酒够不够劲。我说你更有劲。他说，我看了你最新的书。这个老农民闲来无事，研究当年发生在这里的战史，并不惮繁难数年如一日地为游客做义务讲解。一到这里，导游都自动躲在一边，任他引领游客了。

我们从河边的平地沿着陡峭的台阶拾级而上，台阶两边，全是过去堡垒的残墙。残墙间站满了苍老的梨树，好些树的树冠已经干枯了，在蓝空下依然展开苍劲黝黑的枝柯。而树的下半部，那些枝柯依然生机勃勃，盛放着耀眼的梨花，一路护持我们登上那条像鼻一样伸向河岸的山梁。如今，那些厚墙高矮的堡垒都倾圮了。废墟之上，盖了一座御碑亭，其中立着乾隆皇帝撰文题写的《御制平定金川勒铭噶喇依之碑》。义务导游带着我的同行进了碑亭，我没有进去。我熟读过那通碑文。乾隆当然要写碑了，平定金川之役是他十大武功之一。我就是四处走走看看。我去看一种早放的野花,这丛顽强的灌木从水泥阶梯的护墙缝隙中伸展出细枝,开出了成串的花朵。这是醉鱼草科的迷蒙花,它的香气强烈,嗅闻久了,让人有迷离的感觉。我听见那位村中贤人洪亮的声音在亭子中回荡。他在讲述一场远去的战争。那些熟悉的人名地名断断续续飘到我耳中。我还是坐在那里,头顶着烈日看那丛迷蒙花。后来,他们从亭子里出来了。我听到有人在问他的身份。不是问他是什么职业,而是民族身份。这其实是问他,到底是被征服者的后代还是征服者的后代。他们去看梨花了,我遇见了几个熟人,与他们说话,所以没有听见他如何回答。他本人的具体情形我不了解,但在大金川河谷中生活的大多数人,他们既是征服者的后代,也是被征服者的后代。当年惨烈的战事结束以后,当地人中男丁几乎死伤殆尽,清廷为了长治久安,活下来的士兵留下来就地屯垦,外来的士兵配娶当地妇女,共同劳作,繁育后代,使这片渡尽劫波的大地重新恢复了生机。

  我查过金川一地很多资料,看这漫山满谷的梨树是什么时候有的。果然就在不同的书中发现一鳞半爪的线索。一本当时人的笔记讲到战前当地的物产,就说当地有叫查梨的梨树。又在后来的史料中发现,说有留下屯垦的山东籍士兵从老家带来了梨树种子,与当地的梨树嫁接后,新的梨树结果出了鸡腿形的、甜美多汁而几乎无渣的果实,因为这种新的梨树生长在雪山之下,就名为雪梨,又名金川雪梨了。从此,这个世界上就多了一种树,一种梨树。不知是什么时候,这些新的梨树就站满了大金川河谷,改变了这个河谷的景观。而多民族的融合也改变了这里的人文风貌。新民植育梨万树,生涯不复旧桑田。后一句引自晁补之《流民》。前一句是我编的。如此,大致能概括乾隆年间的惨烈战争后大金川一带地方的变化吧。

当地政府有一个强烈的意图,就是把种植农业往观光方向转化。这样满山满谷的梨花,的确是一个很好的观光资源。杜甫诗:"高秋总馈贫人食,来岁还舒满眼花"虽是写桃树,但移至梨花上,也很恰切。物以致用,先是用的,这个功能实现后,其审美性的观赏功能或许更有价值。我们这一行,就是受邀来看梨花、写梨花的。可怎么写这些开放在雄荒大野、野性而生机勃勃的梨花的确是个问题。这几天,老听人在耳边念岑参的诗:"忽如一夜春风来,千树万树梨花开",我心里却不满足。虽有他写的跟眼前景色一样的壮阔,但那诗到底是写雪,写唐时轮台的雪,只是用梨花作比附。真正到古诗词中找写梨花的诗句,都是写那小山小水小园中的,到底显得过于纤巧,与我们眼前的金川梨花并不相宜:

> 梨花雪压枝,莺啭柳如丝。(温庭筠)
> 梨花千树雪,柳叶万条烟。(李白)
> 梨花如静女,寂寞出春暮。(元好问)

再有些感怀时,一腔春愁,更与眼前这轰轰烈烈的花开盛景不能相配:

> 梨花近寒食,近节只愁余。(杨万里)
> 梨花有思缘和叶,一树江头恼杀君。(白居易)

我在这盛开着梨花的高山深谷中行走,只感到勃勃生机的感染,即便有些真愁或闲愁,此时,都烟消云散了。

梨树都是梨树,但有不同姿态;梨花都是梨花,却开出不同格调。何况树由人植,人群更是各个不同,金川的人民,历史将其造成了特别的族群。树生别境,这里雄阔的雪山大川,化育了这种接近原生状态的梨树。中国文学书写草木,尤其是散文书写,常常套用传统文化中那些托物寄情、感时伤春的熟稔路数,情景相近时,虽也恰切,却了无新意。中国的地理和文化多样性都很丰富,同一个植物在不同的情境中,自然就发生不同的情态与意涵。所以,不看主客观的环境如何,只用主要植根于中原情境的传统审美中那些言说方式,就等于自我取消了书写的意义。日本作家永井荷风在写梅花时就注意到了这个问题。他说:"我一望见梅花,心绪就一味沉浸于测试有关日本古典文学的知识当中。梅花再妍美动人,再清香四溢,我们个性的冲动却在根深蒂固的过去权威欺压下顿然消萎。汉诗和歌跟俳句,已经一览无余地吸干了花的花香。"美国文化批评家苏珊·桑塔格也说过艺术创新的根底,就是培养新感受力。也就是说,对于不同的对象,要有新的体察与认知。在这一点上,永井荷风也说过意思相近的话:"我们首先须清心静虑,以天真烂漫的崭新感动,去远眺这种全新的花朵。"

的确,如果对此种写作方式缺乏应有的警惕,那就滑入那些了无新意的套路。我看梨花,就成了"我看"梨花,而真正重要的是我看"梨花"。前一种仅仅是一种姿态;后一种,才能真正呈现出书写的对象。今天,游记体散文面临一个危机,那就是只看见姿态,却不见对象的呈现。如此这般,写与没写,其实是一样的。法国有一个批评家曾经指出,无新意的文本,造成的只是一种"意义的空转"。空转是什么意思,就是汽车引擎发动了,却不往前行进。对于文学来说，文字铺展开来，却没有发现新的东西，那就是意义的空转。

所以，我看金川的梨花既考虑结合当地山川与独特人文，同时也注意学习植物学上那细微准确的观察。写物，首先得让物得以呈现，然后涉笔其他才有可信的依托。

还想到一点，旅游、观赏，是一个过程，一个逐渐抵达、逼近和深入的过程。这既是在内省中升华，也是地理上的逐渐接近。所以，我也愿意把如何到达的过程也写出来，这才是完整的旅游。看见之前是前往，是接近，发现之前是寻求。我愿意用这样的方式去发现一片土地，去看见大金川上那些众多而普通的梨花。

成功，在高旷荒原上突然闯入的词

知道四川省青联正在编辑这样一本书的时候，我正在海拔5000多米的唐古拉山上。

5月，内地已是春暖花开，而那里劲吹的暴风中却裹挟着纷飞的雪片。我作为南方某著名媒体的采访嘉宾正同几个年轻的记者在青藏铁路沿线采访，正在铁路线遒劲穿越的昆仑山和唐古拉山之间那片高旷的荒原。年轻的司机因为缺氧倒下了，我临时兼任了我们这辆车的司机，载着我们年轻的摄影师，不断地追逐行驶的火车，为了让他拍到一些火车在雪山下、在旷野中奔驰的美丽镜头。我们不断狂奔，超过火车，跑到前面某个预计可以拍到精彩画面的地方，静静地等待火车在旷野上，在深远明净的高原天空上蜿蜒而来，我坐在驾驶座上，感到发动中的汽车引擎轻轻的震颤，听车外的快门声和同行记者们兴奋的叫声响成一片。等到火车在视线尽头顺着山势转出一个优美的弧线，消失在蓝天下面，大家又跳上车来，我一轰油门，开始下一轮有些疯狂的追逐。这一天，手机间或在冲锋衣口袋中轻轻颤动，提示它的主人来了电话或短信，我都没有去理会。直到下午，太阳西沉，我们的追逐之旅也到了最后一站，长江源沱沱河上那数公里长的铁路桥上。所有人手中的"长枪短炮"（指摄影工具）都准备好了。桥上的天空，淡淡的云彩正在幻化成绯红的霞光，桥下那漫长曲折的河流闪烁着金属般的光芒，仿佛那不是水流，而是一种超现实的意念，映射着非物质的辉光。

大家都坐在高高河岸上等待这一天的最后一组镜头。我也从车上走下来，备好了相机，坐在河岸边稀疏的草地上。天地间一片安详，好像火车这样的事物在这个世界上从来就不会存在一样。我从口袋里掏出手机，检索一个个未接电话和未曾阅读的短信。而省青联秘书处的一条短信就在其间，意思是说，他们正在编辑一本书，把曾经当选过省"十杰"青年的人以这样一种形式重新聚集在一起，需要每个人选者谈谈感想，来"感悟成功"。

我必须说，在这样一个高度上，在这样一个四顾皆一片空茫之处，"成功"这样一个词从手机屏幕上跳进脑海里，真的容易引起一种虚无之感。

我不知道是不是因为自己身处在西部中国这样荒僻而遥远的地方，就觉得曾经的那些事情一下子离自己非常遥远了。是的，领奖台上摇曳变幻的聚光灯，那些掌声，那些短暂的激情迸发，在这一刻都非常非常的遥远了。于我而言，不知此时的空旷与彼时的喧哗哪一个对自己的生命来讲更为真实。这段时间，每天掏出卫星定位仪来，都看到所处的海拔在节节升高。从格尔木出发踏上青藏线的前一天下午，特意去看了昆仑山下的第一个车站玉珠峰车站，那里的标高是4100米，现在，我们节节上升，已经在4700米的高度上了。明天，我们还将上到海拔5200米以上的高度。那么，当年的奖杯、鲜花和掌声，也就是一个人一生中，曾经经过的一个海拔高度吧。一个人的年轻时代，正是生命急速上升的时期。如果说，我个人有什么幸运之处，就是恰好自己生命的青年时代也是我们这个重新焕发了活力的国家经历巨大变革与快速发展的二十世纪的八十年代与九十年代。是的，不是每一个人的青春歌唱都能融入一个伟大时代的合唱;不是每一个人的青春激情,都能在一个时代的脉搏中起舞跳荡!青联的短信通知里说,那是一种成功,要我今天来感悟这成功。但这时,我的耳边却响起一位欧洲古代哲人的诗句:

名声看起来是多么美好,
但这动听迷人的声音,不过是一曲回声。

这样的诗句里有一点悲观,有一点虚无。但我想,当我们谈论成功的时候,这样一种态度可能比一味的沉缅更有意义。这样的看法与态度,可能会使我们面对所谓成功的时候,更加冷静与理智。在我个人的经验里,对所谓成功的过度追求与沉湎,往往可能使我们过于高估个人的能力,并进而陷入自恋的迷狂。对一个理性的人来说,成功也是一个时代赐予的机遇,机遇总是暂时性的,所以,所谓成功,不过是重新出发的时候的一个新的起点,一个在同一行业领域中稍稍早于别人或略略高于别人的一个起点。成功不是登山,登上了珠穆朗玛峰,这个世界便不再有更高的山峰。更何况,也永远不会有一个登顶者,长待在那个最高处不下到世界的低处。他必须下来,这个必须是自然规律,是天道对人的一种制约。这种制约让人自省,让人感到自身的力量的同时,也感到自身的局限。自然和历史的规律不会让一个幸运的登顶者在世界的绝顶处永远沉醉于成功的眩晕!

几天后,我到了云南。我们正沿着一条叫作红河的大河的流向一路向南。这是另一片高原,但海拔高度降低了,也就是1000多米。同行的人换了一批,其中一些人也有轻微的高原反应,因为氧气减少了。我也在反应,氧气对我来说太多了,叫人总在车上昏昏欲睡。就在这个时候，青联再次打来电话，催问稿子的事情，而写这样的稿子，就必然要去回味当年的鲜花与掌声，而相对于青藏高原已经太多的氧气却让我提不起精神。我想，这正好是一种命运之神赐予的特别的隐喻。这个隐喻的本义，正是法国哲人蒙田一篇文章的题目：命运的安排往往与理性不谋而合。

成功者可能走向新的成功，成功者也可能在辉煌一刻后，走入永远的平凡。这里，就有了两种危险。一种，成功者头上套着一个光环，开始远离自己的事业，在我们社会这个过于注重成功者的机制中，谋取更多的功名；一种，把短暂的成功当成永远的幻觉，犹如一个在过多的氧气中昏昏沉睡的人。其实，不同高度上氧气的含量早由自然规律进行了规定，因为缺氧而眩晕，因为氧气过多而昏睡，都是人自身的不适应。自然界就用这样的方法警醒人类，通过适应程度进行优胜劣汰，而在人生的道路上，社会的机制也是一个永恒的法则，它制造成功，也制造失败。在用成功制造成功的同时，也用成功制造出更多的失败。所以，我想，感悟成功，就是感悟成功之后命运各种可能的走向。而曾经的成功者之后的种种走向，也正是给后来者一个全面的启示。

今天，社会对成功者的所谓关注，过于注重于对成功本身，而不太关注走向成功的途径，这其实才是一个全社会应该给予更多关注的问题，因为成功的方法与途径包含了更多的道德与伦理因素。

相对于短暂的成功，持久的道德与伦理无论对一个个体的人，还是对一个民族与国家，都是更为关键而持久的精神与文化的核心。

又想起一个也是旅途中的小故事。今年4月，因为一本新书译本的出版，在瑞士与德国待了一些时候。在苏黎世，我想去积雪尚未消融的阿尔卑斯山里看看。我的小说的德文翻译阿丽丝坚持要让我带一些巧克力进山，理由有两个，一个当然是巧克力的高热量，另一个，因为"我们瑞士的巧克力是欧洲最好的巧克力，一定要品尝品尝"。一个东西既然是一个地区的标志性产品，免不了四处都开着专对外国游客的专门商店。但阿丽丝只是一个劲地往前走，我想，我们是在经过了十多家巧克力店以后，才进了一家大的百货公司，在自动电梯上连上数层才来到几架巧克力面前。还是路边店里那些牌子，价格也未见得便宜。但很显然的是，她感到非常满意了。在楼下喝咖啡的时候，我问她为什么要跑这么远来买同样的东西。她脸上现出了一本正经的表情，说："因为这是一家有道德的商店。"不是因为这家的巧克力更好，而的确因为这是一家有道德的商店，所以，当地人对这家店表示支持就是尽量到这里来消费。

我没有问有道德的表现是哪些，但我知道，他们选择消费的地方包含了道德的衡量。这个问题，比后来置身阿尔卑斯那些纯净的雪峰中间时引起了我更多的感触与思量。

大地的语言

一

朋友来电话，招呼去河南。从来没有去过河南，从机场出来，上高速，遥遥地看见体量庞大的郑州市出现在眼前。

说城市体量庞大，不只是出现在视线中那些耸立的高大建筑，而是说一种感觉：那隐没在天际线下的城市更宽大的部分，会弥散一种特别的光芒，让你感觉到它在那里。声音、尘土、灯光，混同、上升、弥散，成为另一种光，笼罩于城市上方。这种光，睁开眼睛能看见，闭上眼睛也能看见。这种光吸引人眺望，靠近，进入，迷失。但我们还是一次次刚刚离开一座城市就进入另一座城市。重复的其实都是同一种体验：在不断兴奋的过程中渐渐感到怅然若失。我们说去过一个省，往往就是说去省会城市。所以，此行的目的地我也以为就是眼前已经若隐若现的这个城市。汽车拐上了另一条高速路，这时才知道此行的目的地，下面的周口市，再下面的淮阳县。

还在车上，热情的主人已经开始提供讯息，我知道了将要去的是一个古迹众多的地方。这些古迹可不是一般的古迹，都关乎中华文明在黄河在这片平原萌发的最初起源。这让我有些心情复杂。当"河图""洛书"这种解析世界构成与演化的学问出现在中原大地时，我的祖先尚未在人类文明史上闪现隐约的身影。所以，当我行走在这片文明堆积层层叠叠的大地之上时，一面深感自己精神来源短暂而单一，一面也深感太厚的文明堆积有时不免过于沉重。而且，所见如果不符于想象时，容易发出"礼崩乐坏"的感叹。

我愿意学习，但不论中国还是外国，都不大愿意去那种古迹众多的地方。那种地方本是适于思想的，但我反而被一种莫名的能量罩住了，脑袋木然，不能思想。这也是我在自由行走不成问题的年代久久未曾涉足古中州大地的原因吧。

拜血中的因子所赐，我还是一个自然之子，更愿意自己旅行的目的地，是宽广而充满生机的自然景观：土地、群山、大海、高原、岛屿、一群树、一棵草、一簇花。更愿意像一个初民面对自然最原初的启示，领受自然的美感。

在那些古迹众多之地，自然往往已经破碎，总是害怕面对那种一切精华都已耗竭的衰败之感。更害怕大地的精华耗竭的同时，族群的心智也可怕地耗竭了。所以，此行刚刚开始，我已经没有抱什么特别的希望。

二

行车不到十分钟，就在我靠着车窗将要昏昏然睡去时，超乎我对河南想象的景观出现了。

这景观不是热情的主人打算推销给我们这群人的。他们精心准备的是一个古老悠久的文化菜单，而令我兴奋的仅仅是在眼前出现了宽广得似乎漫无边际的田野。

收获了一季小麦的大地上，玉米，无边无际的玉米在大地宽广中拔节生长。绿油油的叶片在阳光下闪烁，在细雨中吮吸。这些大地在中国肯定是最早被耕种的土地，世界上肯定也少有这种先后被石头工具、青铜工具、铁制工具和今天燃烧着石油的机具都耕作过的土地。人类文明史上，好多闪现过文明耀眼光辉，同时又被人类自身推向一次次浩劫的土地，即便没有变成一片黄沙，也早在过重的负载下苟延残喘。

翻开一部中国史，中原大地兵连祸接，旱涝交替。但我的眼前确实出现了生机勃勃的大地，这片土地还有那么深厚肥力滋养这么茁壮的庄稼，生长人类的食粮。无边无际的绿色仍然充满生机，庄稼地之间，一排排的树木，标示出了道路、水渠，同时也遮掩了那些素朴的北方村庄。我喜欢这样的景象。这是令人感到安心的景象。

如今是全球化城市化时代，在我们的国家，数亿农民耕作的田野，吃力地供养着越来越庞大的城市。农业，在经济学家的论述中，是效益最低，在GDP统计中越来越被轻视的一个产业。在那些高端的论坛上，在专家们演示的电子图表中，是那根最短的数据柱，是那根爬升最乏力的曲线。问题是，他们当中的任何一个人，又不能直接消费那些爬升最快的曲线。不能早餐吃风险投资，中餐吃对冲基金，晚间配上红酒的大餐不能直接是房地产，尽管厨师也可以把窝头变成蛋糕，并把巧克力蛋糕做成高级住宅区的缩微景观，一叉，一座别墅，一刀，半个水景庭院。那些能将经济高度虚拟化的赚取海量金钱的聪明人，能把人本不需要的东西制造为巨大需求的人，身体最基本的需求依然来自土地，是小麦、玉米、土豆，他们几十年生命循环的基础和一个农民一样，依然是那些来自大地的最基本的元素。他们并没有进化得可以直接进食指数、期货、汇率。但他们好像一心要让人们忘记大地。这个世界一直有一种强大的声音，在告诉人们，重要的不是大地，重要的不是大地哺育人类那些根本的东西。

一个叫利奥波德的美国人在半个多世纪前就质疑过这种现象，并认为造成这种现象的原因是几千年的人类历史只发展出"处理人与人之间关系"的伦理观念，一种人与财富关系的伦理观念。并认为这种观念大致构成两种社会模式，一种用"金科玉律使个人与社会取得一致"，一种则"试图使社会组织与个人协调起来"。"但是，迄今为止没有一种处理人与土地，以及人与在土地上生长的动物和植物之间关系的伦理观"。

伦理观是关乎全人类的，不幸的是，我们并不生活在一个一切社会规则以全体人类利益为考量的世界上。现在的价值体系中，世界上所有的一切都只是资源。人是资源，土地也是资源。当土地成为资源，那么，在其上种植庄稼，显然不如在其上加盖工厂和商贸中心。这个体系运行的前提就是，弱小的族群、古老的生活方式需要为之付出巨大的牺牲。

农业需要作出牺牲，土地产出的一切，农民胼手胝足的劳动所生产出的一切，都是廉价的，因为有人说这没有"技术含量"。几千年才培育成今天这个样子的农作物没有技术含量，积累了几千年的耕作技术没有技术含量，因为古人没有为了一个公司的利益去注册专利。玉米、土豆在几百年前从美洲的印第安人那里传入了欧洲与亚洲，但墨西哥的农民还挣扎在贫困线上，他们离井背乡，在大城市的边缘地带建立起全世界最大的贫民窟，只为了从不得温饱的土地上挣脱出来，到城市里去从事最低贱的工作。我曾经在墨西哥那些被干旱折磨的原野上，在一株仙人掌巨大的阴凉下黯然神伤。我想起一本描述拉丁美洲如何被作为一种资源被跨国资本无情掠夺的书：《拉丁美洲：被切开的血管》。如果书名可以视为一种现实的描述，那么，我眼前这片原野的确已经流尽了鲜血。眼前的地形地貌，让我想起胡安·鲁尔福的描写乡村破败的小说《教母坡》中的描述："我每年都在我那块地上种玉米，收点玉米棒子，还种点儿菜豆。"但是，风正在刮走那些地里的泥土，雨水也正冲刷那些土地里最后一点肥力。

三

今天，在远离它们故乡很远很远的地方，我看见一望无际的玉米亭亭玉立，茎并着茎，根须在地下交错，叶与叶互相摩挲着絮絮私语，它们还化作一道道的绿浪，把风和自己的芬芳推到更远的地方。在一条飞速延展的高速公路两边，我的视野里始终都是这让人心安的景象。

转上另外一条高速路，醒目的路牌标示着一些城市的名字。这些道路经过乡野，但目的是连接那些巨大的城市，或者干脆就是城市插到乡村身上的吸管。资本与技术的循环系统其实片刻不能缺少从古至今那些最基本的物质的支撑。但在这样的原野上，至少在我的感觉中，那些城市显得遥远了。视野里掠到身后，以及扑面而来的，依然是农耕的连绵田野。

我呵气成雾，在车窗上描画一个个汉字。

这些象形的汉字在几千年前，就从这块土地上像庄稼一样生长出来。在我脑海中，它们不是今天在电脑字库里的模样，而是它们刚刚生长出来的时候的模样，刚刚被刻在甲骨之上的模样，刚刚被镌刻到青铜上的模样。

这是一个个生动而又亲切的形象。

土。最初的样子就是一棵苗破土而出，或者一棵树站立在地平线上。

田。不仅仅是生长植物的土壤，还有纵横的阡陌、灌渠、道路。

禾。一棵直立的植株上端以可爱的姿态斜倚着一个结了实的穗子。

车窗模糊了，我继续在心里描摹从这片大地上生长出来的那些字：麦。黍。瓜。麻。菽。

我看见了那些使这些字具有了生动形象的人。从井中汲水的人。操耒犁地的人。以臼舂谷的人。

"爰采麦矣？沫之北矣。"

眼下的大地，麦收季节已经过去了，几百年前才来到中国大地上的玉米正在茁壮生长。那些健壮的植株上，顶端的雄蕊披拂着红缨，已然开放，轻风吹来，就摇落了花粉，纷纷扬扬地落入下方那些腋生的雌性花上。那些子房颤动着受孕，暗含着安安静静的喜悦，一天天膨胀，一天天饱满。待秋风起时，就会从田野走进了农家小小的仓房。

就因为在让人心生安好的景色中描摹过这些形状美丽的字眼，我得感谢让我得以参加此次旅行的朋友。

就在这样的心情中，我们到达了周口市淮阳县。我是说到达了淮阳县城，因为此前，已经穿过了大片属于淮阳的田野。让人心安的田野，庄稼茁壮生长的田野，古老的，经历了七灾八难仍然在默默奉献的田野。还未被加工区、开发区、新城镇分割得七零八落的田野。

四

没想到此地有这么大个还活着的湖。

我说活着的意思,不只是说湖盆里有水。而是说水还没有被污染,还在流动循环,晚上,住在湖边的宾馆里,浏览东道主精心准备的文化旅游菜单,就可以闻到从窗外飘来水和水生植物滋润清新的气息。

有了这份菜单上的一切,淮阳人可以非常自豪,对我而言,不要菜单上这一切的一切,我也可以说我爱淮阳。爱窗外广大的龙湖。爱曾经穿越的广阔田野。爱那些茁壮生长的玉米。想着这些的时候,电视里在播放新闻,是世界性粮食危机的消息。其实,不要这样的消息佐证,我也深爱仍有人在勤勉种植,仍然有肥力滋养出茂盛庄稼的田野。但这样的消息能让人对这样的土地加倍地珍爱。

席上,主人向我们介绍淮阳。太昊。伏羲。神农。八卦。陈。宛丘。虽然肉体不是华夏血脉,但精神却受此文明深厚的滋养,但我更愿意这种滋养是来自典籍浩然的熏染,而不是在一个具体的地点去凭吊或膜拜。饭后漫步县城,规模气氛都是那种认为农耕已经落后、急切地要追上全球化步伐的模样——被远处的大城市传来的种种信息所强制、所驱迫的模样。是一个以农耕供养着这个国家,却又被所忽视的那些地方的一个缩影。

晚上,在宾馆房间里上网搜寻更多本地资讯。单独的词条都是主人热心推荐过的,就是在本地政府网站上,关于土地与农业介绍也很简略,篇幅不长可以抄在下面:

> 淮阳县地处黄河冲积扇南缘，属华北平原的一部分……地势由西北向东南倾斜。西北海拔高度50米，东南海拔高度40米，……全县总土地面积220.18万亩，其中耕地面积177.32万亩，占总土地面积的80.53%，土壤主要有两合土、砂土、淤土三大类。土质大都养分丰富，肥力较高，疏松易耕，适于多种农作物和林木生长。县境内地势基本平坦，但由于受黄河南泛多次沉积的影响，地面呈"大平小不平"状态，造成了许多面积大小不等深度不一的洼坡地，其面积约48万亩，占总耕地面积的27%。这些洼坡地昔日是大雨大灾，小雨小灾，"雨后一片明，到处是蛙声"，十年九不收。新中国成立后，党和政府带领全县人民对洼坡地连年进行治理，现已是沟渠纵横交错，排水系统健全，历史上的涝灾得到了根治，昔日"十年九不收"的洼坡地已变成"粮山""棉海"。

正是这样的存在让人感到安全。道理很简单，中国的土地不可能满布工厂。中国人自己不再农耕的时候，这个世界不会施舍给十几亿人足够的粮食。中国还有这样的农业大县，我们应该感到心安。国家有理由让这样的地方，这样地方的人民，这样地方的政府官员，为仍然维持和发展了土地的生产力而感到骄傲，为此而自豪，而不因另外一些指标的相对滞后而气短。让这些土地沐浴到更多的政策性的阳光，而不是让胼手胝足生产的农民都急于进入城市，不是急于让这些土地被拍卖，被置换，被开发，被污染，并在其耗尽了所有能量时被遗弃。

我相信利奥波德所说："人们在不拥有一个农场的情况下，会有两种精神上的危险。一个是以为早饭来自杂货铺，另一个是认为热量来自火炉。"其实，就是引用这句话也足以让人气短。我们人口太多，没有什么人拥有宽广的农场，我们也没有那么多森林供应木柴燃起熊熊的火炉。更令人惭愧的是，这声音是一个美国人在半个多世纪前发出来的，而如今我们这个资源贫乏的国家，那么多精英却只热衷传递那个国度华尔街上的声音。

我曾经由一个翻译陪同穿越美国宽广的农耕地带，为的就是看一看那里的农村。从华盛顿特区南下弗吉尼亚常常看见骑着高头大马的乡下人，伫立在高速公路的护坡顶端，浩荡急促的车流在他们视线里奔忙。他们不会急于想去城里找一份最低贱的工作，他们身后自己的领地那么深广：森林、牧场、麦田，相互间隔，交相辉映。也许他们会想，这些人匆匆忙忙是要奔向一个什么样的目标呢？他们的安闲是意识到自己拥有这个星球上最宝贵的东西时那种自信的安闲。就是不远处，某一座小丘前是他们独立的高大房子，旁边是马厩与谷仓。在中西部的密西西比河两岸，那些农场一半的土地在生长小麦与大豆，一半在休息，到长满青草的时候，拖拉机开来翻耕，把这些青草埋入地下，变成有机肥让这片土地保持长久的活力。

就是在那样的地方，突然起意要写一部破碎乡村的编年史《空山》。我就在印第安纳大学旅馆里写下最初那些想法。看到大片休耕的田野，我写道："这是在中国很难看到的情形，中国的大地因为那过重的负载从来不得休息。"

在那里，我把这样的话写给小说里那个故乡村庄："我们租了一辆车，从六十七号公路再到三十七号。一路掠过很多绿树环绕的农场。一些土地正在播种，而一些土地轮到休息。休息的地开出了这年最早的野花。"

从那里,我获得了反观中国乡村的一个视点。

我并不拒绝新的生活提供的新的可能。

但我们不得不承认,城市制造出来的产品,或者关于明天,关于如何使当下生活更为成功更为富足的那些新的语汇,总是使我们失去内心的安宁。城市制造出来了一种蔑视农耕与农人的文化。从城市中,我们总会不断听到乡村衰败的消息,但这些消息不会比股指暂时的涨落更让人不安。我们现今的生活已经不再那么静好简单了,以至于很多的东西不能用一个字来指称,而要组成复杂的词组。词组的最后一个字都是"化",城市化。工业化。市场化。商品化。全球化。这个世界的商业精英们发明了一套方法,把将要推销的东西复杂化,发明出一套语汇,不是为了充分说明它,而是将其神秘化,以此十倍百倍地抬高身价。

粮食危机出现了,但农业还是被忽视。这个世界的很多地方饿死人了,首先饿死的多半是耕作的农民。比如,我们谈论印度,不是说旱灾使多少农民饿死,多少农民离乡背井,大水又淹没了多少田野,对于这个疯狂的世界,这是可以忽略不计的大概率事件。媒体与精英们最热衷的话题是这个国家又为欧美市场开发了多少软件,这些软件卖到了怎样的价钱。不反对谈论软件,但是不是也该想想那些年年都被洪水淹没的农田与村落,谈谈那些天天都在种植粮食却饿死在逃荒路上的人们?或者当洪水漫卷,国家机器开动起来救助一下这些劫难中的供养人时,城里人是不是总要以拯救者的面目像上帝一样在乡村出现?

五

平粮台。

这是淮阳一个了不起的古迹。名副其实,这是一个在平原上用黄土堆积起来的高台。面积一百亩。被认定为中国最古老的城池——宛丘。

> 子之汤兮,宛丘之上兮。
> 洵有情兮,而无望兮。

从那么久远的古代,原始的农耕就奉献出所有精华来营造城市,营造由自己供养,反过来又慑服自己的威权了。这个龙山文化时期就出现的城市的雏形如果真的被确认,无疑会在世界城市史上创造很多第一,从而修正世界城市史。几千年过去了,时常溢出河道的黄河水用巨量的泥沙把这片平原层层掩埋。每揭开一层,就是一个朝代。新生与毁灭的故事,陈陈相因,从来不改头换面。但这个高丘还微微隆起在大平原上。它为什么不仍然叫宛丘,不叫神农之都,却叫平粮台?是不是某次黄水袭来的时候,人们曾经在这个高地储存过救命粮食,放置过大水退后使大地重生的宝贵种子?在这个已然荒芜的土台上漫步时,我很高兴这片土地仍然具有生长出茂盛草木的活力。那些草与树仍然能够应时应季开放出花朵。草树之间,还有勤勉的村民开辟出不规则的地块,花生向下,向土里扎下能结出众多子实的枝蔓,芝麻环着节节向上的茎,一圈圈开着洁白的小花。

人类不同的历史在大地上形成了不同的文化,但大地的奉献却是一样。我记起在俄罗斯的图拉,由森林环绕的托尔斯泰的庄园中,当大家去文豪故居中参观时,我没有走进那座房子,看干涸的墨水瓶、泛黄变脆的手稿。我走进了旁边的一个果园。树上的苹果已经收获过了,林下的草地还开着一些花。淡蓝的菊苣,粉红的老鹳草,再有就是与中国这个叫平粮台的荒芜小丘上轮生着白色小花一模一样的芝麻。人操持着不同的语言,而全世界的土地都使用同一种语言。一种只要愿意倾听,就能懂得的语言——质朴,诚恳,比所有人类曾经创造的,将来还要创造的都要持久绵远。

非主流的青铜

一

置身在抚仙湖岸上，无论是细雨霏霏光线暧昧的黎明，还是夕阳衔山时湖面显得一派辉煌的黄昏，看到湖水拍岸时，总听到一个声音在天与地这个巨大的空间中鼓荡。

是的，无论晨昏，无论天光晦暗喑哑还是辉煌明亮，在抚仙湖这个特定的空间里，我总在这特别的光色中感到青铜的质地，进而听到青铜的声音。一波波的水浪拍击湖岸，那是有力的手指在叩击青铜，水波互相激荡，仿佛一只巨掌在摩挲青铜。那是谁的手？谁的指与掌？我不想说那是造物主之手，我想说，那手的主人就是时间。在进化论者看来，造物主就是无形时间的一种拟人化的直观显现。

没来由地就想起了戴望舒的诗句："我用残损手掌摸索……"

时间与天地共始终，所有时间之手即便都用青铜铸就，穿越了那么漫长的岁月，它的指与掌一定都磨损得相当厉害了。从现代物理学的观点来看，时间岂止是与这片天地共始终，即便这片天地消失了，它还要在我们所能理会的世界之外独自穿越，于是，伫立于雨雾迷蒙的湖岸，我想起了自己的诗句："手，疲惫而难于下垂的手……"同时，恍然看到一尊有些抽象的青铜塑像站在面前，发出一声轻轻的喟叹。

我很奇怪，产生这种感觉的地方，不是历史在泥土中沉淀为一个又一个文化层的古老的中原，而是在这里，在抚仙湖，在云岭之南。

二

必须说，过去我驻足于抚仙湖畔时，山即是山，水便是水，并没有这样多的联想。

那时，我也像许多来去匆匆的游客一样，站在这样一片通神般的湖光山色之间，却不知道近在咫尺，有一座小小的红土山丘叫作李家山。更不知道，李家山出土的那些奇迹一般的青铜器。

直到我稍稍离开湖岸一点，来到李家山，与那些青铜遭逢，一切才得以改变。

其实，又何止是我呢？

对多数一直受着一元论教育成长起来的中国人来说，青少年时代读过的教科书中，青铜所铸的物件都是"国之重器"，属于黄土与黄河，那是中华文化的正源。云南这样的边疆地带，可以书写的历史，在有着众多盲点的正统史观中，如大观楼的长联所写，无非是"唐标铁柱""宋习楼船"而已。当然我们也在正统的历史之外听闻过云南的青铜，那就是一些流传于边地的铜鼓。这些铜鼓的存在与使用，不过使民族风情更为浓郁和神秘而已。当一个人想起月夜下的隐约迢递的鼓声，就已经神游在原始与蛮荒的风情之中了。所以，人类学家说："鼓发出各种信息，或具有仪式的性质。"鼓声传达的信息，对别人总是难解，而鼓声在不同仪式上所具有的神秘性质,更是助长了我们关于一些古老风情的想象。

但现在不一样了,我看到了李家山出土的青铜。再站在抚仙湖边,感受就复杂起来了。其实,我所以多次来到抚仙湖边,并不仅仅因为这湖光山色的胜景,而是因为这些青铜给我的震撼与启示。

比如,在这里,我发现了一只铜鼓。

这只铜鼓在一些庄重神秘的场合肯定被无数次地使用过,而且因为这频密的使用而老旧了。于是,人们让它重新回到曾经浇铸它的工场,开口以传出声音的那一面被一片青铜封闭起来,再加上一个小小的开口,一只具有礼器庄严的铜鼓,立即变成了很世俗的东西:贮贝器。顾名思义,就是储存贝壳的容器。贝是古代的货币。一面通灵的鼓使用经年后,再次来到匠人手中,变成了一只存钱的罐子!

对匠人来说,这个举动也许是不经意的,但这个行为却无意间构成了一个巨大的颠覆!今天,一句用滥了的话叫:走下神坛。很多时候,使用这个短句的人其实是在替这个过于庸常的时代开脱,也是每一个身陷于世俗泥淖者的自我开脱。但在意识中满世界都飘荡着各种神灵的古代,让一面可以通灵的鼓走下神坛,将其变成一只日常的器具,的确是一个伟大的举动——至少比今天我们不为自己的庸常开脱还要伟大。

就这样,李家山的青铜在中国的青铜中成了一个异数。如果那些试图上通于天的青铜代表了主流,那么,李家山这些努力下接于地的青铜就因为接近民生而成为非主流,我就会肯定地说,我所热爱的就是这种非主流的青铜。

三

正因为如此,我才不止一次来到抚仙湖边,不止一次走向那座博物馆,走向那些青铜中的异数,异数一般的青铜。

不是铸为祭器与礼器的青铜,不是为了铭刻古奥文字记录丰功伟绩的青铜,也不是铸为刀枪剑戟的青铜。所以这些青铜,在中国历史书写中不是主流。

这并不是说李家山的青铜器中没有这样的东西,比如铜鼓,比如此地视为标志性的牛虎铜案,比如众多的兵器——而且在刀枪剑戟之外,还有"叉"与"啄",有狼牙棒这样别处青铜陈列中未见的兵器。同时,我还第一次看见"啄"与"狼牙棒"这样的兵器顶部还连铸有造型生动的动物雕饰,兵器的威力未减,但在观感上,却有了一点日常用具的亲切。但我更想说的是另一些非常生活化的物件与雕饰,复活了古代滇人的生产与生活场景。如果不是这些青铜器的出土,也许古代滇人的存在就永远是一个似是而非的传说,也许在对他们的猜想中,我们眼前出现的就是一群茹毛饮血者的形象——这是中心对边缘的想象,也是所谓文明对蛮荒的想象。但是,这些青铜从沉睡千年的李家山的红土中现身了,使我们看到了一种曾经辉煌的文明。从此,站在抚仙湖边,或者在云南的边地民族中行走,就能时时感觉到今天云南各族文化与生活中还有那些青铜的余响,在思考中原之外非主流的历史的时候,就有了一条可以追踪的线索。

所以,我不止一次静静地站立在这些青铜的面前。

我曾经写过一篇文章,叫作《让岩石告诉我们》。理由就是，如果"一段历史未能通过某种记录方式进入人类的集体意识时，这个历史就是不存在的"。在一元史论和某些文化中心论的遮蔽下，边地的历史总是在有意无意间被忽略，被遗忘。所以，很多族群的历史就此湮灭，留下一点隐约的传说，也像是天空深处那些闪烁不定的星光一般。但是，游牧民族会在石壁上留下岩画，隔着空旷的草原和遥远的时间，给我们留下一些当年生活的信息。行走在那些已经成为荒漠的昔日草原上，心中一片空茫，恍然间会看到一个骑士的剪影，正挥鞭驱赶着刻画在石头上那些牛与羊——那些因为风化而轮廓日渐模糊的牛与羊。一个远古人群的身影就复活了。

那些昔日在广大地域上游牧的人群在石头上留下这些刻画的时候，另外一些人在铸造青铜。从黄河岸边那些古代都城，到三星堆，再到李家山。

从长安到三星堆，那么多让人感到神秘与庄重的"重器"，至今还能让人喘不过气来。那些东西的产生与存在，仿佛就是为了别人在精神上匍匐在地。然后，抬头向它仰视，或者连仰视都不敢。那些器物的精神核心是"天赋王权"，而不是"天赋人权"。从浇铸那些青铜的时候开始，经过数千年主子与奴才的共同努力，关于一个个逐次升高的等级与等级之塔顶端无可置疑与动摇的王权制度的建设已经日臻完善。谁说中国人没有宗教？等级塔尖上的王位就是最高的神坛。有时，君临天下者也需要"走下神坛"，那也是"微服私访"的性质，有点像今天的作家"深入生活"。完了，还是要回去的。那些下什么坛的，也只是偶尔下来一回，最终还是安坐在各种各样的坛上，安享供奉。

所以，不要说看见，我们就是想到青铜，以至后来产生的铜的雕塑，内心里产生的就是一种沉重的情绪。

但这是在一向被视为边疆的云南，在云南高原的抚仙湖，在抚仙湖的李家山。一旦看到这些青铜器出现在眼前，你就轻松地走进了一种可以复原出细节与场景的过往的生活中间，从而真切地接触到一段鲜活的历史。

四

就来看看古代滇人是如何装饰了那些体形丰满的贮贝器，也就是他们存钱的罐子吧。

至少是那些展示出来的贮贝器顶盖上，无一例外都铸造上了神态生动的各色人等和不同的动物。而且，不是某个单一的存在，而是一组人，一组兽，或一组人与兽，相互之间因为呈现当时人类社会某一种活动或某一个生活场景而构成一种关系。这种关系或者紧张，或者松弛；这些场景或者和谐庄重，或者亲切幽默，都让我们这些总在思考一些文化与历史命题的脑子，产生一些新的感触与想法。前面说过，当我们在考察一些有别于我们当下存在的过往或异族的生活与历史时，往往会发现——不，不是发现而是总结出一种相当单一的特征，以至这种特征最后又抽象为隐晦的象征。这种情形，人类学家玛格丽特·米德早就批评过了："他们个体生活的个性的侧面，总是泯灭于对群体的文化生活的系统描述之中。……这种描述是标准化的……像是制定确定的艺术风格的规则，而不是艺术家能够纵情地表达他的美学观念的方法。"

但现在，在这些贮贝器的顶盖上一组组精美的群雕中，你看到的不是这种象征性的符号，而是一种有温度的场景，你感受到的是仍然在呼吸的生活。可惜那些陈列的青铜器没有系统地分类、命名或编号，所以，说到这些器物也就无法准确地指称。但的确有这样一件贮贝器，在直径不到30厘米的盖子上，中央铸造了一根铜柱，以铜柱为中心，一共铸造了35个人物。而且，这些人物都处于行动当中，或头顶束薪，或手持陶罐，或肩扛农具，或提篮挟筐，甚至一个人好像正在展开一块织物，这些行动中的人物站、蹲、坐、行，清晰地呈现出各自不同的装束与神态。就在这小小的一方天地中间，居然还出现了由四人抬行的一具肩舆，舆内一位妇人端坐在一柄宝伞下面。看到一篇考据文章说，这组群雕描画的是春耕前祭祀的场景。但我看这组群雕，却意不在此。当真切地看到一些人身着那时的衣裳，做着那时的事情，一个时代的一角就以原本的面貌呈现出来，至于他们是去往市集之上进行物物交换，还是正在进行祭祀，倒显得不那么紧要了。

  我是凭着记忆写这篇文章的。现在，我又想起了另一只贮贝器上的驯马群雕。一共七个佩剑男子正在驯马，一人一马绕圈而行，正好吻合了圆形顶盖的形状。圆圈的中央，是一个踞坐于高座上的男子，怒目而视，双手舞动，显然是这场驯马的指挥。这其实已经用非常直接的描述告诉我们，当时使用这些青铜器的人们，其畜牧业发展已经达到了怎样的一种水平。还有一组雕塑也相当直接地说明当时畜牧业的状况：一个头戴长檐帽，身着紧袖长衫，胸前挂着显然是用作容器的葫芦，一手揽着拴牛的绳子，一手正把什么东西送进牛的口中。研究者的解释是，这人是一个兽医（或者一个懂些医学常识的人），正在给牛喂药。

  这组雕塑来自李家山青铜器中和贮贝器一样最为特别的一类：扣饰。

某年,我在美国弗吉尼亚的乡间旅行。某日,在一个镇子上进了一个特别的商店,这个商店出售各种马具,比如相当于一部汽车价格的一副马鞍。但真正使我感到兴趣的,是店里出售的各式各样银质的精美扣饰。所有扣饰质地与式样各异,但都有一个共同的表现对象——马,我花80美元也买了一枚作为此行的纪念。所以,在李家山看到那些青铜扣饰时,不用看文字说明,我立即就明白了这是些什么东西。

隔着玻璃展柜,我久久端详着它们。

想象那些无名的工匠如何在完成了这些皮扣的实用功能后,没有草草结束他们的工作,而又沉溺于美的创造,最终使一件件实用的器物变成了精美绝伦的艺术品。

扣饰之一,一个骑士驱驰着骏马猎捕野鹿,那只奔跑中的鹿昂起头来向前飞奔,一对犄角所有向后流动的线条为整个扣饰增加了流畅的动感,我仿佛看到它驱驰在遥远时空中,耳边掠过风的呼喊。

扣饰之二,四只猛虎刚刚把一头身量巨大的牛扑倒在地上……猎食者的凶猛与被猎食者的挣扎都表现得活灵活现。

还有之三,之四……但我毕竟不是为这些青铜撰写解说词,就此打住吧。所以愿意在具体器物描绘上多花一些笔墨,无非也是想让这些非主流的青铜得到更多的关注。

更值得一说的,还有那些青铜的农具。

从中国这块古老的,层层文化互相掩盖的地下,已经发掘出了那么多的青铜器,但哪里会有这么多的农具?

目前,李家山出土的器物并没有完备的陈列与展示,据发掘资料介绍,光是生产工具就多达十余种。除了至今还以铁器的面目在乡间被广泛使用的那些工具之外,我特别注意到有一类有较大面积的工具，上面都有整齐的镂孔，这显然是为了适应湿地作业而产生的发明创造。这其中，还有一件研究者们至今也没有弄清楚其用途的带把的镂空的勺形器具，器具前端还有一个造型生动的蛇头。如此直接的一个用具，却给今人留下了一个难解的谜团。

看到这些精雕细琢的农具，使人敢于相信古代的农耕生活肯定具有比今天更多的诗意，而在今天中国广大的乡野之间，焦灼的田垄与村庄中间，那些温润如玉的东西却日渐枯萎了。遂想起《诗经·郑风》中的诗句："女曰鸡鸣，士曰昧旦。子兴视夜，明星有烂。将翱将翔，弋凫与雁。"

五

看到李家山各种青铜器物上对生活场景，对牲畜与野兽的精细刻画，恍然间，我真的感到《诗经》用富于歌唱性的文字所描述过的生活与劳动场景，以及那些场景中的人的情怀，在某一个瞬间真的复活了。

"皎皎白驹，在彼空谷。"我看到了《白驹》中那匹白马在扬蹄奔跑。

"谁谓尔无羊？三百维群。"这是《无羊》中一个牧人关于丰年的梦想。

再看一段《伐木》："伐木丁丁，鸟鸣嘤嘤。出自幽谷，迁于乔木。嘤其鸣矣，求其友声。相彼鸟矣，犹求友声。矧伊人矣，不求友生？神之听之，终和且平。"这里，仅从美丽的声音就烘托出劳动者怡然的心情，而更在场面的描写中升华出关于人际关系的温情的思考。

怀着《诗经》的情致读这些非主流的青铜,就能感到在辛勤劳动中生发美好与欣怡的流风余韵。今天,中国大部分乡村生活中那种怡然自得的情景已经荡然无存。曾经肥沃的土地日渐瘠薄,心灵中那些欢快的泉水也早已干涸。好在,在云南的乡村,无论是来自中原的汉族,还是世居的或同样是迁徙而来的少数族群,在他们的劳动生活中还多少保留着一些属于古代的乡村的诗意。一句话,生存的努力中还有让人感到温馨的"终和且平"的美感。过去,我对这种感觉无以名之,就叫作"云南的古意"。现在,有了李家山,我就感到这种"古意"其来有自,而又布于广远了。如果仍拿青铜说事,李家山出土的那种形制独特的小型编钟,在数百里外的红河岸边也曾出土。编钟出土的热带河谷里,生活其间的花腰傣,那些穿行于槟榔林间或稻田之间的女人,身上叮咚作响的金属饰品,在我看来,正是那编钟的悠扬余韵。

我喜欢云南,无非是两个原因。

一是云南的多样性——自然生态的多样性与民族文化的多样性。

再者,就是前述所谓"云南的古意"。这种古意其来有自,这个"自",部分当然源于中原文化。但这个"自"却也自有其特点。这个特点就是人类文化中最为质朴最为直接的那个部分,始终存活在民间生活中间,而在中原文明的发祥地,文化进入庙堂后成为一种玄秘的象征,而在民间生活中,流风余韵已经相当邈远。

现在我发现,自己对李家山青铜的喜欢,居然跟喜欢云南的原因如此一致地重叠在一起。中国文化太老了,太老的文化往往会失去对自身存在有力而直接的表达能力,所以,居于主流文化中的人走向边地，并被深深打动而流连忘返，自身都未必清楚的原因，一定是在这块土地上，在这些边地的非主流文化中感受到了这种表达的力量。太多的形而上的思辨，在诉诸形而下的生存时，往往缺少一种有力的表达。

正因为这个原因，"礼失而求诸野"，人们来到云南，发现了美丽风景之外的云南，就会更加爱上这个像李家山青铜一样深藏不露的云南。

哈尔滨访雪记

夏天，不管你走到什么地方，除非荒漠，总是绿色覆盖了原野。夏天的绿色像一个帝王，把整个国家至少从地理上统一起来。到处都是雨水，到处都是浩大的水流。而冬天就不一样了，从北到南，气温分成了一个又一个的梯次，从低到高，改变了大地的色调。与此同时，水在枯萎，同时也变化出了丰富的形态：冰，雪，霜，雨，雾。仅仅凭借于此，整个国度就分出了南方与北方。2005年元旦，我从成都出发的时候，就担心弥漫在四川盆地里灰蒙蒙的雾气使飞机不能正常起飞。温润的空气里绿色植物继续生长，但雾气长期阻断视线却使人心情黯淡。

飞机在耐心的极限到来之前起飞了，降落在作为这次旅途中转站的北京。地理书告诉我们，北京是在冰雪的北方。但是，这里没有冰雪，没有水的另一种形态与气息。只有大堆的房子，干冷的风。好在今天，这里只是一个中转，只是从飞机场转到火车站时经过的一个地方。天很蓝，枯萎的树却是灰蒙蒙的一片。

夜晚的火车向着哈尔滨进发。火车穿越寒冷而又干燥的大地，除了偶尔一声汽笛，没有原野的辉光与声音。铁轨与车轮合奏的单调音节与同一节奏的摇晃，把人扔到床上，沦陷于睡眠。

夜半之后，我醒来，不是因为吵闹，而是因为安静。火车行进中那单调的声音越来越低，低到犹如梦境一般了。然后，我听到了一种巨大的差不多是无边的安静，那安静就是原野的声音。有这么巨大安静声音的必出自更为宽广的原野。这样的原野上，必有河流浩大，犹如一株枝叶舒展的巨树一般。一些山冈蹲守在远处，犹如神灵。我没有睁眼，那寂静就已经让我看见。睁开眼，就看见透过窗户的稀薄的光亮。披衣走出包厢，走到更宽大的车窗前，光亮像水一样弥漫而来。我看见了南方雾气中久违不见的月亮！那月亮不发光，像只银盘滑行在天上。光是从地上弥散开来的，准确地说，是从地面的雪，地面的冰上弥散开来，把天空、树木、村庄、山冈照得微微发光，好像天地万物在这个夜晚，从自己的内部发出了光芒，而新鲜的寒冷的空气运行在这些光芒中间。我想，这才是真正的北方！想象中的冬天的北方或者北方的冬天。生活在这个世界上，我们总在想象一些事物的面貌，也总在发现这些事物与想象的差距。但是，在2005年开始的这个夜晚，我看到了与我想象契合的景象。

我呆立在窗前，列车的声音低下去，低下去，梦境一般穿越着冰封雪覆的原野。静静的月光，穿过云层，穿过树林，越过村庄，梦境一般跟随着列车穿越。直到天渐渐放亮，月亮才隐去。此行是应哈尔滨市有关方面之邀前去观光，所以，我不能说哈尔滨之旅的高潮已经提前到来，但我可以说，哈尔滨之旅的调子已经定下了。

我的目的不是喧闹驳杂的城市，而是静谧广大的原野。南方冬天晦暗的雨雾中，田野已经很疲惫了，但仍然要生长粮食，生长蔬菜，生长鲜花，而不得休息。但在东北大地上，田野盖上洁净的雪被静静地休息了。我喜欢这种安静的休息，我们所有人的内心都渴望这样安静而且洁净的休息。

在中国这个老的国家里，每一座城市都很古老。这些古老的城市,现在都变得千人一面般的年轻。哈尔滨是个年轻的城市,却舒服地保留了一些老城市的味道,而这些老城市的味道,并没有作为什么遗产,被圈禁起来。仅仅因为这个,哈尔滨就应该让我们喜欢,更何况还有大江穿过,更何况还有冰灯闪烁。更何况,还有程式夸张,内在质朴,语涉低俗、幽默机智却浑然天成的二人转在人们心头唱着,但我还是固执地喜欢着汇集在这个城市四周的旷野。

所以,友人带我逛街时,我特别想到冰封的松花江上。

好客的主人同我去访萧红故居,车经过一条河,我便被疏朗宽展的河床,河道中冰封的蜿蜒水流,河岸两边虬劲沉默的大树,以及背后夕阳的光芒感动了。主人指引说:"呼兰河。"我甚至说,可以兴尽而返,不去看什么故居了。相信哺育了萧红的不是那个故居的地主院落,而是这条呼兰河。当然,后来还是去了故居,果然是一个生气已失的院落。有意思的细节是,看到壁上的名人字画中,有特别不像书法的一幅,四个没有布局也没有力度的大字怀念萧红。落款是美国汉学家葛浩文的手迹。葛也是我小说的英译者,回成都后我发了封邮件给他说这件事情,他以前所未有的速度回了一信:"二十多年以前,呼兰县的人员先把我灌醉,之后让我一生中唯一的一次用毛笔写字。怀念萧红。够丢脸吧。"

所以,一行人到哈尔滨郊区滑雪时,我想到的是,回到南方便无雪可滑,所以不必费力去学。然后,就被滑雪场四周疏朗的松林,松林中厚厚的积雪所吸引,一路踩着雪向着这个山冈的顶部走去。这山看上去很低,攀爬起来,却显得越来越高。太阳的光斑稀稀落落,积雪在脚下吱吱作响,呼吸越来越深,越来越多前所未有的凛冽,但也前所未有的新鲜刺激的空气涌入了胸腔。

休息时，我脱下手套扒开深雪，现出了干枯的草和绿色的松树苗，但似乎没有想看见的东西。问题是有一时半会儿，我也想不起来，自己想在深深的积雪下扒出什么。我躺在雪地上，身上，脸上，洒着斑驳的阳光。在这冰雪覆盖的绵远大地上，身上无法感到阳光的热量，但闭上眼睛，却会感到透彻的明亮，听见阳光落在树上，落在雪地上，发出细密的声响。这种声音里，宽广的大地，白雪覆盖的大地晶光闪耀，向四方铺展。

起身继续往上时，我想起来，前些时候，看过迟子建一篇小说，说是东北的秋天短促，冬天来得迅猛，所以，积雪下会封冻住很多颜色鲜艳的野生浆果。我扒开积雪其实就是想看看下面有没有秋天未及凋落就已被冷藏的浆果。回哈尔滨看冰灯的时候，好像给迟子建谈了这事，她好像大笑，说，有，但在更深的山里，在她的家乡那边。确实，那天穿过的松林都很整齐，树都太小，而且品种单一，只是躺下来透过一些树冠看天的时候，有点森林的感觉。

爬上那座小山冈，举目看见更广大的雪野，更多的连绵起伏的山冈，休息的田野，封冻的长河。然后，一列火车，蜿蜒着穿过寂静大地，从远处而来，又向远处而去，使大地更加洁净与空阔，而道路辖辏，会聚于目力所及那片烟云氤氲热气腾腾处，那座叫作哈尔滨的城市。白天活力四射，傍晚，夜幕落下，然后点上盏盏冰灯，拢着那么晶莹的光，在整个白山黑水梦境的中央。

走向海洋

当站在一幅巨大的地图前，就发觉自己的目光已经改变。过去，关注点总是在高山与大河，那种蜿蜒与逶迤，给人已经上路，地平线上景色不停变幻的感觉。自从在中国渔政南海总队302船上有了一次南海之行，当我再次面对地图时，眼光就不由自主地投注于那片宽阔的蓝色海疆。感到脚下坚实的土地开始起伏，开始晃荡。于是，仿佛又与我放牧牛羊的同胞一样肤色明亮黝黑的船员兄弟们来到了海上！

海洋，像天空一样展开在我们眼前的时候，她是多么陌生啊！

当她平静的时候，我们难于忍受她的单调，当她迎风起舞时，我们又无法面对她野性的动荡。我们在黄土中的根，扎得实在太深太深了，我们在陆地上的安居，也实在是太久太久了。直到近代，才有一群群中国人来到海边，向遥远的彼岸瞭望，才有一些勇敢的中国人去到了海上，不是为了像收获庄稼一样用网打捞一点鱼虾，而是为了一个遥远的强国富民的梦想。很久以来，中国人就一直认为自己的国度是中央之国，是大地的中央。天空出现在头顶，是为了完成穹庐般罩子的使命；大海呢，那是大地床帷一样漂亮的镶边。大海在中国人的主流观念中，从来不是出发之地，而是边缘与尽头。

但是，又有哪个民族不认为自己是上天的选民？哪个民族不认为自己是在世界的中央？在古代阿拉伯人的古地理著作《黄金草原》中，中国就不在中央。著作者写道："……测量了有人居住的地段，即从福琼群岛，一直到中国有人栖身的边缘。"这段话至少包含了两个信息：当我们认为居住于天地中央时，也有别的文明同样认为自己置身于优越的中央，而"中国"却只是"有人栖身"的边缘。同时，有经商传统的阿拉伯人，身居沙漠却早把海洋纳入了视野。

对一个生命意识与文化传统都深深扎根于黄土之中的民族来说，海洋或者是遥远传说，或者就是外敌侵入的风险。所以，明代有出身于穆斯林家庭的郑和七下西洋的壮举，但他督造的七宝楼船，也只是中国历史上的一个孤独的辉煌。郑和的故事，只有在今天中国人充分意识到海洋重要的时候，才被重新发掘出来，这个另类的英雄才被真正地记忆。更能让我们刻骨铭心的历史是，同样是在明代，就在郑和七下西洋的船队消失于海上之后不久，并非正规国家军队的倭寇，从海疆上不断地侵扰，居然成为明帝国的心腹大患。中国在海洋上遭受屈辱，并不是到近代才有的事实，而是当中央之国尚称强大的时候就已经发生。明代，郑和们的船队至少到达了非洲。但在同一个明代，面对倭寇的骚扰，来自农耕文明的军队只是在陆地上筑起城墙，而不是到广阔的大海上展开抵御外侮的战场。

就在来自海上的倭寇之患平息不久，一个叫利玛窦的传教士经过漫长的充满风险的海上航行登陆中国。他在书信中向自己远方的国人报告对这个新到国家的印象："我们依然很难相信，一个疆域如此广阔的庞大帝国，拥有的军队不计其数，却始终生活在持续不断的恐惧之中。"利玛窦还有些费解地指出："他们害怕那些小国家。"

"中国人的火绳枪不多,没有使用多少火药,石炮和火炮极其短缺,炸药使用量也极其有限。但是要说到每年春节燃放的烟花爆竹,其设计之精妙,无不让我们为之感到惊叹。……有一年在南京,我估算了一下,在这个把月长的新春佳节里,他们所用掉的硝石与火药,竟比我们一场持续两三个月的战争耗费还要多。"

明代早已成为编年史的一个逝去的段落,但这种文化习性却带着巨大的惯性在持续着。中国人刚刚有一部分人小康了十年八年,但举目所见,耽于逸乐歌舞升平的景象却像是已经国泰民安三五百年的样子了。对灾难与风险,更多国人的选择是视而不见,或者遗忘。

面对来自海洋的危险,封建帝王的选择是海禁。这让我想起一个二战时的故事。诺曼底登陆战前夕,盟军秘密集中了大量的舰船在英国海岸。舰船实在是太多了,为了不走漏风声,艾森豪威尔为首的盟军司令部,决定让英国沿海居民后撤一段距离。但这个决定引得丘吉尔首相愤怒咆哮:英国人的习惯从来就是逼近,而不是离开海岸!不行,任何理由都不能让我们作出这样的决定!结果盟军不得不采取别的措施来保证计划的施行。但是,中国传统对付海上威胁的方式之一,就是在海岸一带坚壁清野,让已经去到近海的渔民,烧船毁网,远退到内陆。以相对狭小的陆地的自我封闭来对付来自开阔狂荡海洋上的危险!

而在我们漫长的历史上,海洋只是海边渔民收获一点鱼虾的水上牧场,至多,也只是在故乡无以为生的人们流浪异国求生的危险丛生的通道,而不是一个民族豪迈的情怀,不是安身立命的坚实国土,不是富国利民的资源宝库,当然,更不是不可侵犯的神圣主权。使国人海洋意识苏醒,切肤感受到海洋主权之痛的是一部血腥的近代史，一个帝国幻梦的破灭，中华民族为此付出了巨大的代价！

所以，这次有幸随中国渔政南海总队九天八夜的南海之行，绝对不是一次轻松的观光之旅，其意义也绝不止于一个写作者对渔政行业的一次亲身观察与体验。因为南海总队巡航守礁，这些作为本身，就蕴含了更为丰富的意义。一个后发的国家，开始意识到海洋的重要，并且行动起来，开始维护自己天然的权利的时候，却因为曾经的被殖民，因为后发，因为文化基因中海洋意识的缺乏，使一个国家维护主权的行为，也那么艰难曲折，波诡云谲，那么需要智慧与坚定。好在，我们已经在海上了。海图上的航线虽然有些曲折，但终归是指向遥远海疆，就像我站在302船的驾驶舱里，看到南中国海上，台风过后，终于迎来壮美的日出一样！

那时，我感到不是一艘船在劈波斩浪，而是整个中国，正在走向海洋！中国要走向世界，没有办法不通过海洋！

草,草根,及其他

因为主持一家发行量不低,特别为大中学生喜爱的科幻杂志,辛辛苦苦挣了多年微薄的发行利润,眼看着广告在别的期刊上红红火火,在商言商,也想向广告界推介一下向来被冷落的青少年杂志,便去参加了一次媒体与广告客户的联谊会。一到会上,就知道此行不会有令人乐观的成效。世上的事大抵如此,一旦在其开始时形成了定见,以后想要再加改变,就很难很难了。广告也是这样,客户要在期刊上做广告,非得做在与时尚、高端、专业等词汇相关的亮闪闪的铜版纸上,大众型的媒体,影响力再大,都会视而不见。这会要是换在别的地方,我也许就打道回府了,但因为去的是闻名了二三十年,如今因为这么一种机缘方才得以亲见的呼伦贝尔草原,于是就安下心来,随队伍细看草原。

我自己就出生在青藏高原,就在草原黄黄绿绿的更迭中寂寞长大,即便后来离开了故土,那空阔与浩大的景观犹在眼前,但那是藏人的草原。蒙古人的草原,也分时分片去过一些,不知为什么却独留下了传闻中最美的这一片,直到有今天这么一个机缘才涉足其间。

草原景观,无非就是草的铺展与连绵,这一片与那一片,除去上面稀疏的人文附着,相差并不太远。所以,一不带相机四处取景，二不作无故惊叹。每到车辆停下，只是信步走入草地，或坐着或躺下，听任瀑布似的阳光寂静地倾泻而下，把在城市里，在名利场中因各种场合而放大很多倍的自己立即缩小成天地间小小的一点。

这时，阳光真的是蜂拥而至，一时间真的会意念皆无，只有阔大的寂静中弥漫着新鲜牧草的芬芳，有心无意的风懒懒地翻卷在某一匹马漂亮的鬃毛之上。这时的人，会有不叫思想的智慧，会有一些情绪，难以分辨是该叫作欣喜还是忧伤。想必，这是原初的古人们常常感觉到的吧。想必，我们先人们最初的智慧也就是这样生长出来。然后，就像水里的盐，地脉中的宝石就这样慢慢结晶。

可惜，我们已经不是古人了。

今人区别于古人一个最大的标志就是，什么都算计，到了草原上，一个较为切近初民生活环境的地方，什么值得算计的都远离了，我们就来算计时间。于是，自己把自己变成了羊，被时间的鞭子驱赶着，被看到了好风景却又担心错过了别处好风景的焦虑驱赶着，四处奔波。总算到了一个可以安憩的地方，总是因了与生俱来的紧迫感，不给自己留下足够的时间欣赏美景，进而与自然静静交融，物我两忘。日复一日，我们就这样慢慢习惯，以至领队催促的声音还没有响起来，自己心里内在的那只时钟已经焦虑地发出越来越大的嚓嚓声响。我们已经不可能安安定定坐在一个地方听任亘古的寂静把内心充满，在这寂静中听听内心的声音。听这悲喜交集的声音结晶为宝石，结晶为盐。

更多的时候，我们是从这片草场到那一片草场，从这一个湖到那一个湖，从这一地方到那一地方的路上。而在这片草原上，也和整个中国一样，一条展开的路，总是有这里那里在整修，使行程不能顺畅，使在路上的人永远不能预估出到达下一个目的地的时间。事情总是这样的，并不是每一个需要整修的地方都需要把路全部堵死，但修路的人偏偏就喜欢把路全部堵死，而且，修路人看到堵在路上的人们焦急万分时总会露出快意的神情。修路与堵路，修路人看到行人被堵而流露出莫名的快意，也许正是当下中国社会生态的某种奇妙的隐喻。在这样一件事情中，谁也没有得到任何好处，不论是堵路的人，还是被堵的人。但在这些素不相识的同胞之间，一种彼此敌视的情绪便暗暗生长起来。

就是这种莫名滋长的情绪，就足以使人不能真正体悟草原。中国，每天有多少人奔向不同自然或人文的景点，但仅仅在行，在吃，在住，在路上，已然失去了平和愉悦的心情，又何谈人文的教益与山水的熏陶？

长此以往，我们将再也无法走进自然，更遑论走近与我们不同的人群与文化了。我们未曾学会互相体察，但似乎是在先天，就学会了敌视与拒绝。

所以，当我走上这片草原的时候，最多就能用两个字：细看。

因为对草原风景的熟稔，我的细看不是宏观的观赏。宏观不只是一种视角，而是一种能力，宏观也需要整个文化心态处于一种相对自由而开放的状态。于是，真的就只是去细看一棵棵、一丛丛的草。就这样关注着草的个体，就这样微观，而不是个体的集合，以及无数个体集合起来的宏观。

所以如此细看，还因为在这片陌生的蒙古人的草原上，看到很多熟悉的藏人草原上的草，那些生长在纬度更低海拔却更高的地方的草。这些草大都是生长健旺的禾草科的草，营养丰富的豆科的草。还有那么些招摇在草中的花，紫的龙胆、雪青的风毛菊、一簇簇的狼毒、一穗穗的紫菀。有了这些熟悉的花草，这片草原就成了熟悉的，可以随时放倒倦怠身躯的草原。就是这些普通的草，这些众多的花，叶与茎、根与须相互交缠，在树那么英雄气地孤独地一动不动的时候，低矮而顽贱的草们却一点点铺满了旷野荒原。总是喜欢这样富于象征意味的景象！总是喜欢看到弱小无声者因众多而显得声势浩大！

不禁想起二十世纪八十年代稍晚时自己写于藏区草原的一首诗来。

那首诗题目就叫《草》：

> 如此汹涌的光的海啊
> 把风推动得如此迅猛
> 这就是草，从寂静中醒来
> 毫无意识就推动了世界

阳光普照众多的草，连绵的草，真的就像是无边的大海。本来是风推动了草浪与光波的涌动，但看上去，倒是草推动着行走其上的风。真的，草，或者说如草之民，真有可能在毫无意识的情况下就推动了世界。而且，不管是从寂静中醒来，或者未曾醒来。

> 草，摇动；草，歌唱
> 把夏季变成了一个浩大的盛典
> 来自最沉静的生命中心的草啊
> 什么样的锋刃也不能将其杀伤
> 以如此绵密而敏锐的触角

> 绵延不绝行走在蓝天下面
> 不论在高处涌起
> 还是在低处汇集
> 都是如此强横，都是
> 毫不容情从大地劫掠了荒凉

　　这里，当然有精确的写景状物，但中国诗学从来不以写景状物本身为满足。于是，我写草写到一定时候，也终于露出象征的马脚，民粹的马脚。歌颂草，就是歌颂草根的力量。具有十足草根特性的人民不但适合做一切政治的遮羞布，也适合做文人高蹈意兴的垫脚石。更何况，我们本身就来自民众，也许某种境况下被人赐一个精英的封号，或者某一瞬间自己也会有一星半点这种虚妄的感觉，但是，在说到草与民这样的词，这样可以配合出更多词的词根时，浑身还是会有一种闪电接地般的感觉。

　　但今天毕竟不复是年轻浪漫的当年。

　　又是十多年的时间，从人生的风风雨雨中走来，同时也从一个国家、一个民族十几年艰难书写的历史中穿行而来。单纯的民本思想早已动摇。须知草民的力量看起来声势浩大，但稍稍引错一点方向，从这大地上，从我们生活中，劫掠而去的常常不止是荒凉。而更多的时候，在政治生活中，常常痛心感到的是这种力量大面积的萎靡。过去，我们认为这种力量提供的动能是源源不绝的，现在才知道，这种力量的健康成长也需要一种良好的生态，它的名字叫作民主。

　　这样的生态学道理，就是自然界本身也在不断告诉我们。

　　在草原上每一个地方，你问每一个当地人，都会听到一声叹息，说，如今的草原已经日渐衰退，不复的是当年风吹草低才看见洁白群羊的景象了。不是众草蔓延劫掠荒凉，而是没有水汽的风，是更为众多的沙来威逼千年的牧场了。而且，每一个人都知道这种现象的命名就叫生态恶化。而我们穿过传说中美丽丰茂的呼伦贝尔草原时，才看到了那么多委顿的草，那么多蠢蠢欲动的沙。今天，如果让我再来写关于草的诗，可能就不会写得那么年轻而天真了。当然，我早就不写诗，而改写小说了。其中一个最大的原因，就是因为，诗歌这种形式就决定了它更适合作那种热情天真的表达，而小说也许跟我们这个日益夹缠、日益复杂的社会更能建立起一种对应关系。

用小说的方式，可能更容易写出草原生态中的另一种灾难。那就是那些多汁的、细嫩的、营养丰富的好草，都被牛羊吃掉了，被打草的镰刀割掉了。那些有药用价值的，更被连根挖掉了。而在那些越来越多的沙子中丛丛相聚的，却是坚硬的，多刺的，甚至是有毒的恶草。

生态不好的时候，恶草总是驱逐良草。

慈溪记：越窑遗址记

很寻常的一个下午。

天阴着，雨水随时会从不胜重荷的云层中滴落下来。这片叫作上林湖的水面很平静，环湖的低山有松，有竹，杨梅正在结果，合欢正在开花。载我们划过水面的狭长的船很漂亮，只是驱动船的柴油机嗓门对这片山水来说，是有点唐突了。

想想那个下午，去到这片水面时还有什么？是的，还有一对新人在湖边拍婚纱照。准新娘的肩与胸、颈与背因为洋装的需要而裸露在清冷的空气中。其实，如此天气是不适合这样裸露的，中国人的肌肤也不太适应这样的裸露。但是越来越多的人愿意一辈子至少有这么一回，虽然天气有些冷，但还是带着某种不很强烈的欢欣感而这么裸露着了。人生即便再庸常，也希望能建立并拥有一段美丽的回忆。

就是在这样的一种情境下，来到这里，看一个越窑旧址。更准确地说，是来怀念，来凭吊一种非常中国的物质：瓷。青瓷。青瓷的老窑址。来追怀一种遥远的美丽。

窑，一个非常中国的词。

不仅是一部分中国人栖止其中的地方，更是中国人把软和的泥土塑型，火焙而使之坚硬，并各派用场。这是中国人在世界上最早利用火的力量，发现土这种最普通的物质的物理性质，并使之产生奇妙转换的场所，给最普通的物质塑胎炼骨的伟大所在。那时候，中国人探求物理世界的秘密是多么持续专注，多么愿意在技艺精进后使技艺更加精进啊！我不搞收藏，也没有想过要一夜暴富。但是，只要是到博物馆一类的地方，我总是首先奔向有陶与瓷的地方。所以，主人说，在这个叫作上林的湖边可以看到一个千年前的旧窑址时，这种吸引力是不可抗拒的。中国，曾经在不同的窑口里出来那么多东西：砖、瓦、俑……缸、瓶、瓮、罐……都是与日常生活关涉紧密的器物，却总能在某个不知名的匠人的手下，灵光一闪之时，上升为艺术，培养了中国人基本的日常的美感。

最奇妙的是，中国人还用烧瓷的方法从窑中炼出了用于活字印刷的字。

但就在某一天，某一个时代，一口一口的窑，莫名地开始坍缩了，那些神奇的火焰也慢慢熄灭了。

这些窑，其中的火熄灭后，终于没有再点燃，在渐行渐远的时间深处被遗忘，被荒草杂树淹没，那被拍岸的湖水冲刷出来，层层堆积在岸边的碎瓷片是多么寂寞啊！

在窑火熄灭后的好多好多年里，应该也有很多的人经过了窑群的废墟和窑场四周瓷器的碎片，却是毫无知觉的吧。文明的进程常常是这样，一个地方，一种文化，曾经是创造力勃发的，曾经让各种生产技艺日益精进，曾经是把美当作内在的蕴含与外在的形态来追求的。可到了某一天，这样的东西起身离开了，连留下的遗迹人们都会熟视无睹。这样的时代，是人们的心灵堕入麻木与粗鄙的时代。这样的时代，众生似乎只是陷于求生与求富的挣扎。又到了某种历史关口，人们又从荒烟蔓草中重新发现它们，好像内心深处又被触动了什么，唤醒了什么，意识到它们闪烁着遥远的、却是中国人努力追求生活的质地与美感的那些时代的光。那是自己的祖先曾经创造出来的一段辉煌。

人们开始怀着一点惭愧的心情站在这样的遗址面前。

一口冷窑。

一只其实只剩下一个窑底的冷了一千多年的窑。

多么安静啊。水还是像当年搅拌过细密的瓷土、像拉坯匠人的手润湿的那些水一样，被云彩从海上带过来，落在地上，又渗入地下，然后，从那些浅山间的某一处缝隙中涌现，成溪，成河，并汇集成湖。

湖边还站着许多松树。它们和当年那些燃起熊熊窑火的松树应该是祖先与子孙的关系。因为安静，因为有小风，所以能嗅到空气中松树特有的那种香气，针叶的香气，松脂的香气。当年，这些香气进入窑口时就被高温焚化了。但我还是在此时假想：这些香气，在窑中也参与了神奇的窑变，变成了青瓷上最神秘最美最不容易捕捉与名状的那种光，是青瓷中的极品秘色瓷上那个变幻莫测的"秘"。如果松树的命运一定是被伐倒、被焚烧的话，那进入某一窑口，就是一种最好的选择了。虽然自己化烟化灰，却让焙烧的对象得到了升华，而不是另外的火，使所遇到的东西一起同归于尽，一起化灰化烟。

脑子里烟一样萦回着这些想法时，面前其实只是一个只剩个底子的冷窑。在被掩埋和遗忘很多很多年后，重新被发现，被发掘，被考证，被保护，被展示。让我们记起，史书里记载的开疆拓土的时代，四方来朝的时代，日常生活中常常有美流光溢彩的时代。那样的时代不只是精神强健，气质也更为典雅雍容。今天的中国人，来到这里，就是被唤醒，被引导。那么，至少我们是生活在一个愿意被美所唤醒的时代了。

窑里有火的时候，这地方该是多么喧闹多么生机勃勃啊！山路上，运送瓷土的人络绎而来。窑前，一定整出了大片的平地，土和上水被搅，被拌，被捣，被搓，被揉，被塑造成种种坯子。起先没有釉，后来有了釉。制釉与施釉，给生产流程增加了更多的技术含量，更多的美感。坯入窑了，点火那一刻应该是越来越有仪式感的吧。仪式也给劳动过程增加美感。火点燃了，热力顺着依山坡而建的窑壁自低而高向上升腾。加上瓷土中的金属性矿物元素，这一下，真是金、木、水、火、土共舞一炉了。互相渗透，互相催发，互相转化，在当时的世界能够达到的最高的人工温度中，以最炽烈的方式升华。如此这般，打开窑上的封泥，让曾经的炽烈慢慢冷却下来，这个世界就得到漂亮的青瓷了。大多的青瓷的质地都是可以预期的，最激动人心的是，每一窑口中不可见的物质间的相互转化，都可能产生出绝世精品。那么，瓷器出窑时又是怎样的情景？尤其是批量的定制中神奇的窑变奉献了难以预期的瓷中极品的时刻。在人类的全部劳动中，像这种生产流程中就充满了出现神来之笔的可能，时刻都有着创造惊世之美的可能的劳动真是不多。人类利用工具来劳动是了不起的，更了不起的是，让劳动过程和劳动的结果具备美感。这是一种关于劳动的崇高伦理。美的劳动与劳动的美使得日常生活具有了一些神性的光彩。

站在上林的越窑旧址旁，在一片冷寂的情境中，我追怀那个炽烈而美艳的过程，同时依稀看到，橹声咿呀中，出窑的瓷器上船了，从水路去往四面八方，去往中国大陆更深广的内部，也去往海上，甚至到了海上也不知真要去往何方。那是贸易了，海上吹起的风鼓起满帆时，就是催动贸易的风了。今天，贸易的进行是越来越频繁与密集了。正是种种的贸易，让这片土地正在重现甚至超越昔日曾经有过的物质的繁华。甚至使我们有能力用以千万以亿计数的资金拍卖与收藏穿过时代种种剧烈跌宕而依然幸存于世的瓷中珍品。我愿意将其理解为这是对过去时代的伟大之处的一种追怀，一种对美器、对美器所传达出来的生活中美的质地的一种尊崇与追求。所以，我期望，这些幸存的美器在博物馆中对公众展示，对我们施以无声的美的教育，而不是神秘上拍，然后，秘藏，升值，再拍卖。

窑旁，有许多菊花样开着的淡青花朵。

要知道，在这座窑口中有火熊熊燃烧，有无数种的瓷器，被打捆包扎好了，顺着水路去向四面八方的时候，中国的土地上还没有这种野草。那时候它们还只生长在美洲的荒野。我愿意相信，这些植物的种子是从那些把这个窑口的瓷器运往海外的船只带回来的。其实，这种看起来很本土的植物很晚才来到这片土地。据植物学家考察，最初在中国的发现，是一八八六年，在上海。但现在，它们全然是本土的样子了。因为植物之美与周遭的自然环境那么容易协调起来，这是美的一个巨大的功能，不仅本身能和环境协调，而且能把我们周遭很多不美的不和谐的东西协调起来。所以，我这时想到瓷器，就不只是想到它们在重重保安措施下安放在博物架上的样子，而是想到它们怎样一天天深入到中国人的日常生活中，使大多数时候都黯淡无光的日子变得有了稍许的光亮。

美的光亮。

那真是一种遥远绵长的光亮。可是怎么形容这种光亮呢？特别是在湖水拍击下永远晶莹的碎瓷片上的光亮呢？突然想到杜甫曾用过一个词："哀玉"。他就是用这么一个词来形容一种瓷。这个词很好，移用到眼前的情景，那些一天天任湖水与时光淘洗的碎瓷的质感有了，而我们这些凭吊者的心情也在其中了。

春日游梓潼七曲山大庙记

春二月末梢，去梓潼。

车出成都，一路艳黄的油菜花，开在平原，开在丘陵脚下和腰间。溪边或村前，一树树李花开放，辉映着春日的淡淡阳光。心旷神怡时，时间过得飞快。佛经中形容时间短暂，常用"刹那"这个概念。唐玄奘在印度取经时向长老讨教，一刹那到底有多长，如何度量。长老的回答是，一个念头初起的时间，就是刹那。看来，这不是个确切的物理时间，而是可长可短的心理时间。那我坐在车中前往梓潼的两个多小时，满眼的黄花和间或的一树白花，在阳光下熠熠发光，陶醉于春色，心中一念不起，这时间就连一刹那都算不上了。反正，一路的色照眼、香沁心，色流香溢中，梓潼就到了。

过潼江，眼前景色一换，并不峻急的山在前方隆起，山上林木茂密，在夕阳的光照中，更显深远。那些浅山后面，是更远更高大的山，隐约竖着，如画屏一般。画屏中满是中国山水画的浓墨淡烟。以前没有到过梓潼，所以来前要做点书上的功课，预习一下当地的地理人文。虽然不能确认，但知道眼前这些山有叫长卿的，是出川北上长安的司马相如盘桓流连过的；还有叫兜鍪的，因为山峰的形状像顶头盔，自然就有了中国人都明了的某种象征性。主人明白指出了七曲山。这是明天将去访问的地方。

路蜿蜒上升，已经望得见七曲山上蓊郁密闭的柏树林，在暮色中更显得凝重深沉。晚上，和主人饮酒说话，听他们介绍梓潼，听得最多的一句话，是"平来坡往"，这话也可倒着说，"坡来平往"。说的是梓潼的地理，处于四川盆地和秦岭山区的过渡带上，北上的人是从平地来，往山上去。反之，南来入川的人，则从坡上来，往平地去。一百多年前，德国地理学家李希霍芬就把秦岭定为中国的南北分界线，那现在我们所在的平地将尽、群山伸出山脉的长臂之处，就正是南方将尽、北地方始的古道之一金牛道的起点了。

第二天上山，柏油公路依着山势蜿蜒，我没有问主人这路是不是沿了金牛道的路线。但每一次停车驻足，遭逢的都是历史遗迹。从书上读到关于古道的文字，在这里都化成了一个个具体可感的真实存在。

翠云廊，古人就赞美它"三百长程十万树"，正是古蜀道上由参天古木护持的一段。古人修筑或维护古道时，会同时在古道两旁栽下行行树木，"植木表道"。古木全是柏树，每一树都亭亭如盖，树与树枝柯相连。从七曲山下开始，一路向北，越过剑门雄关，这条古柏夹峙的道路绵延了三百余里。当年，拓路植柏的人们却是从北方开始修筑这条道路的，当他们面前出现了四川盆地平坦无垠的千里沃野时，这条古道便到了终点。当地有一个传说，路修到这里，接下来已是一马平川，那些没有用尽的柏树就都栽到了七曲山上。于是这座山就由千棵万棵的柏树荫庇起来。今天，走在那些古柏的荫凉中，古道上那些铺路石上，还深印着车辙与马蹄印。那些"霜皮溜雨"的古柏的枝柯间传来清丽的鸟鸣，仿佛听见了穿越千年时光而来的驿马銮铃声，忽高忽低，似近又远。

然后就来到了上亭驿。

这是一段顶部平坦的山梁，路旁有两户农家，几树樱花，几块油菜花田。道路另一边，临着山涧，旷地上立着一通石碑，上书"唐明皇幸蜀闻铃处"。原先，这里曾有过一座名叫上亭的驿馆。安史之乱爆发，唐明皇仓皇出逃，经历马嵬兵变，穿越幽深险峻的秦岭，到此处，已然不见刀光剑影，兵戈之声也远在秦岭以北，惊慌失措的唐明皇这才稍稍定下神，安下心来。时在公元七五六年七月十七日，按阳历算，这山里已经有些淡淡的秋意了。那时，天空中一定有一轮明月高悬，正是白居易所写"夜半无人私语时"，风摇动檐前驿铃，在唐明皇这个痴情皇帝听来，都是那位"宛转蛾眉马前死"的杨玉环，一声声疾，一声声慢，还在叫着"三郎……三郎"。现在，立在碑前，却只见道旁坡下古柏森森，有蜜蜂在菜花间振翅吟唱。历史太过久远，这样的故事已经激不起情感波澜，上亭驿也不存片瓦块砖。古道上来来去去那么多人，都比路更快地掩入了荒烟蔓草，消失不见，只有少数人留下的真伪难辨的故事还在流传。更多最终会在路上消失不见的人，会传说那些故事，为发一点幽微诗情，为得一些道德教训。而唐明皇的这个故事，显然是两者兼备了。至于人们是否真能从这样的故事中得到真正的教训，那又是另一回事情了。

但我们都还愿意做那个传递故事的人，同时也就处在故事的氛围中了。

这是七曲山为游人进入它的主题故事准备的一个序篇。

离开上亭驿，再上路，古柏苍翠的七曲山就在眼前了。一路上，香客络绎，进入古柏林中不多时，就已经看见了密林深处现出了重阁飞檐，听见了笙箫之声。庙旁广场上有一座戏台，一些穿了旧时衣裳的人，正在合奏七曲山篇幅浩繁的道教音乐《文昌大洞仙经》。高亢时是在赞颂神仙，低吟时是在劝谕众生。进入庙中，一重重殿，一座座阁，供奉着多神信仰中不同的神，也是中国古庙的气派与格局。但占着最重要地位的，就是那位主管人间文运的文昌帝君。香花、炷香、红烛，大都奉献在这位也叫奎星或魁星的文昌帝君神位之前。看那些签上之词，看那些还愿供物上的文字，无一例外，都是为了在各种升学考试中得到好的成绩。未考之前，来乞求好运。还有考好了，前来还愿。学生，家长，熙熙攘攘。中国人兴文重教的传统，延续了几千年。一地方，冀文运昌盛；一个人，一个家庭，望科考顺畅，既崇孔子，也拜文昌。现在，裹入人流，自己的心情也变得虔敬庄重了。

在重视教育的中国，孔庙之外，文昌宫也是到处都有的。但现在，我们来到的七曲山大庙，叫作文昌祖庭。也就是说，遍布海内外华人世界的文昌崇拜，都是从此地起源。出得庙来，庙侧的广场上，洞经音乐还在继续。音乐声中，人们正在置高案、铺红毯，明天，这里将举行两岸同胞共同参加的文昌祭祀大典。

也许是文昌帝君要让我多知道些他的故事，才让我在这里遇到一位熟识的老作家。他是专程来为这次大典撰写祭文的。眼下，祭文已成，他又到这重阁柏影中来走走看看。找了间茶室，窗前柏影森森，杯中绿茶青碧，我们谈论着从梓潼七曲山肇端，最后广布华人世界的文昌信仰。

文昌，是中国古人智慧天空中的星宿，封为道教神灵后便主司人间文运。

可是，在荒蛮的远古时代，道教还没有产生，天上的某个星座还未有文昌的命名，这里就有了原始的神灵崇拜。那时梓潼当地有一个从狩猎转为农耕的强大部落，首领名叫亚子。那似乎是连文字都还没有产生的时代，亚子却已经用善恶观来统领他的部落，一个今人称之为"祠"的宗教建筑在现今的大庙所在地出现了。祠中没有神像，而是陈放着一些画上符号的木板。一个人做了善事、好事，刻一个符号在上面；一个人做了坏事，也有一个相应的符号。这个板叫"善板"。亚子让部落民众相信，做善事多者，得善报；作恶多者，将被一种叫"雷"的神秘力量惩罚。后来，梓潼部落灭于更强大的蜀国。亚子死难。他被部落民刻木成像，穿上他在世时的衣服，供奉进"善板祠"，化身成了梓潼神。人们相信他有神力保佑一方土地没有瘟疫，风调雨顺，五谷丰登。再后来，就接续上了唐明皇避乱入川的故事。唐明皇夜宿驿馆时，也没有一味陷入思念杨贵妃的悲情中间，他终于还是睡着了，梦见了叛乱的平定，虽说是别人浴血奋战平定的。他在北回长安路上，再次经过七曲山，想起那个当时曾给他些许抚慰的梦境，认为他得以北返长安应是亚子显灵的结果，便封这位梓潼神做了"左丞相"。唐朝是中国历史上强盛的帝国，梓潼神亚子受封却是在唐朝皇帝最为凄惶之时。而被更凄惶的人赐封号的故事还会发生，也是唐朝故事。那是最后一位唐朝皇帝了，他被黄巢起义军逼入四川避乱。逃亡在古蜀道上的唐僖宗夜梦亚子请缨平乱，于是，在七曲山将亚子封为"济顺王"。这两位唐朝皇帝，仓皇辞庙之时，众叛亲离，最缺的是忠勇的武将保护，亚子便应势而成为一个护佑皇家的武神。

等改朝换代完成，天下稍安，便要偃武修文，于是，亚子便应了这样的政治需要开始向着文神转化。先是南宋高宗皇帝封他为"神文圣武孝德忠仁王"，再是元朝皇帝仁宗封其为"辅元开化文昌司禄宏仁帝君"，被正式纳入道教的多神系统，终于完成了一个地方神向道教神的转化，也完成了一位武神向文神的转化。从此，一个蛮荒时代的部落首领终于演化成了主宰地方文运与学子前程的文昌帝君。

追踪这个变化过程,我们看到的其实是一条文明演进轨迹。也可以看到人在什么样的情境下,会转而寄望于超自然的神力。中国有几千年兴文重教的传统,也为读书求知定下了不同的目标,有"格物致知",有"明心见性",最终还是"修身、齐家、治国、平天下"这样的倡导,与科举制度高度合拍,人文理想的实现先得在自下而上的考试系统中出人头地,取得功名。这也是梓潼的亚子由人而神,并得到越来越广泛崇拜的原因。文昌帝君对应的那个星宿本名为"奎",在七曲山大庙也就大书为魁首之"魁"了。

文昌崇拜只用数百年时间就广布天下,这期间,文昌神的形象也在不断重新塑造。在七曲山大庙看到以文昌帝君口吻所写的《阴骘文》一通。文章开篇就点明梓潼神亚子曾不断重返世间:"吾一十七世为士大夫身。"从部落首领变成了士大夫了。其自述的功德是"救人之难,济人之急,悯人之孤,容人之过"。这是一个复杂的形象,有道家的影响,有佛家的情怀,也有儒家的修为。由此可见,这位道教之神的形象塑造中有诸多对儒家与佛家道德观的吸纳。《阴骘文》其实是一篇劝世文章,"于是训于人曰"种种行善积福的事例。有"救蚁而中状元之选",有"埋蛇而享宰相之荣"。更直接提倡广行三教,"或奉真朝斗,拜佛念经",在道德层面求善并没有一门一教的门户之见。而提倡"诸恶莫作,众善奉行",倒是又与亚子所创"善板祠"的动机一脉相承了。文昌帝君是皇家诰封的尊崇身份,信仰的内涵却是民间色彩浓重的道德教化,看起来无非是劝教向善,真做起来却也是知易而行难。所以,信众也需要一个切实的酬答,不是道教许诺的长生成仙,也不是佛教报以往生西天极乐世界,而是现世的报答。按《阴骘文》所说，是报应于现世的"驷马之门""五枝之桂"。这是一条十年寒窗后一举成名致仕的光荣路径，既适应国家体制，更符合国民心性。今天，科举制度虽已废除一百多年，但普通人最主要还是通过教育改变命运。更普及的教育带来更多的考试，考试的成功意味着更多有关前程的选择。对于一个人、一个家庭，考试的重要性显而易见。于是，相比于道教众神殿中其他神灵，主管文运的文昌帝君自然就得到更多的信仰。拜这个神可以白日飞升，拜那个神可得长生不老之术，在面对着更多迫切的现实焦虑的老百姓看来，非但结果难以验证，实行起来也有重重困难。倒是文昌帝君所司所管，是中国每个家庭的心心念念。这一点，非关制度，而是一种文化的定命。所以，第二天就要举行的一年一度的文昌帝君的祭典，才有来自海峡两岸的那么多人前来参加。我和一群作家同行也接到参加这个盛典的邀请。我也将在奉祭的行列中，向文昌帝君献上一束鲜花。

夕阳余晖中，和朋友在七曲山古柏林中散步，离热闹的大庙越来越远，听着掠过树梢的风声，看着春日里道旁已经开放的密蒙花和照眼的千里光，心里想着明天献花时该对文昌帝君说句什么样的话。

代跋

在诗歌与小说之间[①]

必须承认,对我来说,所谓散文是一个非常模糊的概念。

我知道诗是什么,也知道小说是什么,但我肯定更无法明晰地表达散文这种文体该是什么。诗是我文学的开始。而当诗歌因为体裁本身的问题,开始限制写作更自由更充分表达的时候,我便渐渐转向了小说。而且,在这两个方面,我都有着相当的自信,但是说到散文,我就真的不知道该说些什么了。

散文是那么多种,那么多类,那么多不同的文本与方式。比如兰姆与苏东坡,其间的差异绝非是东西方文化的不同、作家个性不同那么简单的理由便可以说明。比如写《陶庵梦忆》的张岱与写《野草》的鲁迅。当然,还有更多不是散文家写出来的使人无可归类便指称为散文的好文章,使我们进入的时候像是进入一个藏书数十万册,没有分类索引上架的宝库,只好四处浅尝辄止,杂食而不得要领。所以,当出版社盛情相邀出一本散文集的时候,我是十二分地婉辞过

[①] 本文为文集《就这样日益丰盈》后记,解放军文艺出版社2002年出版。

的。原因是自己虽然也有一些介于小说与诗歌之间的感性文字,但我不知道它们是不是应该称为散文。因为读者看到的这一辑东西,如果说有一个统一的标识,便是它的藏文化背景。除此之外,它们在写作方式上都呈现出不同的面貌。

如《银环蛇》《野人》和《鱼》等篇什,是我漫游时的记录,写成诗不合适,又非完全虚构的小说。也就是说,主要脉络都是作者实在的经历,只不过在细节或者在气氛上多了一些虚构。过去也是作为小说发表的,现在编辑看了,说也算是散文,我也找不出反对的理由。最有意思的是《声音》一篇,湖南《新创作》杂志亲自派人来索稿,我便应命写了,本意中写的是一篇小说,或者说自认为写的是一篇小说,只不过投寄时没在题目下作一个说明:此篇是小说。结果就被当成散文发表。事后,编辑还打电话来说,本来预留了前面的小说版面,没想到寄去的是散文,于是,便把大半本杂志的版面重推了一遍云云,我也没有声辩。

再就是前年应邀参加"走进西藏"丛书的行走与写作。走了一趟西藏,结果却全写的故乡四川藏区阿坝,写了更多的回忆而不是发现。丛书出来后,据说这一本评价还不坏。这个不坏,不是艺术水准上的评价,而是说写得真实,有干货,有个思想着的阿来在里面。其实拉拉杂杂的二十万字,能够立起来,全靠那数万平方公里构造雄伟的地理骨架。媒体炒作这些书和一些类似的书时起了一个名字"行走文学"。这是个命名时代,出版商中有人都可以开起名公司了。这个名字,初听之下,我也觉得其妙无比。并沾沾自喜地捧着印着这种字样的报纸入睡,但早上醒来,猛然清醒:

什么文学又不是行走的文学而是禅坐着的文学？但自己的确无力再给一个新的名字。这次，托责任编辑从《大地的阶梯》里挑一些比较独立的段落来凑一个半个印张。与天宝商量时，我又一次困惑，这是散文吗？接踵而至的又一个困惑是，如果不是散文又是什么呢？一个准社会学者的田野考察笔记？但这种好笔记难道就不是散文？于是，又一次想打退堂鼓。但是，编者晓之以理再加动之以情，说这套书是四个因茅公稿酬捐献才有的这个大奖的得主的，三缺一，不成样子。我所在的成都是一个麻将城市，我也偶尔上场把自己的财运交给赌神支配一回两回，知道四方桌子缺了一边，难看。但我凑上去了，还是难看。对方，王安忆，刚从文的时候，还拿着她的书给女朋友说，将来我也要写这样子的书，这些年，光是她那些读书心得，光是她探究小说之道的文章，就是上海女人从张爱玲那里一路下来很庄重齐楚的样子了。上手，张平，反腐斗士，是可以在《南方周末》的时评里开专栏那一路数的武林高手。下家，王旭烽，承她陪游过一次西湖，那四处随意的掌故点染，让我把张岱的《西湖梦寻》忘得一干二净，又坐在湖边茶楼里经她引领着学了如何吃茶，光是一眼西湖与两杯龙井，就可以褪尽我这个小小书商的俗气。今天，藏着她奉送的一罐武陵山珍，说是茶中极品，偶尔尝过两次，却不得门径，你说，这圈"麻将"如何开打？

好在，满世界写狗屁文章的人都尽拿西藏做着幌子，很入世的人拿政治的西藏做幌子，很入世又要做出很不入世样子的人也拿在西藏的什么神秘，什么九死一生的游历做幌子。我自己生在藏地，长在藏地，如果藏地真的如此险恶，那么，我肯定活不到今天；如果西藏真的如此神秘莫测，我要么也自称什么大师，要么就进了精神病院。但至今，我算账没有出过千位数以上的错误，出门没有上错过飞机，处世也没有太错认过朋友。所以，上了这桌子，摸了一手花色很杂的牌也暗暗喜欢，不是为一手坏牌喜欢，而是喜欢一种东西本身那种喜欢，喜欢文字表达的那种喜欢。还必须说的一句是，我这辈子可能永远弄不懂真正的散文是什么样子，也不打算弄懂这种文字该是什么样子（模式）。至多，我所知道的散文很宽泛，处在诗歌与小说这两个王国之间的游击地带，但这种无从定义的文字多多少少还是会要写下去的吧。